Katharina Korbach
Sperling

Für T.

»Ob nun der schöpferische Glaube in mir versiegt ist oder die Wirklichkeit sich nur aus der Erinnerung formt, jedenfalls kommen mir Blumen, die man mir heute zum erstenmal zeigt, nicht mehr wie richtige Blumen vor.«

Marcel Proust – *Unterwegs zu Swann*

I.

Letztlich entschließt Charlotte sich doch dazu, noch einmal eine Therapie zu beginnen: bei Doktor Szabó. Marietta hat ihn ihr empfohlen. Das war im November, als Charlotte ins Wanken geriet, sie abermals drohte die Balance zu verlieren.

Ich kenne da jemanden, der dir vielleicht helfen kann, sagt Marietta zu ihr an einem Abend, an dem Charlotte es nur mit Mühe geschafft hat, sich das Gesicht zu waschen, die Haare zu kämmen, die Wohnung zu verlassen. Marietta sagt, dass sie selbst eine Phase gehabt habe, in der es ihr alles andere als gut gegangen sei, wirklich gar nicht gut, im Grunde genommen: beschissen. Sie sei dann zu Doktor Szabó gegangen, ein erstes Mal und danach immer wieder, insgesamt fast zwei Jahre lang. Er sei Psychoanalytiker, aber praktiziere keine Analyse im klassischen Sinn. Er hat, sagt sie, seine ganz eigenen Methoden. Sie sagt: Ich kann ihn dir aber sehr empfehlen. Und Charlotte bedankt sich. Sie steckt den

Zettel ein, auf den Marietta Doktor Szabós Telefonnummer geschrieben hat, obwohl sie nicht vorhat, ihn anzurufen. Weniger als zu allem anderen hat sie Lust, sich jemandem anzuvertrauen, sich einem Dritten zu erklären.

Der Zettel liegt eine ganze Weile auf dem Regalbrett in ihrer Küche. Manchmal, wenn ihr Blick darauf fällt, spricht sie Doktor Szabós Namen leise vor sich hin. Er erscheint ihr umso unwirklicher, je öfter sie ihn ausspricht. Szabó. Szabó. Der Name eines Zauberers. Aber dann, kurz vor Weihnachten, in einer der vielen Nächte, die Charlotte schlaflos verbringt, frierend, den Rücken an den Heizkörper gepresst, ruft sie ihn doch an. Die Leuchtziffern der digitalen Uhr über dem Ofen zeigen kurz nach drei. Unwahrscheinlich, dass Doktor Szabó um diese Zeit an sein Telefon geht. Sie stellt ihn sich vor, hinter dem geschlossenen Fenster, in einem der zahllosen Betten dieser Stadt liegend, schlafend. Nichts ahnend. Ohne eine Ahnung davon, dass sie in diesem Moment seine Nummer wählt, horcht, wartet, bis das Freizeichen ertönt. Bitte hinterlassen Sie eine Nachricht nach dem Signalton. Sie braucht ein paar Sekunden, bis sie sich sortiert, die Worte zu etwas aneinandergefügt hat, das mit ein wenig Glück sogar Sinn ergibt. Am Ende bringt sie nur einen einzigen Satz zustande: Aus irgendwelchen Gründen weiß ich nicht mehr weiter.

Doktor Szabós Praxis befindet sich im Dachgeschoss eines Neuköllner Hinterhauses. Charlotte durchquert den Hof zum ersten Mal im Januar an einem Tag, der hell ist, klirrend kalt. Sie betritt die Praxis durch die angelehnte Tür. Hängt ihren Mantel an den Garderobenständer neben ein kariertes Tuch, einen Regenschirm. Blick nach links, in eine Teeküche hinein: ein Wasserkocher, eine Schale mit kleinen grünen Äpfeln. Verstreute Kassenzettel. Eine aufgerissene Tüte Pistazien.

Sie wagt sich vor, späht ins Behandlungszimmer. Doktor Szabó hat ihr den Rücken zugewandt. Er steht über einen Sekretär gebeugt, scheint etwas zu suchen, öffnet eine Schublade, schließt sie wieder. Gedämpftes Murmeln, Rascheln von Papier. Während Charlotte wartet, sieht sie sich um. Die Wand zu ihrer Linken ist ganz von einem Regal eingenommen, passgenau eingelassen zwischen die Dachschrägen. Eine unermessliche Menge Bücher darin, dicht gedrängt in lückenlosen Reihen.

Als Doktor Szabó sich umdreht, zuckt sie zusammen. Sie könnte nicht sagen, wie sie ihn sich vorgestellt hat, wie genau. Möglicherweise hat sie ihn sich überhaupt nicht vorgestellt, hat sich im Vorfeld keinerlei Bild von ihm gemacht. Und vermutlich ist das auch der Grund dafür, dass sein Anblick sie jetzt aus der Bahn wirft. Sie ist unfähig, sich vom Fleck zu bewegen, steht da, ein Reh im Scheinwerferlicht, erstarrt. Doktor Szabó kommt auf sie zu. Er greift nach ihrer Hand und drückt sie, kurz und fest. Dann deutet er auf die beiden Korbstühle vor der Fensterfront. Dazwischen ein runder Glastisch, auf dem ein schwarzes Notizbuch liegt, ein Füller, das filigrane Gestell einer Lesebrille. Charlotte fühlt sich noch immer nicht imstande, sich zu rühren, aber Doktor Szabó bleibt geduldig mit ihr oder nachsichtig. Er lächelt, zeigt ein zweites Mal auf die Stühle. Eine Geste exakt über die Stuhllehnen hinweg, die offenbar deutlich machen soll, dass es an ihr ist, sich zu entscheiden. Links oder rechts. Auf diesen Stuhl oder auf den anderen. Charlotte ahnt, dass es wichtig ist, für welchen Platz sie sich entscheidet, dass ihre Entscheidung bereits etwas Wesentliches über sie verrät.

Sie wählt den Stuhl mit Blick auf das Regal. Erst jetzt bemerkt sie die Figur davor, ein Pferd, geschnitzt aus dunklem Holz, das sich aufbäumt. Rote Punkte anstelle von Pupillen. Glühende Pferdeaugen, die sie fixieren. Sie dreht sich weg, blickt über ihre Schulter. Doktor Szabó steht erneut vor dem Sekretär, auf dem sich Papiere in schiefen Türmen stapeln. Er führt eine hellbraune Teetasse an die Lippen, trinkt daraus, einen Schluck, einen zweiten, bevor er die Tasse auf der Fensterbank abstellt und sich setzt, Charlotte gegenüber. Er schlägt die Beine übereinander, hebt erwartungsvoll die Brauen. Fast so, denkt sie, als hätten wir gar keinen Termin. Als wäre ich völlig unerwartet in seiner Praxis erschienen, aus dem Nichts, eine Fremde, ein ungebetener Gast.

Vor diesem ersten Gespräch hat sie sich einige Sätze zurechtgelegt. Eine Art Selbstanalyse, halbwegs schlüssige Erklärung ihres Zustands. Nun versucht sie, sich an diese Sätze zu erinnern. Sie sagt, dass es ihr nicht gut ging in den vergangenen Wochen. Dass sie nicht sicher ist, wann genau es begonnen habe. Im Herbst sei sie hergezogen, in eine Einzimmerwohnung, nach Kreuzberg. Wahrscheinlich habe sie das Alleinewohnen unterschätzt, sei sie nicht gefasst gewesen auf den Berliner Winter. Vielleicht habe es aber auch später erst begonnen. Einige Wochen darauf, nach der Ausstellungseröffnung, unmittelbar nachdem ihre Eltern sie besucht hätten. Letztendlich habe wohl eine Mischung aus alldem dazu geführt, dass sie nicht weitergewusst habe; eine im Nachhinein nicht entschlüsselbare Kombination von Faktoren.

Doktor Szabó unterbricht sie nicht. Dann und wann wirft er einzelne Wörter in den Raum oder wiederholt etwas, das sie gesagt hat. Als sie erzählt, dass sie im Oktober noch einmal begonnen habe zu studieren, sagt er: Studieren, Charlotte sagt: Literaturwissenschaft. Als sie von Weihnachten spricht, von den Feiertagen zu Hause, während derer ihre Schwester auch den Eltern verkündet hat, dass sie heiraten werde, sagt er: Zuhause. Und Charlotte, unsicher, ob es sich um eine Rückfrage handelt oder um die Aufforderung, das Wort als solches zu überdenken, sagt: Zuhause, ja, im weitesten Sinne. Dort, wo ich aufgewachsen bin, in der Nähe von Frankfurt. Eigentlich, sagt sie, sei sie davon ausgegangen, dass diese Dinge längst hinter ihr lägen.

Diese Dinge, wiederholt Doktor Szabó.

Sie sagt: Na ja – die Krankheit eben. Gegen Ende des letzten Jahres habe sie deutlich gespürt, wie sie sich wieder eingeschlichen habe, angepirscht. Für die einfachsten Dinge habe ihr die Kraft gefehlt. Sie sei nicht mehr zur Universität gefahren, habe Verabredungen abgesagt. Sie habe nicht schlafen können, nicht essen, nicht zeichnen. Vor allem nicht zeichnen. Es ist ihr wichtig, das zu betonen: Nicht mehr zeichnen zu können, sei von all diesen Verlusten bei Weitem der schmerzlichste gewesen. Ich habe gedacht, dass eine Therapie nicht schaden könnte. Dass es nicht schaden könnte, mit jemandem zu sprechen. Einen Ort zu haben, an dem ich das aussprechen kann, ungefiltert, einen geschützten Raum.

Charlotte sieht zu Doktor Szabó, in sein gleichermaßen aufmerksames wie reserviertes Gesicht. Ein Gesicht, denkt sie, in das hinein man alles, auch das Allerschrecklichste, sagen könnte. Er nimmt das Notizbuch vom Tisch, schlägt die erste Seite auf. Notiert das Datum und darunter etwas, das sie nicht entziffern kann, möglicherweise ihren Namen. Dann hebt er den Kopf, sieht sie auffordernd an.

Charlotte zögert. Vermutlich erwartet er von ihr, dass sie über ihre Vergangenheit spricht, ihre Kindheit, familiäre Konflikte und Strukturen. Sie sagt, dass sie schon einmal eine Therapie gemacht hat, in der sie all das hinreichend aufgearbeitet habe, auseinandergenommen und analysiert. Dass sie eher über das Hier und Jetzt sprechen wolle, ihre akute, ganz konkrete Situation. Doktor Szabó erhebt keinen Einspruch, aber er verzieht bedauernd das Gesicht. Mehr ist auch nicht notwendig, um sie einsehen zu lassen, dass er, um ihr helfen zu können, ihre Vorgeschichte kennen muss, die Hintergründe, zumindest in groben Zügen. Sie denkt, dass sie ihm eben nur das Nötigste erzählen wird; nur, was er unbedingt zu wissen braucht, um sich ein Bild zu machen, ihre Lage zu verstehen.

Doktor Szabó nickt ihr aufmunternd zu, die Spitze seines Füllers schwebt über dem Papier. Erzählen Sie, sagt er.

Und also erzählt Charlotte.

Sie beginnt mit dem Naheliegenden, dem Dorf ihrer Kindheit. Fachwerkhäuser und eine Kirchturmuhr, die täglich zweimal schlägt. Eine Altstadt, in der es in der Nacht totenstill ist. Nur ab und an stolpert eine Gestalt aus der Wirtschaft, hallt ein Grölen durch die leeren Gassen. Im Rücken des Dorfes erstreckt sich der Hang. Parallele, wie an lange Schnüre gespannte Weinstöcke, durch die im Spätsommer die Erntehelfer laufen, Körbe geschultert, in die sie die abgeschnittenen Reben werfen. Die Aussichtsplattform am höchsten Punkt des Hügels, der unverstellte Blick bis hinunter zum Fluss. Alle paar Stunden entlässt die Fähre Touristen in den Ort. Männer und Frauen in Trekkingschuhen und asiatische Reisegruppen, die mit gezückten Kameras durch den Ortskern spazieren, Giebel fotografieren, die geschnitzten Fassaden. Ein letztes Foto vor dem Brunnen am Marktplatz, bevor es Zeit wird, zum Anleger zurückzukehren, das Schiff wieder zu besteigen, weiterzufahren.

Wir leben dort, wo andere Urlaub machen, sagt Charlottes Vater oft. Er ist Zahnarzt, arbeitet seit über dreißig Jahren in einer Gemeinschaftspraxis in der nächstgrößeren Stadt. Wenn man ihn nach dem Kennenlernen mit Charlottes Mutter fragt, erzählt er bereitwillig, was sich im Frühjahr des Jahres 1986 angeblich zugetragen hat. Er spricht emphatisch, die Mutter sitzt daneben, unterbricht ihn hin und wieder, wirft etwas ein. Seine Frau, beginnt der Vater zu erzählen, sei an einem Nachmittag in die Praxis gestürmt, wutentbrannt und mit einem von ihm ausgestellten Rezept wedelnd. Sie habe die Sprechstundenhilfe angeschrien.

Ich habe sie nicht angeschrien.

Der Vater sagt: Du hast jedenfalls sehr laut gesprochen. Die Mutter habe die Sprechstundenhilfe gebeten, dem verehrten Herrn Doktor auszurichten, dass heutzutage kein Mensch mehr Rezepte per Hand ausfülle. Erst recht nicht, wenn man mit einer derart unlesbaren Handschrift gestraft sei wie ihr Chef. Deine Sauklaue, sagt die Mutter, sie schüttelt den Kopf. Unmöglich zu entziffern, was du verschrieben hast. Der Vater sagt, als die Mutter die Praxis betreten habe, sei er dabei gewesen, einem Jungen die Weisheitszähne zu ziehen. Selbst durch die geschlossene Tür hindurch habe er sie im Vorzimmer zetern hören. So laut und so anhaltend, dass er die Spritze schließlich aus der Hand gelegt, die Operation unterbrochen habe. Er habe die Mutter nach Feierabend auf ein Glas Wein eingeladen. Um die Sache in Ruhe zu besprechen. Der Vater sagt: Und der Rest ist Geschichte. Es ist der Satz, mit dem er seine Schilderung jedes Mal enden lässt, bevor er dann seine Frau ansieht. Ihr einen Blick zuwirft, der fast verschwörerisch wirkt, der wohl Zuneigung ausdrücken soll, eine Verbundenheit. Ein Blick, den die Mutter nie erwidert.

Charlotte weiß nicht, warum sie Doktor Szabó diese Anekdote der ersten Begegnung ihrer Eltern erzählt. Sie spürt, wie das Erzählen ihr entgleitet, sie die Kontrolle darüber zu verlieren beginnt. In ihrem Innern steigen immer mehr Bilder auf, und mit einem Mal überkommt sie das starke Bedürfnis, Worte für ebendiese Bilder zu finden, die Erinnerungen auszusprechen, sie mit Doktor Szabó zu teilen.

Also spricht sie weiter, unzusammenhängend. Von den Wochenenden, den Besuchen bei ihren Tanten und bei der Großmutter, die seit ihrem Schlaganfall im Rollstuhl sitzt, nicht sprechen kann, Charlotte nicht mehr erkennt. Die ihr so verhassten Familienausflüge. Wanderungen durch die Weinberge, gefolgt von der Einkehr in die immer gleichen Gaststätten und Straußwirtschaften. Das Sitzen unter Efeu, Flammkuchen und Jägerschnitzel. Waffeln mit heißen Kirschen oder Eisbecher zum Nachtisch, jeweils drei Kugeln für ihre Schwester und sie selbst.

II.

Wolfgang zieht im Frühjahr nach Berlin, ins Vorderhaus eines Kreuzberger Altbaus. Hellgraue Fassade, Gründerzeit. Im Treppenhaus riecht es nach Waschmittel, nassem Hundehaar. Er trägt seine Koffer die drei Stockwerke hinauf, steht dann schwer atmend im kühlen Flur. Rauschen der Rohre. Kindergeschrei, hörbar trotz der geschlossenen Fenster. Die Schlüssel für den Fahrradschuppen liegen auf dem Küchentisch. Wolfgang registriert das mit einem Blick. Er friert, läuft durch die Räume und dreht in jedem die Heizung auf, stellt den Regler jeweils auf die maximale Stufe. In der Kommode im Flur findet er ein Bettlaken, graue Bezüge für Kopfkissen und Decke. Der Stoff riecht ungewaschen, riecht nach dem Brasilianer. Er legt das Bettzeug in die Schublade zurück. Im Zimmer lässt er sich auf die nackte Matratze fallen, liegt so auf dem Rücken, die Arme von sich gestreckt. Schließt die Augen und merkt erst jetzt, wie erschöpft er ist.

Auch die darauffolgenden Wochen sind überschattet von einer bleiernen Müdigkeit. Wolfgang fühlt sich nicht wohl, etwas sitzt ihm in den Knochen. Jeder Morgen ist ein kaum zu bewältigender Kraftakt. Dennoch zwingt er sich, aufzustehen, zur Universität zu fahren. Das Büro teilt er mit einer weiteren Doktorandin, Thea, die ihre Promotion vor Kurzem erst begonnen hat.

Steckt in den Kinderschuhen, sagt sie, wenn sie nebeneinander vor der Kaffeemaschine stehen, in der Teeküche des Instituts. Während sie darauf warten, dass ihre Tassen sich füllen, ist es Thea, die redet, die fortwährend erzählt. Sie promoviert zu Rilke, Rilkes *Stundenbuch*, wenn Wolfgang es richtig verstanden hat. Er hat den Moment verpasst, in dem es noch legitim gewesen wäre, nachzufragen. Inzwischen ist Thea zu ganz anderem übergegangen, spricht von Rilkes Nachlass, der umstrittenen Quellenlage, der unübersichtlichen Menge an Sekundärliteratur. Normalerweise ist er kein exzessiver Kaffeetrinker, in diesen ersten Wochen in Berlin jedoch trinkt Wolfgang Kaffee wie Wasser. Er überbrückt so die Morgenstunden, rettet sich in den Nachmittag, fünfzehn Uhr, eine vierte Tasse, eine letzte noch, und Feierabend. Danach immer dieselben Wege: vom Universitätsgelände zur U-Bahn. Diese Station und diese und die, umsteigen, sich öffnende, sich schließende Türen. Telefongespräche. Ansagen, die an ihm vorüberziehen, die übertönt werden von einem doppelten Rauschen: eines in seinen Ohren und eines in seinem Blickfeld. Bildrauschen. Ein stetiges Flackern. Fluoreszierende Punkte in Schwarz-Weiß.

Er schafft es gerade noch, die Wohnungstür zu schließen. Streift die Stiefel ab und geht ins Schlafzimmer hinüber, vergräbt das Gesicht im weichen Baumwollstoff des Kissens. Wenn er wach wird, sind die Lichtflecke an den Zimmerwänden verschwunden. Der Verkehr ist abgeebbt, das Viertel angenehm still. Im türkischen Markt an der Ecke kauft er das Nötigste: Kaffeefilter, Brot und Bananen. Wasser mit Kohlensäure in zwei Liter fassenden Flaschen. Später zwingt er sich noch einmal an den Schreibtisch. Nur ein paar Kapitel lesen, wenigstens ein Kapitel, ein paar Seiten. Doch es hat keinen Zweck, die Sätze verschwimmen ihm vor den Augen, verkommen zu langen Reihen kryptischer Zeichen. Bevor er aufgibt, liest er den ersten Satz der *Recherche*, müsste ihn nicht lesen, kann ihn längst auswendig: *Longtemps, je me suis couché de bonne heure.* Lange Zeit bin ich früh schlafen gegangen. Wolfgang beschließt, es dem Erzähler gleichzutun. Er löscht alle Lichter. Geht früh zu Bett.

Dieser Zustand der Erschöpfung hält noch eine Weile an. Dann lichtet sich endlich der Schleier der Müdigkeit, gewinnen die Dinge allmählich wieder an Kontur. Im kommenden Semester wird er zwei

Seminare geben. Einen Einführungskurs in die Vergleichende Literaturwissenschaft und einen weiteren, der an seine Doktorarbeit anknüpft. Zu Proust, zu literarischen Erinnerungskonzeptionen. Wolfgang freut sich auf die Lehre, aber er ist auch nervös. Zur ersten Sitzung erscheint er zu früh. Kippt alle Fenster und packt seine Ordner aus, schiebt sie sinnlos von einer Tischseite zur anderen und zurück. Minuten später ist der Seminarraum bis auf den letzten Platz gefüllt. Ein Raum, viel zu klein für vierzig Studierende. Einige hocken im Schneidersitz auf dem Linoleumboden, andere auf den Heizkörpern, Briefblöcke im Schoß. Ein Mädchen mit einem schwarzen, sehr exakt geschnittenen Pony malt Blumen und Ranken in ihren Kalender. Der Kommilitone neben ihr hält den Kopf gesenkt, das Telefon halbherzig unter der Tischplatte verborgen. Wolfgang teilt den Seminarplan aus, fragt nach den allgemeinen Erwartungen an den Kurs. Vielleicht möchten ein paar von Ihnen ihre Ideen im Plenum teilen. Mehr Bitte als Frage. Er sieht sich um. Gesichter wie leere Gläser, die er nicht zu deuten weiß.

Im Seminar zu Proust läuft es besser. Die Gruppe ist kleiner, nur knapp über zwanzig Personen. Auf seine erneute Frage hin, was die Studierenden sich von dem Kurs versprächen, gibt es gleich mehrere Wortmeldungen. Die Beschäftigung mit der literarischen Abbildung von Erinnerung, ihrem fiktionalen Gehalt, den Grenzen ihrer Darstellung. Einen

Überblick über Prousts Werk, sofern das denn möglich sei, zumindest einen Einblick in einen Ausschnitt davon. Wolfgang ist erleichtert, er atmet merklich auf. Und doch bleibt eine Spannung in ihm zurück. Eine ganz grundsätzliche, unhintergehbare Anspannung, die sich weniger auf das Gelingen des Seminars bezieht als auf ihn, auf Wolfgang als Person. Viele der Kursteilnehmer sind kaum jünger als er, einige im selben Alter oder älter. Jedes Lachen deutet er als eines, das ihm gilt. Finden sie mich lächerlich, fragt er sich, machen sie sich lustig? Über meinen Akzent, dass ich mir anmaße, sie etwas lehren zu wollen. Er bemüht sich, diese Selbstzweifel abzuschütteln, so gut es geht. Sagt sich, dass es eben dauern wird, bis er sich daran gewöhnt hat. An seine Rolle als vermeintlicher Experte, diese ihm so fremde Autorität.

III.

Seit der ersten Sitzung bei Doktor Szabó sind zwei Monate vergangen. Es ist Ende Februar, und noch immer ist Charlotte zu keinem Ende gekommen, ist sie damit befasst, ihm ihre Erinnerungen zu erzählen. In jeder Woche teilt sie eine neue Episode, Bilder ihrer Vergangenheit, Szenen. Sie ist sich sicher, dass das nicht dem Ablauf entspricht, dem die Sitzungen üblicherweise folgen. Aber Doktor Szabó scheint diesen Ablauf dennoch zu befürworten. Er greift nicht ein, unterbricht sie nicht. Generell ist er schweigsam, hält das Notizbuch im Schoß. Seine Schrift ist zu klein, als dass Charlotte sie entziffern könnte. Gut möglich auch, denkt sie, dass er auf Ungarisch schreibt. Einmal, als sie im Flur der Praxis ihren Mantel anzieht, sieht sie durch die halb geöffnete Tür, wie Doktor Szabó vor das Regal tritt. Er hält das Notizbuch in der Hand, lässt den Blick über die Reihen gleiten, verharrt eine Weile so, bevor er das Buch gezielt hineinstellt. In der kommenden

Woche achtet sie darauf: ein ganzes Regalsegment, acht volle Borde, auf denen ausschließlich Notizbücher stehen. Die Bücher gleichen einander, sind auf den ersten Blick identisch, anonyme Rücken, schwarz und unbeschriftet. Was ist das System dahinter, was die Ordnung? Möglicherweise, denkt sie, gibt es keine Ordnung. Macht Doktor Szabó sich einen Spaß daraus, vor jeder Sitzung ein beliebiges Buch aus dem Regal zu ziehen; so zu tun, als notiere er darin, halte fest, was die Patientin, der Patient ihm erzählt. Tatsächlich aber schreibt er etwas ganz anderes: Einkaufslisten, Tagebuch, einen Fantasietext.

Und selbst wenn, denkt Charlotte. Die Gespräche tun ihr gut, so oder so. Im Grunde sind es ja keine richtigen Gespräche; ein Monolog vielmehr, den sie hält, von dem sie aber meint, ihn in dieser Form nur in Doktor Szabós Gegenwart führen zu können. Die Sitzungen finden immer montags statt, um siebzehn Uhr, und dauern fünfzig Minuten. Bevor sie die Praxis betritt, ist der Tag noch hell. Eine Stunde später dämmert es bereits, verfängt sich letztes Licht in Streifen bläulicher Wolken. Trotz der Kälte geht sie zu Fuß. Langes Warten am Zebrastreifen. Hupen, genervtes Kuppeln. Sie fühlt sich leicht an diesen Abenden, mit jeder Woche ein wenig leichter. Als hätte sie Ballast bei Doktor Szabó abgeworfen, sich einmal mehr von etwas befreit.

Charlotte sammelt sich, gibt ihrem Leben die alte Struktur, fügt die Bausteine nach und nach wieder ein in ihre Tage. Philippe sagt sie, er könne sie in den Schichtplan eintragen, und sie hält sich daran, sie sagt diese Schichten nicht ab. Sie fährt zur Universität, wagt sich unter Menschen. Und sie isst, sie zwingt sich dazu. So lange, bis das Essen sie fast nicht mehr anstrengt, bis es beinahe wieder Routine, Normalität geworden ist.

Im März hat sie Semesterferien. Sie wird vierundzwanzig am Elften des Monats und hat eigentlich nicht vor, diesen Geburtstag zu feiern. Sie muss auch arbeiten am Vorabend, in der *Buvette*. Ist überrascht, als kurz vor Mitternacht Andrej aus der Küche tritt und ein Schälchen auf den Tresen stellt. Eine Crème brûlée. Er zündet die Wunderkerze an, die in der Karamellschicht steckt, und Vera, die gerade dabei ist, Gläser abzuspülen, trocknet sich die Hände. Auch Philippe kommt dazu.

Joyeux anniversaire, sagt Andrej. Charlotte weiß, dass er es absichtlich auf diese Weise ausspricht, kaum verständlich, sehr falsch betont.

Der Blick, den Philippe ihm zuwirft, ist derart schockiert, dass sie lachen muss. Philippe schüttelt den Kopf. Alors, on chante! Er ruft es in den Gastraum, stimmt an: Joyeux anniversaire, joyeux anniversaire!

Und obwohl die Gäste der *Buvette* sie nicht kennen, nicht wissen, wer diejenige ist, die da Geburtstag hat, fallen die meisten von ihnen in den Gesang mit ein. Charlotte ist es erst unangenehm, so im Mittelpunkt zu stehen, aber dann, im Nachhinein, freut sie sich darüber. Über die Sache an sich, über die Geste.

Am Ende des Monats fährt sie nach Utrecht. Um Johannes zu besuchen, der dort ein Auslandssemester macht. Für diese Reise muss sie eine Sitzung bei Doktor Szabó ausfallen lassen, und es erschreckt sie selbst, wie stark sie das trifft. Aus der einen Stunde am Montag, in der sie mit ihm spricht, zieht sie ihre Kraft für die restliche Woche. Nun aber stauen die Erinnerungen sich an, verfolgen sie noch bis in ihre Träume. Sobald Johannes schläft, sucht sie im Koffer nach dem Buch. Dem Skizzenbuch, das sie eingepackt hat, in der vorausschauenden Annahme, es unterwegs zu brauchen. Charlotte zögert, bevor sie beginnt, die Bilder aufs Papier zu bringen, eines nach dem anderen: Marie-Christin schaukelnd, ihr wippender Zopf. Der Leopard auf seinem Sockel. Amir und Paul. Sie versucht auch, die Akkordeonspielerin zu zeichnen, ihre feinen, wie in Stein gemeißelten Züge. Wird wehmütig, als es nicht gelingen will. Charlotte besitzt kein Foto von ihr. Sie denkt: Dieses Gesicht habe ich also verloren.

Irgendwann bemerkt Johannes, dass sie wach ist. Er setzt sich im Bett auf. Ist alles in Ordnung?

Charlotte klappt das Skizzenbuch zu, obwohl es ohnehin zu dunkel im Raum ist, als dass Johannes etwas erkennen könnte.

Ja, sagt sie. Alles in Ordnung.

Johannes sagt: Du kannst immer noch nicht schlafen.

Sie sehen einander an, durch die Dunkelheit, und denken in diesem Moment wohl an dasselbe: an die Küche der Wohngemeinschaft und wie sie auch damals zusammensaßen, während die anderen schliefen. Die anderen Mitbewohner: Ole und Jasper. So lange, bis Jasper sein Studium beendete und stattdessen Sina bei ihnen einzog. Sina, mit der Ole sich so heftig zerstritt, dass sie ihre Zimmer fast zeitgleich räumten. Merve und Eliah nahmen ihre Plätze ein, für Merve kam Astrid, für Astrid Mareike und für Mareike schließlich Judith, ein halbes Jahr darauf. Das Leben in der Wohngemeinschaft ist unübersichtlich. Niemandem fällt auf, wenn Charlotte ihr Zimmer, oft über Tage, so gut wie nicht verlässt. Keiner fragt sich, wann er sie das letzte Mal hat essen sehen, ob sie den Kühlschrank nur geöffnet und geschlossen oder tatsächlich etwas herausgenommen hat. Niemand kümmert sich darum. Johannes schon. Johannes lässt die eigene Zimmertür angelehnt, um nicht zu verpassen, wenn ihre Tür sich öffnet. Mitten in der Nacht, drei oder vier Uhr am Morgen.

Er leistet ihr Gesellschaft in diesen Nächten.

Es gab Zeiten, da war seine Anwesenheit die einzige, die Charlotte ertrug. Sie sitzen beieinander, schweigen, rauchen. Machen sich nicht die Mühe, das Küchenfenster zu öffnen. Wenn sie reden, dann nie über das Wesentliche, über das, was Charlotte Doktor Szabó gegenüber *die Krankheit* nennt. Vermutlich ahnt Johannes etwas. Hat er eigene Worte für ihren Zustand gefunden. Depression. Anorexie. Aber er verlangt nicht von ihr, dass sie sich erklärt oder rechtfertigt. Drängt sie nicht, zu erzählen von ihren dunklen Tagen. Vom Rausch, in den der Hunger sie nach wie vor versetzt.

Charlotte sagt: Doch, eigentlich kann ich wieder schlafen. Viel besser als früher. Nur heute eben nicht. Sie überlegt, Johannes von Doktor Szabó zu erzählen, verwirft den Gedanken dann aber wieder. In Berlin hat sie auch niemandem von ihm erzählt, warum sollte sie jetzt eine Ausnahme machen. Sie wüsste auch gar nicht, was sie sagen sollte: Ich habe übrigens eine Therapie begonnen. Und weiter? Wie sollte sie benennen, wie beschreiben, was Doktor Szabó und sie zusammen tun. Wie sehr sie ihn braucht, wie sehr sie angewiesen ist auf sein Horchen und Schweigen und ständiges Notieren.

IV.

Nach und nach lernt Wolfgang die Routinen seiner Nachbarschaft kennen, die alltäglichen Abläufe und Gewohnheiten derer, die in unmittelbarer Nähe wohnen, in den angrenzenden Wohnungen, über und unter ihm. Er stimmt den eigenen Rhythmus auf sie ab, wird selbst zu einem Zahnrad im Getriebe des Hauses. Frühmorgens hört er über sich eine Wohnungstür ins Schloss fallen, das Kratzen von Hundepfoten auf den Stufen im Treppenhaus. Die Nachbarin ruft den Hund, sie lockt ihn: Komm, Effie, komm! Und Wolfgang dreht sich noch einmal um. Er weiß, dass es, da die Nachbarin ihren Tag nun beginnt, nicht mehr lange dauert, bis auch sein Wecker klingelt. Fünf Minuten, zehn vielleicht.

Am späten Nachmittag trifft er gelegentlich auf einen jungen Mann, ebenfalls ein Nachbar, der sein Fahrrad den Hügel hinaufschiebt. Sein Sohn sitzt auf dem Gepäckträger, im Kindersitz. Beide, Vater wie Sohn, tragen Helme, über die sich gelbe, reflektierende Hüllen spannen. Wenn Wolfgang die beiden kommen sieht, wartet er kurz. Bleibt in der Haustür stehen und hält sie ihnen auf. Der Vater bedankt sich nie dafür, fragt stattdessen das Kind: Und, Jonas, was sagen wir, wenn jemand uns die Tür aufhält? Der Junge sieht Wolfgang mit großen Augen an. Immer hat er etwas Essbares in der Hand, ein Apfelstück, den halbrunden Bogen einer Brezel. Jonas bleibt stumm, der Vater lacht. Bisher ist jede ihrer Begegnungen so verlaufen, und Wolfgang vermutet, dass es dabei auch bleiben wird. So lange, bis der Junge eine Antwort gefunden, bis er gelernt hat, Danke zu sagen.

Um an seiner Dissertation zu arbeiten, bleiben ihm unter der Woche nur die Abende und Nächte. Wenn er sich in der Wohnung an den Schreibtisch setzt, zerfasert der Tag, ist zumeist schon früher Abend geworden. Seine Ausgabe der *Recherche* steht vor ihm auf dem Fensterbrett. Alle sieben Bände, die Buchrücken ihm zugewandt. Oft verpasst er, in die Texte vertieft, den Moment, in dem der Himmel über den Dächern sich verdunkelt. Die wenigen Minuten, in denen er die Farbe wechselt, von blassblau zu rosa, dunkelblau zu schwarz.

So auch an diesem Abend. Wolfgang steht auf. Er schließt die Vorhänge, geht hinüber in die Küche. Unentschlossen, ob er Kaffee kochen oder doch gleich eine Flasche Rotwein öffnen soll. Er entscheidet sich für den Wein. Weniger aus einer Lust heraus als im Bemühen, einem Bild zu entsprechen: er, Wolfgang, der junge Akademiker, der Intellektuelle, der nachts noch immer schreibt. Ein Glas Rotwein in Reichweite, an dem er andächtig nippt, in der Pause zwischen zwei Gedanken. Da der Brasilianer offenbar keine Weingläser besitzt, hat er eigene Gläser gekauft, außerdem Kerzen. Breite, cremefarbene Wachszylinder, die seither unbenutzt auf dem Küchentisch stehen. Als sein Blick darauf fällt, entschließt er sich, seinen Arbeitsplatz in die Küche zu verlegen. Er stellt eine Kerze auf den Tisch, eine zweite auf die Fensterbank. In der Besteckschublade sucht er nach einem Feuerzeug, findet stattdessen eine Packung Streichhölzer im Küchenschrank. Der herbe Geruch des ausgeblasenen Zündkopfs versetzt etwas in ihm in Schwingung, wirbelt verschüttete Bilder auf: die Winter seiner Kindheit, Kerzenständer im Eingangsbereich der Villa der Großeltern. Adventskränze, eine bestimmte Gemütlichkeit. Wolfgang bleibt noch eine Weile am Fenster stehen. Er platziert das Weinglas neben der brennenden Kerze. Sieht abwechselnd in die Flamme und hinaus in den Hof.

An der Fassade des Hinterhauses die üblichen Muster: das unruhige Flackern des Fernsehers im Dachgeschoss. Das Bügelbrett, ein Stockwerk tiefer. Ein Stapel Wäsche liegt darauf, schon seit Tagen, es könnte jedes Mal ein anderer sein oder immer derselbe. Ein Fenster wird aufgestoßen, dritter Stock.

Töpfe und Siebe über einem Spülbecken. Der gleiche hässliche Sicherungskasten, der auch in seiner Küche hängt. Eine Frau steht rauchend am offenen Fenster. Ein Scherenschnitt, in den Rahmen gelehnt. Das Klicken eines Feuerzeugs, der Glimmpunkt der Zigarette. Die Nachbarin stößt den Rauch lange aus. Ihr Blick ist auf einen Punkt unter Wolfgang gerichtet, auf eine Szene vielleicht in den unteren Wohnungen, die ihm selbst verborgen bleibt. Schatten hinter den vergitterten Fenstern der Kellerwohnung. Kinderstimmen, die mahnende Stimme eines Erwachsenen. Zwei Jungen in Pyjamas, die hinter den Stäben auf und ab rennen. Die Geduld ihrer Eltern auf eine letzte Probe stellen, bevor es endgültig an der Zeit ist, schlafen zu gehen. Als das Geschrei der Kinder verstummt, wendet er sich ab. Dreht dem Fenster den Rücken zu. Setzt sich und liest weiter.

Nachdem er einen Absatz mehrmals gelesen hat, ohne zu begreifen, beschließt Wolfgang, es genug sein zu lassen. Er stellt das leere Weinglas ins Spülbecken, sieht auf die Uhr. Kurz nach Mitternacht. Das Hinterhaus liegt inzwischen im Dunkeln. Schläft, denkt er, wie auch seine Bewohner. Nur die Nachbarin aus dem dritten Stock ist noch wach. Sitzt im schwachen Schein einer Lichterkette, die sich von einem Ende der Küchenschränke zum anderen spannt. Er sieht ihr Gesicht im Halbprofil.

Sie beugt sich über die Tischplatte, über etwas in ihrer Mitte, einen Block, ein Papier. Immer wieder richtet sie sich auf, betrachtet das Blatt prüfend, streicht mit den Fingerspitzen darüber. Fügt Striche hinzu, sehr gezielt, einen hierhin, einen dort. Auf Wolfgang wirkt sie versunken, selbstvergessen, und mit einem Mal fühlt er sich unwohl, als Voyeur. Die Frau aber scheint ihn gar nicht zu bemerken. Ahnt nicht, dass sie beobachtet wird, oder denkt sich, dass es ihr ja egal sein kann. Dass sie schließlich nichts zu verbergen hat.

Das alles wird zur Routine: das nächtliche Schreiben, der Rotwein, die Kerzen. Wann immer Wolfgang spürt, dass er nicht weiterkommt, seine Gedanken sich zusehends verhaken, klappt er den Laptop zu und tritt ans Fenster. Weil die Frau aus dem dritten Stock weder Vorhänge hat noch Jalousien, ist der Blick auf sie der für ihn am wenigsten verstellte. Er sieht ihr zu. Wie sie die Kräuter auf der Fensterbank gießt. Tee kocht, den Wasserkessel von der Herdplatte nimmt. Das Geräusch des Kessels ist bis über den Hof zu hören, ein lang anhaltendes, ekstatisches Pfeifen. Die Nachbarin zeichnet, Nacht für Nacht. Ihr Vertieftsein, ihre Hingabe motivieren ihn. So sehr, dass er einen Pakt mit sich selbst schließt: nicht aufzuhören, solange auch sie noch am Werk ist. Sich erst zu erlauben, seine Arbeit zu beenden, wenn das Licht auch in der Küche gegenüber erlischt.

Über der Lehne des Küchenstuhls hängt der Mantel der Nachbarin. Ein blauer Mantel, hellblau. Oder taubenblau? Wolfgang kann sich zu dem Wort keine Farbe vorstellen. Gibt es das denn, fragt er sich, eine blaue Taube?

V.

In Berlin fährt Charlotte fort, ihre Erinnerungen zu zeichnen. Meist dauert es lange, bis die Bilder gereift sind. Wenn sie zu schnell ist, eine Erinnerung zu früh abzubilden versucht, entwischt sie ihr. Ist es ein fremdes Bild, das auf dem Papier entsteht, ein anderes als das, das sie im Kopf hatte. Sie muss geduldig sein. Muss warten, bis die Motive sich scharf stellen, sich aus dem Nebel befreit haben, der sie umgibt und der nicht unbedingt dichter wird mit der Zahl der Jahre, die ein bestimmtes Ereignis zurückliegt.

Charlotte zeichnet bei jeder sich bietenden Gelegenheit. An der Universität, im Café, in der Bahn. Und nachts, am Tisch in ihrer Küche, wo sie ganz ungestört ist, sich in den Bildern verlieren kann.

Auch zu Doktor Szabó nimmt sie das Skizzenbuch mit. Sie denkt, dass sie ihm die Zeichnungen zeigen, ihre Schilderungen so illustrieren könnte. Doch dann vergisst sie das Buch im Rucksack, wird einmal mehr mitgerissen vom Strom ihrer Erzählung. Doktor Szabó hat seine Zurückhaltung nach wie vor nicht aufgegeben. Er schweigt, lässt sie reden, schreibt mit. Selten nickt er, bekräftigend oder als Zeichen, dass er ihr weiterhin folgt. Ab und an legt er den Kopf schief, lächelt. Auf eine kaum merkliche, nach innen gewandte Weise.

Charlotte arbeitet sich langsam vor. Legt Schicht um Schicht ihrer Vergangenheit frei, ein umgekehrtes Graben, ein Auftauchen eher, von der entferntesten Erinnerung bis an die Oberfläche, ins Jetzt. Sie fragt sich, was passieren wird, wenn sie die Gegenwart erreicht. Wenn die Quelle der Bilder in ihr versiegt, es nichts mehr gibt, das sie noch erzählen könnte. Vielleicht aber wird es dazu gar nicht kommen. Wird Doktor Szabó ihre Gespräche zuvor bereits beenden. Sobald das Notizbuch vollständig gefüllt ist, sämtliche Seiten beschrieben sind. Es tut mir leid, wird er sagen, das war's. Meine Mittel sind ausgeschöpft, ich kann nichts weiter für Sie tun. Er wird das Buch zwischen all die anderen ins Regal stellen. Charlotte mit einem letzten, festen Händedruck entlassen.

Sie versucht, in ihrer Erzählung chronologisch vorzugehen. Das gelingt nicht immer. Manchmal fällt ihr im Laufe der Woche noch etwas ein, eine Begebenheit, die ihr plötzlich so wichtig erscheint, dass sie in der nächsten Sitzung darauf zurückkommt.

Die Anekdote mit dem bunten Pferd ist eine solche Geschichte. Eine von denen, die Charlotte nachträgt, obwohl sie eigentlich längst zu anderem übergegangen ist. Sie muss daran denken, als ihr Blick auf die Figur fällt. Auf das Pferd mit den glühend roten Augen, das sich aufbäumt wie ihre Erinnerung in diesem Moment. Mit einem Mal scheint ihr diese Geschichte etwas zu verdeutlichen; etwas Wesentliches, von dem sie meint, es in anderen Worten nicht in derselben Exaktheit beschreiben zu können. Das war in der vierten Klasse, beginnt sie also. Ich habe damals einen Wettbewerb gewonnen. Einen Malwettbewerb, mit dem Bild von einem Pferd. Es klingt komisch, das zu sagen: ein Bild von einem Pferd. Sie erzählt, wie sie während Marie-Christins Reitstunde am Rand der Koppel gesessen hat, den Zeichenblock auf den Knien. Wie sie sich beeilt hat, das Pferd hinter dem Zaun zu zeichnen, in ständiger Sorge, es könnte sich vom Fleck bewegen. Später malt sie ihm blaue Hufe, einen gelb, orange und rot gescheckten Hals. Eine Wiese dahinter, ein weitläufiges Blumenmeer. Bäume und Berge, violette Wolken.

Die Preisverleihung findet im Rathaus des Ortes statt. Im Festsaal steht ein Mann mit Krawatte am Rednerpult und verliest die Namen der Prämierten. Zuerst die Trost- und Anerkennungspreise, dann der dritte Preis, der zweite, bis Charlottes Name fällt. Ihre Eltern klatschen, als sie vortritt, sich die

Hand schütteln und ihren Gewinn überreichen lässt. Ein Malkasten, Aquarellkreiden, ein Set neuer Pinsel. Am nächsten Tag ist ein Foto in der Lokalzeitung abgedruckt: Charlotte, die strahlend neben ihrem Bild steht, einen Blumenstrauß in der einen, die Urkunde in der anderen Hand. Zu Hause hängt die Mutter die Urkunde auf, über der Kommode im ersten Stock zwischen die Wimpel, die Marie-Christin auf Reitturnieren errungen hat. Der Rahmen mit dem Bild des bunten Pferdes darin lehnt über einige Tage im Flur. Dann jedoch, eines Nachmittags, als Charlotte aus der Schule kommt, ist das Bild weg, spurlos verschwunden. Sie ist alarmiert, sucht ihre Mutter. Die steht vor dem Herd, zuckt mit den Schultern.

Es ist zu bunt, sagt sie, gießt währenddessen Tomatensoße über dampfende Nudeln. Ich wusste nicht, wo ich es aufhängen soll. Es passt hier einfach nirgendwo hin.

VI.

Oliver hat Wolfgang eine Mail geschickt, kurz nach seinem Umzug: *Willkommen in Berlin*, dazu ein Foto im Anhang. Er und Aurélia am Strand, portugiesische Atlantikküste. Sie hocken im Sand, Schulter an Schulter. Oliver trägt Maya in einem Tuch vor der Brust. Zum Zeitpunkt der Aufnahme muss es kühl gewesen sein, windig. Strähnen von Aurélias Locken wehen ihr ins Gesicht. Trotzdem lächelt sie, lächeln sie beide, blicken gezielt in Richtung der Kamera. Im Hintergrund das schäumende Meer, Segelboote wie Miniaturen. Wolfgang fragt sich, ob Oliver glücklich ist. Auf dem Bildschirm zoomt er nah an sein Gesicht, studiert es eingehend, findet keine Antwort darin.

Als sie einander zuletzt gesehen haben, im Februar, schien Oliver glücklich zu sein. Wolfgang kommt mit dem Zug nach Berlin, nimmt nicht mehr mit als etwas Bargeld und den Zettel mit Adressen. Gleich die erste ist die der Wohnung in Kreuzberg. Er klingelt einige Male, will schon wieder gehen, als der Summer ertönt, der Brasilianer ihm öffnet. Wolfgang wirft je einen schnellen Blick ins Zimmer, ins Bad und einen letzten in die Küche.

Five months, sagt der Brasilianer. March, sagt er. August. Er hält die Handflächen senkrecht, deutet die Zeitspanne an, der März die linke, der August die rechte Hand. Dann wiederholt er den Mietpreis und zeigt auf die Möbel, die während der Untermiete in der Wohnung bleiben sollen: die Matratze, der Schreibtisch, die Kommode im Flur. Okay, fragt er.

Wolfgang nickt. Damit ist alles Notwendige geregelt, sind die wesentlichen Informationen benannt. Er unterschreibt den Mietvertrag vor Ort, ist zufrieden. Er denkt: So einfach kann das sein.

Noch aus dem Treppenhaus ruft er Oliver an. Ich wär jetzt fertig, mein Zug fährt erst in ein paar Stunden, wo bist du gerade, können wir uns sehen? Sie treffen sich in einem Neuköllner Café. Bevor Oliver ihn umarmt, stellt er zwei Stoffbeutel ab. Lauchstangen, Brotaufstrich, Feuchttücher, Windeln. Requisiten eines Lebens, das Wolfgang fremd ist und in dem er sich auch den Freund nicht wirklich vorstellen kann. Er muss an die Zeit denken, als sie noch beide promovierten. An die langen Tage in der Bibliothek, die gemeinsamen Pausen am Kaffeeautomaten. Wie sie sich, heiße Plastikbecher in den

Händen, die Beine vertreten, sich kurz ausgetauscht haben: Kommst du voran? Na ja, geht so. Eher schleppend, offen gestanden, und selbst?

Die Erinnerung erscheint ihm nicht weit entfernt. Noch gar nicht lange her, dass Olivers Leben und sein eigenes sich nahezu glichen. Ein Alltag, dessen Zentrum die Doktorarbeit bildete, Kolloquien und Konferenzen, das Sichten von Quellen. In Berlin scheint all das keine Rolle mehr zu spielen. In nur zwei Jahren, dieser vergleichsweise kurzen Spanne Zeit, ist Oliver, so scheint es, zu jemandem geworden, der sich zuallererst als Vater definiert. Während ihres Gesprächs steht er mehrmals auf. Sieht in den Kinderwagen, kontrolliert, ob alles noch an seinem Platz ist. Er schiebt Mayas Fäuste unter das Fleecedeckchen zurück. Besteht schließlich darauf, dass sie sich umsetzen. Weil Maya frieren könnte, sich womöglich erkälten, im Zugwind. Als sie wach wird, hebt Oliver das Kind aus dem Wagen. Willst du sie mal halten?

Wolfgang schüttelt den Kopf. Bereut das sofort, weil er befürchtet, Oliver mit seiner Ablehnung gekränkt zu haben. Doch im Gegenteil, ihm scheint es nur recht zu sein. Er hält Maya, sieht sie unentwegt an. Wolfgang denkt: Als sei ihm das genug. Als erwarte er ansonsten nichts mehr vom Leben, oder als sei es das Einzige, was es für ihn von nun an noch zu tun gäbe: Maya ansehen.

Oliver und er haben zusammen studiert. Wolfgang erinnert sich eigentlich gern an sein Studium, bis auf die letzten Wochen, das letzte Semester. Das Loch, in das er fiel, kurz vor dem Abschluss. Wie ratlos er war. Einmal mehr ohne Plan, ohne eine konkrete Idee, wie es weitergehen könnte. Zudem erneut den Forderungen des Großvaters ausgesetzt, seiner ständigen, drängenden Erwartung. Er ist dankbar, als Oliver ihm von dem Stipendium erzählt. Ein Promotionsstipendium über vier Jahre. Ihm bleibt nicht viel Zeit, sich einen Doktorvater zu suchen. Doch er hat Glück: Der Professor, den er als Erstes anspricht, hat zwar verlauten lassen, vor seiner Emeritierung keine Doktoranden mehr anzunehmen. Für Wolfgang aber macht er eine Ausnahme. Weil Sie es sind, sagt er, und Wolfgang ist so erleichtert, dass er dem Themenvorschlag des Professors fast blind zustimmt. Er folgt seinen wortreichen Ausschweifungen: Proust, die Blumenmetaphorik in der *Recherche*, und eine Schande, dass in den vierzig Jahren, die er nunmehr lehre, sich noch keiner seiner Studenten dem habe widmen wollen. Der Doktorvater spricht von der Leitmotivik im Proust'schen Werk, der symbolisch in höchstem Maße aufgeladenen Botanik. Betont insbesondere das Motiv des Flieders, das über Jahrzehnte völlig außer Acht gelassen, von der Germanistik gänzlich ignoriert worden sei. Fatalerweise, sagt er. Sträflicherweise.

Wolfgang nickt, vermeintlich bekräftigend, dabei

fragt er sich insgeheim: Warum ausgerechnet Flieder? Er behält für sich, bis dato nichts von Proust gelesen zu haben, so gut wie nichts, nur Auszüge, kürzere Passagen. Der Professor freut sich sichtlich, als er dennoch einwilligt. Er klatscht in die Hände. Sehr gut, sagt er. Fabelhaft.

Später begleitet er Wolfgang noch zur Tür des Sprechzimmers. Und denken Sie dran: N'oubliez pas le lilas. Der Doktorvater wirft ihm einen bedeutungsvollen Blick zu, bevor er ihn entlässt mit einem kollegialen Nicken. Im Davongehen hört Wolfgang ihn leise murmeln, hört den Professor den Satz wiederholen: Und vergessen Sie mir ja den Flieder nicht.

Während seine Bekannten die Tage am See verbringen, sich im Englischen Garten tummeln und unter den Sonnenschirmen der Biergärten, liegt Wolfgang auf dem Bett in seiner Wohnung neben einem ratternden Ventilator und liest. Er arbeitet sich systematisch durch die *Recherche*. Band für Band. Innerhalb weniger Wochen stellt er ein Promotionsprojekt auf die Beine. Eine Projektskizze, mit Sicherheit fehlerhaft, die aber ausreicht, um eines der Stipendien zu erhalten. Auch Oliver bekommt eine Zusage. Kurz darauf steht fest, dass sie in Yale studieren werden. Sie sind beide euphorisch, erinnern sich gegenseitig: Wie verrückt – wir zwei in Yale. Mal im Ernst, kannst du das glauben, wer hätte das denn je gedacht.

Es ist eine Begeisterung, die Wolfgangs Familie, allen voran der Großvater, offenkundig nicht teilt. Als Wolfgang während eines Mittagessens in der Villa am See betont beiläufig seinen Entschluss erwähnt, zu promovieren, lässt Gustav den Kaffeelöffel auf die Untertasse fallen. So ein Irrsinn, ruft er, springt vom Tisch auf. Und wem, Herrgott, soll das irgendetwas nützen?

Wolfgang schmerzt es, den Großvater so zu sehen. Ein hageres, verbittertes Männchen, besessen von einer Idee, einem absurden letzten Willen. Seiner Großmutter geht es derweil immer schlechter. Beim Scheppern des Löffels zuckt sie zusammen. Sitzt ansonsten fast reglos am Tisch. Lächelt fortwährend, leicht und abwesend, beteiligt sich kaum mehr an einem Gespräch.

Margarete stirbt noch im selben Jahr, drei Tage nach Weihnachten. In Wolfgangs Erinnerung sind die Wochen, die auf ihren Tod folgten, unbewegt, absolut tonlos. Wie eingefroren in ergrauten Bildern: die Haushälterin, die mit ausgestrecktem Arm im Wintergarten der Villa auf einem Hocker steht, den Stern abhängt von der Spitze des Christbaums. Ein unerhörter, goldener Glanz in Anbetracht des kürzlichen Todesfalls. Wolfgangs Mutter in der vordersten Kirchenbank, ein wie aufgerissenes Gesicht, Gustav daneben. Er hat den Kopf gesenkt, die Hände gefaltet. Fast könnte man meinen, dass er eingeschlafen ist. Die Turbinen des Flugzeugs, die menschenleere Startbahn. Geduckte Häuser, München von oben. Die sehnsüchtige Hoffnung auf ein Zurücklassen und das gleichzeitige Wissen um die Vergeblichkeit dieses Wunsches. Um das unvermeidliche Scheitern jedes Versuchs einer Flucht.

VII.

Die Tische und Stühle vor der *Buvette* werden am frühen Abend von der Sonne beschienen. Eine halbe Stunde nach Charlottes Schichtbeginn, achtzehn Uhr dreißig bis kurz nach neunzehn Uhr. Die meisten Gäste kommen nach Feierabend. Treten aus ihren Büros und heben den Blick, irritiert vom blauen Himmel, dem noch so sonnenhellen Tag. In der *Buvette* entspannen sie allmählich, lockern die Krawatten, lehnen sich zurück. Die Frauen streifen die Schuhe ab, kühlen die schmerzenden Fußsohlen an den Streben der Klappstühle. Sie lachen leise miteinander, bestellen dann Wein. Etwas Fruchtiges bitte, irgendwas Leichtes, mal was anderes heute, was können Sie empfehlen?

Später setzen Charlotte und Vera sich raus. In den Eingang, auf die Treppe, die noch immer warmen Stufen. Rauchen und reden, bis sie davon unterbrochen werden, dass eine Gruppe Männer vor der

Bar zum Stehen kommt. Einer von ihnen, ein vielfach Tätowierter, läuft mit schnellen Schritten die Stufen hinauf. Er wirft einen prüfenden Blick auf die Karte, dreht sich um und schüttelt den Kopf: Nur Pils. Erst da scheint er Vera und Charlotte zu bemerken, ihre weinroten Kellnerinnenschürzen. Oder, fragt er, ihr habt hier sonst kein Bier.

Steht da ja auch, Weinbar, ruft einer der anderen Männer. Und ein dritter: Wer lesen kann, ist klar im Vorteil.

Der Tätowierte grinst, zuckt mit den Schultern. Hätt ja sein können.

Er sieht zu Vera, die seinen Blick erwidert. Sorry, sagt sie, der Tätowierte winkt ab. Die Männer verabschieden sich, ziehen weiter. Überqueren den Platz und verschwinden im Spätkauf. Treten kurz darauf wieder auf die Straße, jeder mit einer Flasche Bier in der Hand.

Ich hab Philippe das schon so oft gesagt, sagt Vera. Dass wir mehr Bier anbieten müssten. Noch was anderes als Pils und dieses ekelhafte französische Flaschenbier.

Charlotte erinnert sich, dass Vera und Philippe vor Wochen bereits darüber diskutiert haben. Un bar de *vin*, hatte Philippe gesagt. Er sei Sommelier, er wolle Wein verkaufen. Keine billigen Importbiere, keine Longdrinks. Zuckrige Cocktails mit obszönen Namen. Sex on the Beach. Piña Colada.

Als Charlotte ihn einmal gefragt hat, wie er auf die *Buvette* gestoßen, wie er überhaupt auf die Idee gekommen sei, ausgerechnet in Berlin eine Bar aufzumachen, hatte Philippe geseufzt. Ihr dann erzählt, dass er ursprünglich vorgehabt habe, ein Restaurant zu eröffnen. Ein richtiges französisches Restaurant mit Serviettenringen und gebundenen Menükarten auf den Tischen. Er habe lange nach einer passenden Räumlichkeit gesucht, einer bezahlbaren vor allem, ohne Erfolg. Und dann sei seine Frau noch einmal schwanger geworden, und ihm sei keine Zeit geblieben, die Dinge weiter abzuwägen, sich länger nach Alternativen umzusehen. Allein, dass er die *Buvette* gefunden habe, sei im Grunde ein Glücksfall gewesen. Eine Nachbarin habe ihm von der Bar erzählt. Eine Kiezkneipe, deren frühere Besitzerin im Sommer zuvor an einem Herzinfarkt verstorben war. Nicht, was ich mir vorgestellt habe, hatte Philippe gesagt. Pas du tout. Eine Bar mit zerkratztem Tresen und schäbigen Holztischen, verrosteten Zapfhähnen und Schmierereien an den Wänden. Dazu der grässliche Gestank der Zigaretten, der sich festgesetzt hatte in den uralten Tapeten, den Polstern der Sitzbänke, den Ritzen des Parketts. Nichtsdestotrotz, hatte er gesagt, habe er versucht, das Beste daraus zu machen. Es hatte stolz geklungen. Charlotte findet: zu Recht. Die Geschirrregale an der Wand hinter dem Tresen hat Philippe aus Holzpaletten selbst gezimmert. Er hat die Wände des

Gastraums in einem Gelbton gestrichen, Weinfässer zu Stehtischen umfunktioniert. Die Karte zusammengestellt, kein Menü, aber immerhin ein paar Gerichte, eine Tageskarte: Wurst- und Käseplatten, belegte Baguettes, Gemüsequiche, ein wechselndes *Plat du jour*. Er hatte gesagt, er werde sein Restaurant schon noch eröffnen. Später dann, wenn die Kinder aus dem Haus seien. Sie hatten beide gewusst, dass es dazu nicht kommen würde. Charlotte hatte dennoch genickt. Bestimmt, hatte sie gesagt, gelächelt, keinerlei Bedenken oder Zweifel geäußert. Sie hatte gedacht: Lass ihm doch die Illusion.

Wird hier etwa über Philippe gelästert, ohne mich? Andrej erscheint in der offenen Tür. Er setzt sich auf die oberste Treppenstufe, kramt in den Taschen seiner Schürze nach Zigaretten. Wer hat Feuer?

Charlotte streckt ihm das Feuerzeug entgegen. Andrej greift danach. Ein Klicken. Dann bläst er den Rauch aus, eine eigentümliche Mischung aus Ausatmen und Seufzen.

Noch mal wegen Philippe. Er rutscht einige Stufen tiefer. Sitzt jetzt so dicht neben Charlotte, dass sie seinen Atem an der Wange spürt. Vorhin wieder. Er schüttelt den Kopf. Gleiches Thema wie schon am Sonntag.

Wieder wegen der Pommes?

Andrej nickt. Er äfft Philippe nach, dessen französischen Akzent: Die Kartoffeln nicht zu dick schneiden, nur in ganz dünne Streifen. Wie oft soll ich dir das noch sagen: Ce sont des frites, pas des fries.

Charlotte muss lachen, Vera lacht auch.

Aber dass jeden Sonntag die Leute kommen und schwärmen, wie genial die Muscheln geschmeckt haben. Darüber wird nie gesprochen. Das wird einfach so hingenommen.

In der Bar schlägt eine Tür. Philippe ruft in ihren Rücken. André! Er ruft es so laut, dass Andrej es sicher gehört hat, trotzdem rührt er sich nicht.

Er hat nach dir gerufen.

Hat er das? Ich hab meinen Namen gar nicht gehört.

Vera verdreht die Augen. Wie ein kleiner Junge.

Andrej schnippt die Zigarette auf den Gehweg. Philippe ruft erneut, diesmal ruft er sie alle drei, auf die französische Art: Verá, Charlotte, André.

Pause zu Ende, sagt Vera, sie steht auf. Nimmt ihr Glas von den Stufen. Sie gehen alle wieder rein.

VIII.

Die Ankunft in Amerika ist nicht mehr als ein körperliches Ankommen. Wolfgang ist mit seinen Gedanken nach wie vor in München, bei der Großmutter, deren Verlust er erst hier, in der Fremde, wirklich zu begreifen beginnt. Auch Oliver hat sichtliche Schwierigkeiten, sich einzuleben. Im Jahr zuvor, im Laufe eines langen, heißen Sommers, hat er Aurélia kennengelernt. Eine portugiesische Architektin, mit der er ein paar Mal die Mittagspause und zuletzt auch einige Nächte verbracht hat. Er möge sie, sehr sogar, hatte Oliver gesagt, trotzdem sei die Sache zwischen ihnen nichts Ernstes. Er sei jetzt ja auch erst einmal weg. Seine Abreise aus Deutschland, hatte er gemeint, markiere zugleich das Ende dieser Geschichte. In Amerika ist von alldem keine Rede mehr, spricht er von einer Fernbeziehung, von Aurélia als seiner Freundin. Während Wolfgang, um sich abzulenken, zu den Studentenfeiern geht, zu den Grillfesten und Vorträgen des Graduiertenkollegs, bleibt Oliver im Wohnheim. Telefoniert mit Aurélia. Wenn Wolfgang am späten Abend zurückkommt, hört er noch immer seine Stimme hinter der geschlossenen Tür. Leise und eindringlich, eine Beschwörung.

Kurz nach ihrer Rückkehr nach Deutschland beschließt Oliver, seine Promotion abzubrechen.

Wegen Aurélia, sagt Wolfgang, darum bemüht, es neutral klingen zu lassen, weder beleidigt noch vorwurfsvoll.

Nein, sagt Oliver, nicht wegen Aurélia. Nicht *nur* wegen Aurélia. Er habe sich das einfach anders vorgestellt.

Was, fragt Wolfgang, was anders vorgestellt?

Na, alles. Die ganze Sache mit der Dissertation. Inzwischen gelinge es ihm schlichtweg nicht mehr, die nötige Begeisterung für sein Thema aufzubringen. Heidegger, *Sein und Zeit*. Er wolle sich nicht jeden Tag zur Arbeit zwingen, noch mindestens zwei Jahre, und für wen eigentlich, wozu? Außerdem sei Aurélia diese Stelle angeboten worden. In einem Architekturbüro, in Berlin. Er selbst werde vorerst als Übersetzer arbeiten, versuchen, freiberuflich Fuß zu fassen. Ein Neuanfang, vielleicht. Er möchte es so. Oliver betont das: Der Umzug sei eine gemeinsame Entscheidung.

Wolfgang glaubt ihm das nicht. Er ist sich sicher, dass Oliver wegen Aurélia nach Berlin zieht, ihr zuliebe, mit ihr und für sie. Nichtsdestotrotz gibt er sich Mühe, zu verstehen. Die Liebe, denkt er und verdreht innerlich die Augen. Spürt dennoch einen albernen Anflug von Eifersucht. Als hätte Oliver einen Pakt zwischen ihnen gebrochen. Sich mit seinem Entschluss zugunsten Aurélias und somit gegen ihn, gegen Wolfgang, entschieden.

Er macht also allein weiter. In den Monaten, die folgen, vergräbt er sich in Arbeit. Lenkt sich ab, so gut es geht. Selten begleitet er seine Mutter an den Sonntagen noch in die Villa am See. Es ist kaum zu ertragen: das endlose Ausharren an der eingedeckten Tafel. Tickende Wanduhren. Stummes Löffeln der Suppe. Die zitternde Hand des Großvaters und die Haushälterin, die ihm die Stoffserviette in den Ausschnitt seines Pullunders zurücksteckt. Der Hauptgang ist kaum serviert, da schüttelt Gustav den Kopf, schiebt den Teller von sich. Ich bin fertig. Ich bin satt. Er besteht darauf, allen guten Zureden zum Trotz. Bis ins hohe Alter hat der Großvater sich einen stattlichen Bauch bewahrt, doch seine Beine sind innerhalb kürzester Zeit so dünn geworden wie Stöcke.

Nach dem Essen nimmt er Wolfgang beiseite. Bittet ihn, noch mit in sein Büro zu kommen. Wolfgang, sagt er, als sie vor dem Schreibtisch stehen. Unter gläsernen Briefbeschwerern jede Menge Zettel, auf denen der Großvater Zahlen notiert hat, in langen Reihen, rätselhafter Anordnung, in seiner bis zuletzt kunstvoll geschwungenen Schrift. Gustav deutet auf das Schwarz-Weiß-Foto über dem Tisch. Wolfgang Zechauer, dein Urgroßvater. Er hält inne, legt dem Enkel eine Hand auf die Schulter. Du machst das, sagt er. Ich bin mir ganz sicher. Du bringst die Firma wieder auf den Damm. Du trägst den Namen des Firmengründers, Wolfgang. Alles wird sich zum Guten wenden. Alles fügt sich.

Die Haushälterin findet Gustav an einem gewittrigen Oktobermorgen. Auf dem Rücken liegend, die Hände vor der Brust gefaltet. Eingeschlafen. Er hinterlässt ein Testament, mit dem Wolfgang gerechnet hat und das ihn dennoch fassungslos macht. Ein Vermächtnis wie als Beweis, in welchem Ausmaß der Großvater sich am Ende seines Lebens in sich verkapselt, wie tief er sich in eine Parallelwelt zurückgezogen hatte. Wolfgang wird als Alleinerbe der Zigarrenfirma eingesetzt, Gustavs Töchter erben je eine sechsstellige Geldsumme und darüber hinaus die Villa zu gleichen Teilen. Für Wolfgang steht fest, dass er die Firma verkaufen wird. Seine Mutter unterstützt ihn, bestärkt ihn darin, dass seine Entscheidung die einzig richtige ist. Letztlich aber ist er es, der die Belegschaft entlassen muss, den Produktionsleiter und alle Auszubildenden, knapp dreißig Personen. Er hat diesen Schritt mehrfach angekündigt, trotzdem quält ihn danach sein Gewissen. Hat er das Gefühl, ständig Scherben aufkehren, sich täglich neu zusammensetzen zu müssen.

Wolfgang hat es Oliver nie vorgeworfen, dass er in dieser Zeit nicht für ihn da war. Nicht wirklich jedenfalls, obwohl er einen Freund in den Wochen nach Gustavs Tod mehr denn je gebraucht hätte. Aber Oliver ist in Berlin. Er hat das alles nicht mitbekommen. Hat nicht wie er selbst in der Trauerhalle stehen müssen, während die Totengräber Gustavs Sarg getragen haben. Hat die Blicke der anderen Trauergäste nicht auf sich gespürt. Ehemalige Geschäftspartner des Großvaters, die mit ihrer Ansicht nicht hinterm Berg hielten, Gustav habe es trotz allem, was man ihm vorwerfen könne, nicht verdient, mit einem Enkel wie Wolfgang gestraft zu sein. Kopfschütteln. Assoziierte und offen geäußerte Anklagen: Ist dir eigentlich klar, Wolfgang, was du hier verspielst? Welches Privileg, was für eine Möglichkeit. Dass die Männer deiner Familie dieses Unternehmen aufgebaut haben über Generationen. Die mühsame Arbeit eines gesamten Jahrhunderts. Aber dir ist das egal, dich schert das nicht. Du bist dir selbst offenbar wichtiger. Du wirfst das einfach weg.

Nach der Beisetzung ruft er Oliver an. Behauptet, lügt im Grunde, dass er schon zurechtkäme. Dass es ihm gut gehe, den Umständen entsprechend.

Und du bist jetzt reich. Es klingt fast bewundernd. Erst viel später ist Wolfgang in der Lage, zu reflektieren, dass er Oliver seinerseits enttäuscht haben könnte. Als Gustav stirbt, ist Maya zwei

Monate alt. Wenige Stunden nach der Geburt hat Oliver angerufen, noch aus dem Krankenhaus. Sie ist jetzt da, Maya. Seine Stimme ein Strahlen. Wolfgang dröhnt der Kopf. Er versucht sich zu sammeln, seine persönliche Krise auszublenden, um angemessen auf diese Nachricht zu reagieren. Sich gerührt zu zeigen, als Oliver ihn fragt, ob er sich vorstellen könnte, Mayas Patenonkel zu werden. Es klappt nicht. Er schafft es nicht, sich in das Glück des Freundes hineinzuversetzen, in dessen ihm so ferne, väterliche Euphorie. Schlussendlich bringt er nicht mehr zustande als ein müdes: Das mach ich. Ich freu mich für euch.

IX.

Normalerweise wartet Charlotte zu Beginn jeder Sitzung, bis Doktor Szabó das Notizbuch aufschlägt, bis er vorgeblättert hat zur nächsten leeren Seite, den Blick hebt und ihr so signalisiert, dass er bereit ist, sie beginnen kann zu erzählen. An diesem Montagnachmittag jedoch durchbricht er die gewohnte Struktur ihrer Gespräche. Es gebe da etwas, sagt er, das er nicht ganz verstanden habe, über das er bei der Lektüre seiner Aufzeichnungen gestolpert sei. In ihrer ersten Sitzung habe Charlotte von einer Ausstellung gesprochen, einer Vernissage, einem Besuch ihrer Eltern in Berlin. Sie habe angedeutet, dass unter anderem dieser Besuch dazu geführt habe, dass es ihr so schlecht ging. Wo ist der Zusammenhang, fragt Doktor Szabó. Seine Miene ist nicht zu deuten. Was war das Problem?

Charlotte ist kurz überfordert von der Frage. Unsicher, wo sie ansetzen soll. Ich habe ein Praktikum gemacht, sagt sie schließlich. Im letzten

Sommer, in einer Galerie in Mitte. Mit einem Mal sieht sie das alles wieder vor sich: die blütenweiß gestrichenen Wände der Galerie. Drei Meter hohe Decken und flache Treppen, die die Ebenen miteinander verbinden. Natürlich muss sie auch an Marietta denken. An die Wohnung, in der sie damals mit ihr gelebt hat, eine Zweizimmerwohnung unweit des Kottbusser Tors.

Wenn sie abends aus der Galerie kommt, sind die Räume meist leer, ist Marietta in aller Regel schon unterwegs, ausgegangen. Charlotte stört sich nicht daran, sie genießt es, allein zu sein. Legt sich im Zimmer auf die grüne Chaiselongue. Liest oder liegt nur so, sieht an die Decke, denkt nach. Nach einer Weile steht sie auf, geht barfuß durch den Flur, an dem Elefanten aus japanischem Porzellan vorbei. Betrachtet, während sie auf das Pfeifen des Wasserkessels wartet, das Aquarell, das gerahmt hinter der Küchentür lehnt. Angedeutete, ineinander verkeilte Frauenkörper. In die rechte, untere Ecke des Bildes hat der Künstler mit dünnem Pinselstrich geschrieben: *Für Marietta. Auf die Kunst – die einzig wahre Lüge.*

Oft bemerkt sie gar nicht, dass Marietta zurück ist. Erschrickt, wenn sie ihr frühmorgens in der Küche begegnet. Am Spülbecken lehnend, ein Glas Wasser in der Hand. Das Kleid zerknittert, die Wimperntusche verlaufen, und doch ist da ein Leuchten in ihren müden Augen. Charlotte beginnt, sich für dieses Leuchten zu interessieren. Willigt kurzerhand ein, als Marietta ihr vorschlägt, sie zu begleiten am kommenden Abend. Sie treffen sich vor dem mexikanischen Imbiss, in dem Marietta arbeitet. Fahren weiter mit der U-Bahn. Nach ein paar Stationen zieht sie etwas aus ihrer Tasche, etwas in silberne Folie Verpacktes. Quesadillas, mit Käse überbacken. Reste aus der Küche des Mexikaners. Charlotte zögert, dann greift sie zu. Ein Gefühl der Selbstermächtigung, von dem ihr schwindelig wird. Eine Leichtigkeit, von der sie lange nicht gedacht hat, dass sie für sie noch einmal möglich wäre. In der Nacht verlieren sie einander aus den Augen. Irgendwann ist Marietta verschwunden, weitergezogen, mit jemandem mitgegangen. Das ist nicht schlimm, Charlotte fühlt sich nicht verloren. Im ersten Licht des Tages läuft sie zurück, sehr müde und wach zugleich, präsent mit allen Sinnen.

Sie wird geweckt von einem Geräusch, das sie zunächst nicht einzuordnen weiß. Kein Geräusch aus ihrem Traum. Ein rhythmisches Klopfen, das Schlagen eines Bettpfostens gegen die dünne Wand, die das Nebenzimmer mit ihrem eigenen verbindet. Später am Tag, als es schon dämmert, sitzt Marietta mit dem Australier in der Küche, vor Tellern mit Knäckebrot, verfärbten Avocadohälften. Breakfast, sagt der Australier, er grinst. Schenkt Kaffee in eine dritte Tasse, nennt seinen Namen. Charlotte vergisst ihn sofort. Sie denkt, dass es nicht wichtig ist. Dass sie ihm ohnehin kein zweites Mal begegnen wird. Aber sie täuscht sich: Er wird wiederkommen, wird noch oft am Küchentisch sitzen. Nach ihrem Praktikum, da ist Charlotte schon ausgezogen, wird Marietta anrufen, um ihr zu sagen, dass sie mit ihm gehen wird. Nach Australien, in drei Wochen, und wie lange, wird man sehen.

Auch Charlotte trifft sich mit Männern. In diesem Sommer schläft sie mit zweien, beide Male aus einem Impuls, der Gelegenheit des Moments heraus. Willst du nicht mitkommen, komm doch noch mit. Ist ja gut, ist gut, ich komm mit, in Ordnung. In diesen Nächten, die sie in fremden Betten verbringt, möchte sie weniger über die Männer erfahren als über sich selbst. Jede Berührung verrät ihr etwas. Es ist ein Ausprobieren, ein Erkunden dieses Körpers, der ihr in vielerlei Hinsicht suspekt ist, den sie noch immer als etwas von sich Getrenntes begreift. Dass sie zudem anfängt, sich als eine andere auszugeben, beginnt in einer Nacht, in der sie so betrunken ist, dass ihr ein fremder Name über die Lippen rutscht. Sie erinnert sich nicht, welcher es war, welcher in dieser Nacht. Es hat danach noch einige gegeben: Isabelle, Natascha, Katrina und Sophie. Julie, hat ein Mann sie einmal gefragt, das ist ein französischer Name, oder? Ob sie Französin sei. Und Charlotte, dankbar für die Vorlage, hatte genickt. Ja, Halbfranzösin. Ihr Vater sei Bretone, die Mutter Deutsche. Sie selbst sei in Montpellier geboren, aber mit ihren Eltern bereits als Vierjährige nach Deutschland gezogen. Inzwischen arbeite sie für einen französischen Fernsehsender und pendle alle paar Monate zwischen Nizza und Berlin. Es ist ein Spiel, das sie bereitwillig spielt. Weil sie sicher ist, keinen der Männer wiederzusehen. Und weil es leicht ist, die Lügen aufrechtzuerhalten, zumindest für die Dauer einer einzigen Nacht.

Ich habe gedacht, ich könnte in Berlin neu anfangen. Die Krankheit hinter mir lassen. Eine andere sein. Charlotte denkt, dass es Doktor Szabós Aufgabe wäre, sie darauf hinzuweisen, dass das nicht möglich ist. Ihr klarzumachen, dass es eine Illusion ist, zu glauben, man könne die eigene Vergangenheit abstreifen, sich eine neue Identität zulegen, einfach so. Aber er bleibt stumm, wie so oft.

Also spricht sie weiter. Von einem bestimmten Abend, an dem Marietta und sie zusammen ausgehen wollen, gerade dabei sind, sich fertigzumachen, als im Nebenraum Charlottes Telefon vibriert.

Ja?

Hallo.

Die Stimme ihrer Schwester. Jegliche Ausgelassenheit ist schlagartig verflogen. Du, sagt Charlotte, es passt gerade nicht so gut. Können wir morgen telefonieren? Ich bin auf dem Sprung.

Auf dem Sprung, sagt Marie-Christin, es klingt wie eine Frage.

Ja, denkt Charlotte, in den Berliner Sommer. Du kannst springen, und die Nacht fängt dich auf, wenn du Glück hast. Und wenn nicht, dann spielt es auch keine Rolle. Dann schließt du die Augen, genießt den freien Fall. Tanzen, sagt sie stattdessen. Was trinken gehen.

Aha, sagt Marie-Christin. Ich wollte –

Marietta, im Flur, dreht die Musik auf. Steht in der Tür des Zimmers und tanzt, für Charlotte, als Signal: Mach schnell. Wir wollen los. Marie-Christin sagt etwas, das sie nicht versteht. Wie bitte, fragt sie nach. Und ihre Schwester wiederholt, sehr laut diesmal: Wir heiraten.

Ihr wird schwarz vor Augen, sie muss sich setzen. Gibt Marietta ein Zeichen: Geh, geh schon mal vor. Rauschen am anderen Ende der Leitung. Marie-Christin, die sich vielleicht ein Glas Wasser einschenkt, die Wasser laufen lässt über dreckiges Geschirr. Charlotte sieht vor sich, wie sie mit Sebastian zu Abend gegessen hat. Wie sie einander gegenübersaßen, am Esstisch aus poliertem Holz in ihrer Frankfurter Wohnung. Eine Salatschüssel, ein geflochtener Brotkorb. Zu akkuraten Dreiecken gefaltete Servietten, je eine Gabel und ein Messer, die Klingen den Tellern zugewandt. Marie-Christin, die den Kopf geschüttelt hat, als Sebastian beginnen wollte, den Tisch abzuräumen. Die gesagt hat:

Lass nur. Ich mach das schon. Ich räum die Spülmaschine ein, und dann ruf ich meine Schwester an. Ein zärtlicher Blick, stummes Einverständnis. Und all das, während sie selbst vor einem Spiegel stand, Lidschatten auftrug, Lipgloss und Parfum.

Bist du noch dran?

Charlotte nickt und vergisst für einen Moment, dass das durchs Telefon nicht zu hören ist. Ich bin noch dran. Ihr wollt heiraten. Bald?

Ja, recht bald, sagt Marie-Christin. Ihre Stimme ist voller Wärme. Im nächsten Jahr, im Herbst.

Aus dem Augenwinkel bemerkt Charlotte, wie Doktor Szabó sich rührt. Wie er das linke Handgelenk übers rechte schiebt, einen diskreten Blick auf seine Armbanduhr wirft. Wahrscheinlich fragt er sich, berechtigterweise, ob sie in absehbarer Zeit noch zum Punkt kommt. Ob die fünfzig Minuten nicht schon vorüber sein werden, bevor sie es schafft, ihm seine anfängliche Frage zu beantworten. Trotzdem unterbricht er sie nicht. Lässt er zu, dass sie sich verliert, in den Bildern eines Sommers, dieses Sommers mit Marietta. Charlotte ist sich sicher, dass er sie durchschaut hat. Dass Doktor Szabó längst begriffen hat, dass sie mit ihren Ausschweifungen nur etwas anderes aufschiebt, hinauszögert, umkreist. Etwas, das zu formulieren sie sich scheut. Dennoch lässt er ihr die Zeit, die sie braucht. Er drängt sie nicht, bleibt geduldig. Er wartet.

X.

Sie treffen sich bei Oliver. Neukölln, Berliner Altbau. Wolfgang war zuvor noch nie in der Wohnung, in der sein Freund seit nunmehr zwei Jahren lebt. Mit Aurélia und seit acht Monaten auch mit einem Kind. Mayas Schreien ist schon im Treppenhaus zu hören, unterlegt von einer Rassel, dem Bimmeln eines Glöckchens. Als Wolfgang die angelehnte Wohnungstür aufstößt, steht Oliver im Flur. Hält seine Tochter auf dem Arm, deren Gesicht vom Weinen rot angelaufen ist.

Guck mal, wer da ist, sagt er. Onkel Wolfgang. Maya zeigt sich wenig beeindruckt, beginnt erneut zu weinen. Oliver seufzt. Setz dich doch schon mal. Er nickt in Richtung einer Tür und verschwindet mit Maya in einem der übrigen Räume, die vom Flur abgehen, dem Schlafzimmer, der Küche.

Wolfgang sieht sich im Wohnzimmer um. Hohe Decken, Bordüren aus Stuck. Eine weiß gestrichene Flügeltür, die in ein Arbeitszimmer führt. Zwei

Schreibtische, die einander zugewandt stehen, die Arbeitsplatten aneinandergerückt. Der Tisch rechter Hand mit Blick aus dem Fenster, in die Kronen der Akazien, scheint Aurélias Platz zu sein. Ein schwarzer Monitor. Lineale, ein Taschenrechner. Ein Rollcontainer, beschriftete Schubfächer: *Baupläne, Rechnungen, Versicherungen, Sonstiges*. Auf dem zweiten Tisch ist kein fester Bildschirm installiert, steht ein aufgeklappter Laptop inmitten von Papieren. Manuskriptseiten, die sich über die Arbeitsplatte verteilen, scheinbar willkürlich, ohne erkennbare Ordnung.

Wolfgang geht ins Wohnzimmer zurück. Unschlüssig, wohin er sich setzen soll: an den Tisch oder aufs Sofa? Er entscheidet sich für den Tisch, sieht in den Raum hinein. Kaum vorstellbar, dass Aurélia und Oliver vor nicht mal einem Jahr noch zu zweit hier gelebt haben. Er denkt darüber nach, wie die Wohnung vor Mayas Geburt wohl ausgesehen hat, doch es will ihm nicht gelingen, ihre Spuren auszublenden: die Wickelkommode, den Windeleimer, das blinkende Babyfon. Zerknautschte Sofakissen, ein Spucktuch, eine Schnabeltasse. Fotografien an allen Wänden, auf Regalbrettern und Ablagen. Dutzende Paare kugelrunder Kinderaugen. Maya am Meer, das Gesicht verzogen, während Oliver sie an den Armen und ihre Füße ins Wasser hält. Auf dem Rücken eines Labradors, auf einer Streuobstwiese, im Park.

Oliver zieht die Tür leise hinter sich ins Schloss. Überlegt es sich dann anders und öffnet sie wieder, einen Spalt breit. Tut mir leid, ich weiß nicht, was heute mit ihr los ist. Eigentlich sollte sie längst schlafen um die Zeit.

Er setzt sich Wolfgang gegenüber. Schiebt das Glas beiseite, das zwischen ihnen steht. Ein Glas mit Schraubverschluss, in dem ein Plastiklöffel steckt, am Stiel des Löffels kleben Reste bräunlichen Breis. Dann scheint ihm etwas einzufallen, er steht wieder auf. Was möchtest du denn trinken? Wir haben leider keinen Wein da. Aber vielleicht noch zwei, drei Flaschen Bier, vom Grillen neulich. Oliver verschwindet im Flur.

Kurz darauf ist das Quietschen einer Tür zu hören, dann ein Schaben, das klingt, als ziehe jemand Getränkekisten über Steinchen, einen nicht ganz sauberen Boden. Klirren, das Aneinanderschlagen von Glas. Als er zurückkommt, hält Oliver zwei Flaschen in der Hand.

Ist nicht gekühlt. Möchtest du lieber was anderes? Kaffee? Wir haben sonst auch Saft. Ein Glas Wasser?

Nein danke. Bier ist gut.

Oliver öffnet umständlich die Flaschen. Nimmt erst selbst einen großen Schluck, bevor er mit Wolfgang anstößt. Und, also, sagt er. Wie geht es dir denn?

Wolfgang tut ihm den Gefallen und erzählt eine

Weile. Schenkt Oliver Zeit, in der er nur zuhören, durchatmen, allmählich zur Ruhe kommen kann. Er spricht von den Telefonaten mit seinem Doktorvater, der Arbeit am Institut. Von Thea, die ihm langsam, aber sicher auf die Nerven geht mit ihrer Anhänglichkeit, ihrem Mitteilungsbedürfnis. Inzwischen folgt sie ihm, wann immer er das Büro verlässt, ob in die Teeküche oder die Mittagspause. Fehlt nur noch, dass sie mir irgendwann bis auf die Toilette folgt. Ein lahmer Scherz, er lacht probehalber.

Oliver lacht leise mit. Er sieht nicht gut aus. Abgekämpft und von einer Müdigkeit gezeichnet, die über gewöhnliche Erschöpfung hinauszugehen scheint. Wolfgang vermutet, dass er, würde er sich hinlegen, Sekunden später nicht mehr ansprechbar wäre. Oliver ist offensichtlich todmüde, er würde schlafen wie ein Stein. Nach nicht mal zwanzig Minuten gehen ihm die Themen aus. Was gibt es Nennenswertes, das er noch berichten könnte? Was eigentlich ist passiert in den vergangenen Wochen? Die Doktorarbeit, seine Seminare, der beginnende Frühling.

Schließlich geht Oliver dazu über, Wolfgang zu befragen. Nach gemeinsamen Bekannten, Kommilitoninnen aus München. Ob er von dieser noch mal was gehört habe oder von jenem. Wolfgang schüttelt fast jedes Mal den Kopf. Aber du hast das nicht bereut, sagt Oliver. Wolfgang ist nicht sicher, worauf er sich bezieht. Auf den Verkauf der Firma, den Umzug nach Berlin.

In das Geschäft ist ein Juwelier gezogen, sagt er, und Oliver nickt, als ließe er das als Antwort gelten oder als sei es ihm Antwort genug. Er schweigt, sie schweigen beide, bis Oliver sagt: Ich weiß nicht. Er hält inne, wirft Wolfgang einen zögerlichen Blick zu. Ich weiß nicht, wie lange ich das noch kann, sagt er dann. So weitermachen. Aurélia sei ständig unterwegs. Beruflich laufe es sehr gut für sie gerade, und er sei einerseits ja stolz auf sie, er gönne ihr das ja, nur hätten sie eben auch noch eine Tochter, ein Kind. Und er, mit dem Kind zu Hause und die meiste Zeit allein, habe zunehmend das Gefühl, den Verstand zu verlieren. Er kümmere sich um Maya, das sei nicht das Problem. So sei es schließlich abgemacht: dass Aurélia weiterhin arbeiten gehe und er sich währenddessen um Maya kümmere. Dass er Elternzeit nehmen und nebenher an seinen Übersetzungen arbeiten würde. Naiverweise habe er geglaubt, dass das ginge, dass das möglich sei. Oliver schüttelt den Kopf. Ich hab mich getäuscht.

Seit Wochen habe er keinen Tag mehr sinnvoll gearbeitet. Wie denn auch, wann? Zwischen zwölf und halb eins, in der halben Stunde, in der Maya am Mittag schlief, oder nachts. Mehr Zeit bleibe nicht zwischen Spaziergängen und Kinderarztterminen, Milch erhitzen auf maximal siebenunddreißig Grad. Fast täglich rufe jemand vom Verlag an. Anrufe, die er zumeist ignoriere, um den Stand der Dinge nicht mitteilen, vor allem auch sich selbst nicht eingestehen zu müssen, dass er mal wieder nicht vorangekommen war. Kein Stück. Oliver rauft sich die Haare, ringt sich ein halbherziges Lächeln ab.

Na ja, sagt er, und Wolfgang hat keine Ahnung, was er erwidern, was er ihm raten soll. Er denkt auch: selbst schuld. Wenngleich er sich des Gedankens schämt, er ist trotzdem da. Er denkt: Aber du wolltest das doch so. Niemand hat dich gezwungen, Vater zu werden. Und nun ist es zu spät, musst du es eben auch ausbaden. Jetzt musst du wohl oder übel da durch.

XI.

Mit ihren Eltern telefoniert Charlotte während des Praktikums nur selten. Nach jedem dieser Telefonate ist sie erschöpft, nachdenklich und auch seltsam melancholisch. Sie versucht daher, die Gespräche möglichst kurz zu halten. Hält sich an das Konkrete, an das, was leicht zu sagen ist: Der Umzug hat gut geklappt, und das Semester hat begonnen. Die Galerie konnte mich als Aushilfe nicht übernehmen, aber das macht nichts, ich hab schon einen neuen Job.

Aha. Und wo?

In einer Bar.

Bar. Die Mutter wiederholt das, halb ungläubig, halb abschätzig, und Charlotte weiß genau, was für ein Gesicht sie dabei macht; sieht ihre gerunzelte Stirn vor sich, die gekräuselten Lippen. Sie wechselt das Thema, spricht von der Ausstellung, die sie als Praktikantin mit organisiert hat. Erwähnt auch die Vernissage, Anfang November. Die Mutter schweigt erst dazu, dann sagt sie: Wir kommen. Wir kommen dich besuchen, dein Vater und ich, zu dieser Eröffnung. Er muss hier sowieso mal raus. Es wird ihm guttun, mal rauszukommen. Uns beiden wird es guttun.

Obwohl Charlotte ihnen geraten hat, Zug zu fahren, nehmen die Eltern das Auto. *Sind auf dem Weg.* Die erste Nachricht der Mutter am Morgen. Von da an rechnet Charlotte immer wieder nach: Wie lang sind ihre Eltern nun schon unterwegs? Zwei Stunden, drei. Auf der Höhe von Leipzig, sofern sie zwischendurch keine Rast gemacht haben. Sie weiß mit dem Tag nichts anzufangen. Spült Geschirr, hängt Wäsche auf, putzt Fensterrahmen und Spiegel. Eine ziellose Geschäftigkeit, die sie schließlich ablegt. Zeit, die sich dehnt, und Zeit, die sich zusammenzieht. Ein elendig langer Vormittag, gefolgt vom zügellosen Vorwärtspreschen der Stunden. *Sind im Hotel*, schreibt die Mutter. Kurz nach fünfzehn Uhr. *Bis gleich*, antwortet Charlotte und denkt: zehn Minuten. Fünfzehn noch, höchstens, bis die Eltern ihre Koffer durchs Foyer und vor die Rezeption gerollt haben. Weitere zehn, bis der Hotelangestellte die Zimmerschlüssel über den Tresen geschoben und den Weg erklärt hat, mit der U-Bahn nach Kreuzberg. Und wo kaufen wir die Tickets? Am Fahrkartenautomaten. Unten am Gleis. Und entwerten nicht vergessen. Vier Stationen ohne Umsteigen, etwa sieben Minuten Fahrt. Dann mit der Rolltreppe nach oben, Sondieren der Umgebung. Auch das dauert, bringt eine gewisse Überforderung mit sich: libanesisches Restaurant neben Boutique neben Waschsalon. Eine Reizüberflutung, doppeltes Kopfschütteln. Nicht zu glauben. Hier wohnt sie also, unsere Tochter.

Beim Schrillen der Klingel zuckt Charlotte zusammen. Obwohl sie damit gerechnet hatte. Gerade deshalb. Wir sind's. Die Stimme ihres Vaters, merkwürdig fremd, durch den Lautsprecher verzerrt. Sie drückt den Knopf an der Gegensprechanlage. Steht hinter der angelehnten Tür und lauscht, auf die Stimmen der Eltern, ihre Schritte im Treppenhaus.

Charlottes Eltern betreten die Wohnung, als beträten sie ein Kuriositätenkabinett. Es ist ihnen anzumerken, wie es in ihnen arbeitet. Die Anstrengung, die es sie kostet, das, was sie sehen, zu ordnen, einzelne Gegenstände zu identifizieren und durch ein reguläres Pendant zu ersetzen: kein Garderobenständer, stattdessen schiefe Haken im Flur. Eine Matratze, wo normalerweise ein Bett zu stehen hätte. Eine ausgespülte Glasflasche anstelle einer Blumenvase. Handtücher in den unmöglichsten Farben. Kein Radio, kein Fernseher. Ein übervolles Regal. Wozu braucht ein Mensch bloß so viele Bücher? Die Mutter begutachtet ausgiebig die Chaiselongue, die Marietta Charlotte zum Einzug geschenkt hat. Streicht über das Polster und das Holz der Lehne, besieht sich mit ernster Miene den Staub. Irgendwann sitzen sie zu dritt in der Küche. Die Eltern auf den Stühlen, Charlotte auf der Arbeitsfläche. Die Mutter hat eine Kuchenglocke auf dem Küchentisch platziert. Einen Zitronenkuchen. Natürlich selbst gebacken, sagt sie. Wir dachten, wir essen ein Stück, bevor es losgeht.

Charlotte steht sofort ein Bild vor Augen: die Mutter im Auto, die Box auf dem Schoß. Es ist klar, dass dieser Kuchen eine Prüfung ist, ein Test. Eine Gelegenheit, sich einer Sache zu vergewissern. Charlotte aber sieht nicht ein, sich prüfen zu lassen. Sie denkt, dass dieser Besuch ihrer Eltern, das Zusammensein mit ihnen, bereits Prüfung genug ist. Ich hab keinen Hunger, sagt sie. Ich hab gerade erst gegessen. Dem folgenden missbilligenden Blick hält sie stand. Ich kann mir mein Stück ja aufheben, für später.

Sie sieht ihre Mutter kaum merklich den Kopf schütteln, spürt mit jeder Faser den stummen Vorwurf. *Also doch. Noch immer dieser Unfug.* Charlotte besitzt weder Tortenheber noch Kuchengabeln. Sie schneidet den Kuchen mit dem Brotmesser in Stücke, reicht ihren Eltern je eines davon. Die Mutter isst ihr Stück schnell. Sie hält die Gabel so fest, als habe sie vor, damit auf jemanden einzustechen. Lässt die Zinken über den Teller kratzen, als sei dieser Zitronenkuchen an irgendetwas schuld.

Charlotte erzählt den Eltern nicht, wie schlecht es ihr ging im auslaufenden Sommer, dem beginnenden Herbst. Auch die Mutter verliert kein Wort über den Zustand des Vaters, den sie am Telefon noch minutenlang geschildert hat: Dein Vater verlässt das Haus nicht mehr. Er geht jetzt gar nicht mehr vor die Tür. Nicht mal mit dem Hund.

Für die Dauer ihrer Reise haben die Eltern das Tier in die Obhut der Nachbarn gegeben. Wie es dem Hund wohl geht, sagt Charlottes Vater. Er sagt das noch oft an diesem Nachmittag, seufzt dann so schwer. Ansonsten ist er schweigsam, sein Blick wandert durch die Küche, von der Obstschale hin zu den Töpfen überm Spülbecken, den Kräutern. Thymian, Petersilie, Salbei. Ein paar Kuchenkrümel haben sich in seinem Bart verfangen. Die Mutter bemerkt es, sieht sich suchend um.

Serviette?

Charlotte reicht ihr ein Küchentuch. Ärgert sich, als sie dem Vater den Mund abwischt. Als könnte er das nicht selbst, als sei er ein kleines Kind.

Vor der Eröffnung fahren die Eltern noch mal ins Hotel. Frisch machen, sagt die Mutter. Charlotte ist es nur recht. Die Veranstaltung beginnt offiziell um zwanzig Uhr. Sie hat ihren Eltern zu erklären versucht, dass sie deshalb nicht um Punkt acht dort sein müssten. Dass es in dieser Stadt gang und gäbe, sogar erwünscht ist, mindestens eine Viertelstunde später zu erscheinen. Als sie ihren Vater dennoch gegen neunzehn Uhr dreißig hinter der Scheibe stehen sieht, ist sie nicht überrascht. Er kneift die Augen zusammen, hält eine Handkante an die Stirn. Späht in die Galerie. Keine Gäste zu sehen. Charlotte zuckt mit den Schultern. Ich hab's euch ja gesagt. Die Mutter beginnt, zu gestikulieren: Zeige- und Mittelfinger, zwei laufende Menschen. Also gut, drehen wir eben noch eine Runde.

Kurz darauf ist Charlotte beschäftigt. Sie ist ansprechbar, beantwortet Fragen. Wird vorgestellt, stellt sich selbst vor, weist Richtungen, schüttelt Hände. Der Vater wandelt derweil durch die Galerie, hinter seinem Rücken greift eine Hand die andere. Vor einem der Bilder bleibt er stehen: die Aktfotografie einer Blondine, deren Brüste amputiert wurden. Daneben das Porträt einer Afrikanerin in einem Cocktailkleid. Erst auf den zweiten Blick fällt auf, dass ihr ein Bein fehlt; unter dem Saum des Kleides ein nackter Stumpf hervorlugt.

Charlotte verliert ihre Eltern aus den Augen. Sie vermutet, dass auch sie ihre Tochter gesucht und nicht gefunden haben, daher ohne Verabschiedung gegangen sind. Aber dann, später, sieht sie die beiden doch noch mal, als sie mit einem der Galeristen vor die Tür tritt, um zu rauchen. Trotz der Kälte sitzen die Eltern in einem Hauseingang, auf den steinernen Stufen. Essen in Alufolie eingeschlagene

Brote, die Charlottes Mutter wohl geschmiert hat, noch in ihrer eigenen Küche, als Proviant.

Bevor sie wieder abreisen, wollen die Eltern die Stadt sehen. Der Vater möchte zum Reichstag und ins Regierungsviertel, die Mutter eigentlich nur zum Brandenburger Tor. Am Morgen nehmen sie die Buslinie, die an beidem vorbeiführt, wie auch an weiteren zentralen Punkten der Stadt.

Und seid ihr denn irgendwo mal ausgestiegen, fragt Charlotte, als sie sich am Nachmittag desselben Tages treffen, in einem schmucklosen Café unweit des Hotels.

Nein, sagt der Vater, wir sind dran vorbeigefahren. Er sagt es ohne Bedauern. Wir haben Fotos gemacht. Dieser Bus fährt eine Runde. Wir sind an derselben Haltestelle ausgestiegen, an der wir losgefahren sind.

Die Mutter hält ihre Tasche umklammert, hat den Griff doppelt ums Handgelenk geschlungen, als fürchte sie, es könnte jederzeit wie aus dem Nichts eine Gestalt hervorschnellen und sie ihr entreißen. Charlotte fragt nicht, wie ihren Eltern die Ausstellung gefallen hat. Sie kennt die Antwort.

Obszön, sagt die Mutter, als der Vater die Akte erwähnt.

Ist halt Kunst. Er zuckt mit den Schultern.

Die Mutter seufzt. Damit muss man sich also abfinden. Wir sind jedenfalls froh, dass es dir gut geht. Sie streckt den Arm aus, versucht, Charlotte zu berühren, sie in die Wange zu kneifen, doch Charlotte sieht das kommen, wendet das Gesicht ab im letzten Moment.

Die Mutter lässt sich davon nicht irritieren. Aber hier leben könnte ich nicht, sagt sie. Auf gar keinen Fall. Sie wirft einen ostentativen Blick auf ihre Uhr, reißt die Augen auf in gespielter Überraschung. Ach Gott, so spät. Wir müssen los. Sie sieht sich um, gibt dem Kellner ein Zeichen. Wir wollen ja zu Hause sein, bevor es dunkel ist.

Charlotte weiß, dass das nicht stimmt. Dass es zumindest nicht der einzige Grund ist, weshalb die Mutter es kaum mehr erwarten kann, aufzubrechen. Nichts wie weg, muss sie denken, aus dieser unerträglichen Großstadt. Glocke aus Lärm, Abgasen, fremden Gerüchen.

Sie wartet auf dem Gehsteig vor dem Hotel, bis das Auto aus dem Schlund der Tiefgarage auftaucht. Der Vater auf dem Beifahrersitz winkt aus dem Fenster, die Mutter hebt nur die Hand, setzt schon den Blinker. Charlotte sieht ihre Eltern davonfahren. Blickt dem Auto hinterher, das sich der Kreuzung nähert, sich in die Schlange der abbiegenden Wagen reiht, unkenntlich wird, eines von vielen.

XII.

Im Mai denkt Wolfgang, dass es allmählich an der Zeit wäre, eine erste Bilanz zu ziehen. Ist er zufrieden in Berlin, geht es ihm gut? Sein Vater hat ihn das gefragt. Als Fenko anrief, stand er in der U-Bahn. Die Verbindung war mehrmals abgerissen. Lass es uns kurzhalten, hatte Fenko gesagt. Ich wollte auch nur mal hören, wie's dir geht. Gut, hatte er stumpf erwidert. Alles bestens. Und die Doktorarbeit, wie läuft es, kommst du voran? Wolfgang hatte das bestätigt: Ja. Im Grunde bin ich in den letzten Zügen.

Jetzt allerdings, einige Stunden danach, stellt er dieselben Fragen erneut, stellt sie sich selbst und kommt zu einem anderen Ergebnis. Einem weit weniger optimistischen. Die Struktur seiner Nächte verschiebt sich zusehends. War es anfangs noch so, dass lange Phasen des Arbeitens jeweils nur kurz unterbrochen wurden von einem raschen Aufstehen, einem Blick über den Hof, verlängert sich nun Nacht für Nacht die Dauer dieser Blicke. Steht er inzwischen fast ebenso lange am Fenster, wie er über die Bücher gebeugt am Tisch sitzt. Es ist lediglich eine Frage der Zeit, denkt er, und ich werde nur noch hinaussehen, überhaupt nicht mehr arbeiten.

Die Stelle am Institut raubt ihm seine Zeit und seine Nerven. Neben der Vorbereitung seiner Seminare ist er mit einer Tagung befasst, die im Herbst stattfinden wird, in Zürich, und die Geissler, der Professor, für den er arbeitet, initiiert hat. An der Universität sieht Wolfgang Geissler nur selten. Es gibt Tage, an denen der Professor sich geradezu einschließt, sein Büro so gut wie nicht verlässt. Und wenn sie einander doch zufällig auf dem Flur begegnen, ist er nicht ansprechbar, wirkt zerstreut, in vermutlich hochkomplexe Gedankengänge verstrickt. Er betritt grundsätzlich nie das Büro, in dem Wolfgang und Thea vor ihren Bildschirmen sitzen. Eilt höchstens an der offenen Tür vorbei, bremst dann ruckartig ab und kommt zum Stehen. Geht die wenigen Schritte zurück, lehnt sich in den Türrahmen, sieht zu ihnen hinein. Geissler bedenkt erst Thea mit einem halben Lächeln, bevor er sich Wolfgang zuwendet, ihm einen Satz hinwirft. Immer ist es ein Satz, nie eine Bitte, keine Frage: *Machen Sie bis morgen den Förderantrag fertig. Schicken Sie mir die Teilnehmerliste. Scannen Sie noch die Rousseau-Texte ein.*

Und sonst, abgesehen davon, wie geht es ihm? Außer Oliver kennt er kaum jemanden in der Stadt. Nur Thea und seit Kurzem auch ein paar weitere Promovierende. Nach einer Veranstaltung des Graduiertenkollegs haben sie an Stehtischen vor dem Hörsaal gestanden. Kaffee getrunken aus kleinen weißen Tassen. Einige der Doktoranden waren Wolfgang sympathisch, könnten zu Bekannten, zu Freunden werden. Er müsste nur ein wenig offener sein, sich eben doch ein bisschen mehr Mühe geben. Auch Thea hat ihn schon gefragt, ob sie sich nicht außerhalb des Instituts einmal treffen wollten. Ins Theater oder ins Kino, ein Glas Wein zusammen trinken. Wolfgang denkt: Warum eigentlich nicht.

Der Besuch bei Oliver hat ihn verunsichert; eine Verunsicherung, die er sich selbst nicht recht erklären kann. Wahrscheinlich liegt es an dem, was Oliver verkörpert. Einen alternativen Entwurf. Die Möglichkeit eines anderen Lebens, die Wolfgang das eigene hinterfragen lässt. Seit er in die Wohnung in Kreuzberg gezogen ist, hat er kein Bild aufgehängt, kein Möbelstück verschoben. Als hätte er gar nicht vor, richtig anzukommen. Als sei auch Berlin nur wieder eine Station. Bereits seine gesamten Zwanziger hindurch hat er auf diese Weise gelebt: in Abschnitten, ein paar Jahre hier, ein paar dort. Sollte er nicht langsam mal zur Ruhe kommen? Die Provisorien aufgeben, Wurzeln schlagen. Waren diese letzten Jahre nicht vor allem eine Flucht, und flieht er, wenn er ehrlich ist, nicht noch immer? In die Bücher, die Arbeit, in seine Fantasie. Und wovor flüchtet er? Wovor genau.

XIII.

Vor ihrer Schicht besucht Charlotte Vera. Ihre Wohnung liegt ganz in der Nähe der *Buvette*, fünf Minuten nur mit dem Fahrrad, eine Viertelstunde zu Fuß. Der Balkon ist gerade groß genug, dass zwei Stühle darauf Platz finden. Vera stellt die French Press auf den Holzpaletten ab. Brauchst du Zucker?

Charlotte schüttelt den Kopf. Sie rauchen. Beobachten schweigend die Menschen, die vorübergehen. Paare, Familien auf dem Rückweg aus dem Park. Eine Gruppe Jugendlicher, die die Straße überquert. Einer, der ruft, der die anderen antreibt: Schneller, macht mal schneller jetzt. Viel nackte Haut, aber auch Strickjacken, übergeworfen oder um Hüften gebunden, später könnte es kühler sein.

Vera lässt ihre Zigarette in den Aschenbecher fallen. Zupft ein welkes Blütenköpfchen von einer der Margeriten, die in Kästen am Balkongeländer hängen. Letztes Jahr, im Sommer, sagt sie, hab ich die Kippen immer in den Töpfen ausgedrückt. In der trockenen Erde. Sie lächelt. Kein Wunder, dass die Blumen alle eingegangen sind. Vera zündet eine weitere Zigarette an. Sag mal, was ist das eigentlich mit dir und Andrej?

Charlotte sieht auf. Wie meinst du das?

Na, komm, sagt Vera. Ist ja nicht zu übersehen. Wie er dich umarmt, dich ständig berührt. Und dieser Blick. Sie versucht, Andrejs Blick zu imitieren. Charlotte muss lachen. Aber es stimmt: Sie hat selbst bemerkt, dass er sie länger umarmt als nötig, ihr überhaupt mehr Aufmerksamkeit schenkt.

Andrej muss eine halbe Stunde vor ihnen in der *Buvette* sein. Um Kartoffeln zu schälen, den Ofen anzuheizen, alles vorzubereiten, bevor die ersten Gäste kommen. Die Küche der Bar schließt um zweiundzwanzig Uhr. In Phasen, in denen es besonders viel zu tun gibt, hilft Andrej danach noch im Service aus. Um kurz nach eins stehen sie zu dritt auf der Straße. Rauchen eine letzte Zigarette miteinander, während Philippe hinter ihnen abschließt. Bonne nuit, ruft er, wendet sich ab, kramt in den Taschen seiner Jacke nach dem Autoschlüssel.

Neulich, als sie so beieinanderstanden, hat Andrej vorgeschlagen, weiterzuziehen. Es ist Freitag, hat er gesagt. Es ist noch früh. Ich hab Lust, zu tanzen, was zu trinken, wer kommt mit? Vera hat den Kopf in den Nacken gelegt, den Rauch ausgeblasen, sehr kräftig. Du spinnst ja, hat sie zu Andrej gesagt.

Ich weiß nicht, wie es dir geht, Charlotte, ich bin jedenfalls völlig erledigt. Ich kann unmöglich noch tanzen, mir tut so schon alles weh. Andrej hat zu Charlotte gesehen, dann auf den Gehweg hinunter. Gut, dann halt nicht.

Vera steigt aufs Rad, Charlotte und Andrej nehmen die U-Bahn. Er fährt zwei Stationen, bevor er aussteigt, sie selbst bleibt sitzen, fährt noch drei weitere. Während dieser Fahrten reden sie wenig. Was um zwei Uhr am Morgen an Konversation eben möglich ist. Seichtes Gerede, nichts von Belang. Als sie zuletzt zusammen in der Bahn saßen, ist Andrej Charlotte so nah gekommen, dass es ihr unangenehm wurde. Hat sie versucht, unauffällig von ihm abzurücken. Mit jedem Halt um einige weitere Zentimeter.

Vera hört jetzt auf, Andrej zu imitieren, sie legt das ab. Schließt die Augen und hält das Gesicht in die Sonne. Vielleicht, denkt Charlotte, weil es so leichter für sie ist. Weil sie auf diese Weise etwas verbergen kann, das ihr Blick sonst verraten würde, eine Verletzung, einen Schmerz. Schon seit Längerem stellt sie sich die Frage, was hinter Veras Kühle liegen könnte, ihrer oft so spröden, sarkastischen Art. Als Charlotte sie zum ersten Mal besucht hat, war sie überrascht von der Größe der Wohnung. Zu groß im Grunde für eine Person, zu teuer vermutlich auch für jemanden wie Vera, die ihr Geld als Kellnerin verdient. Zwei Zimmer, das Bad, die Küche mit Zugang zum Balkon. Das größere der beiden Zimmer stand leer bis auf ein Bett, eine Kleiderstange. Graue und schwarze Pullover an Bügeln, eine Bluse für die Arbeit, eine verwaschene Jeans. Nirgendwo Bilder, Postkarten, Fotos. Nur gräuliche Rechtecke an den Wänden im Flur, an Stellen, an denen wohl einmal Rahmen hingen. Im zweiten Raum eine rote Schlafcouch und ein Schreibtisch, ein Regal, dicke Leitzordner, Bücher und Gesetzestexte. Vera hatte erzählt, dass sie Jura studiert, das Studium nach zwei Semestern aber abgebrochen habe. Sie habe anschließend eine Weile im Ausland gelebt, in Genf, in Maastricht. Dann war sie verstummt. Ein sprechendes Schweigen, Äquivalent für all das, was sie ausgelassen, Charlotte nicht erzählt hatte. Die Arbeit in der *Buvette*, hatte sie gesagt, sei eigentlich nur als Übergangslösung gedacht gewesen.

So ist das eben manchmal, dass Pläne nicht aufgehen. Vera hatte aus dem Fenster gesehen, und Charlotte konnte ihre Traurigkeit spüren, aber auch, dass das Thema für sie damit erledigt war. Sie hatte das respektiert. Nicht weiter nachgefragt.

Die Sonne ist inzwischen gewandert. Scheint direkt auf den Balkon, lässt keinen Zentimeter Schatten. Charlotte will die Füße aufs Geländer legen und zuckt zurück, als ihre Zehen das heiße Metall berühren. Ohnehin ist es schon spät, sie müssen los. Vera scheint dasselbe zu denken. Sie stapelt die Tassen, seufzt und lehnt sich doch noch mal zurück. Fünf Minuten noch.

Die Hitze auf dem Balkon ist kaum mehr auszuhalten. Charlotte schiebt ihr Shirt hoch.

Vera bemerkt es, beugt sich vor. Zeig mal. Sie legt den Kopf schief. Ein Vogel?

Einen Moment lang lässt Charlotte zu, dass Vera sich die Tätowierung ansieht, an ihrem linken Rippenbogen, knapp unterhalb der Brust. Dann zieht sie das Shirt herunter, bedeckt den nackten Bauch.

Ein Sperling, sagt sie, und: Komm, wir müssen los. Es ist schon zehn nach sechs.

XIV.

Bevor er sie erkennt, erkennt er ihren Mantel. Taubenblau. Kann das sein, fragt Wolfgang sich, ist das möglich? Es wird viele blaue Mäntel geben in Berlin, warum sollte es genau dieser Mantel sein, ausgerechnet dieser eine Mantel, derselbe. Die Studentin, die ihn trägt, setzt sich in die hinterste Reihe. Sie ist zu spät. Die Sitzung hat vor fünf Minuten begonnen. Doch er wartet immer noch eine Weile ab, um in seinen ersten Sätzen nicht unterbrochen zu werden, weil die Tür noch mehrmals aufgeht, Verspätete nachkommen. Zur Vorbereitung auf die Sitzung hat er den Studierenden aufgetragen, einen Essay zu lesen von Beckett über Proust. Das schmale Bändchen liegt auf den meisten Tischen, gekauft oder geliehen, mit gelben Klebezetteln versehen. Der Student mit dem leichten Silberblick zeigt auf. Wie war noch gleich sein Name: Raimund oder Reinold. Er spricht schnell und mit gerunzelter Stirn. Bei der Lektüre einiger Passagen habe er sich des

Eindrucks nicht erwehren können, Beckett habe sich über Proust nur mokiert, sein Werk als Folie missbraucht, um das eigene als überlegen darzustellen. Eine Kommilitonin widerspricht vehement: Ihr sei kein zweiter Theoretiker bekannt, der Proust in derselben Tiefe durchdrungen habe. Es entspinnt sich eine Diskussion, ganz ohne Wolfgangs Zutun. Er nutzt die Gelegenheit und umrundet den Tisch, wirft einen Blick zur Rückwand des Raums. Die Studentin hat ihren Mantel über die Stuhllehne gehängt. Sie hält den Kopf gesenkt, sieht in ein Ringbuch. Nicht zu erkennen, ob sie mitschreibt oder zeichnet.

Wolfgang bemerkt die Stille zu spät. Jemand scheint ihm eine Frage gestellt oder etwas gesagt zu haben, auf das er wohl hätte reagieren sollen. Etwas erwidern, das Gespräch in Gang halten. Auch auf die Gefahr hin, das Unangenehme der Situation noch zu verstärken, geht er umstandslos zu anderem über: Sehr schön. Damit haben Sie bereits einige wesentliche Aspekte benannt. Worauf ich außerdem zu sprechen kommen wollte …

Nach der Sitzung verschwindet die Studentin im blauen Mantel so rasch, dass es nicht möglich ist, seine Vermutung zu überprüfen, es keine Gelegenheit gibt für einen weiteren Blick. Was ihm bleibt, ist lediglich die Ahnung eines Gesichts; ein unscharfes Bild, an das er sich klammert, das er sich einzuprägen, festzuhalten versucht.

Am Abend lässt er das Küchenfenster gekippt, um den Moment nicht zu verpassen, in dem die Nachbarin nach Hause kommt. Wann immer er das Hoftor ins Schloss fallen hört, steht er auf, tritt ans Fenster. Beim ersten Mal ist es der Nachbar mit seinem Sohn. Während sein Vater das Quergebäude aufschließt, dreht der Junge sich um und sieht hinauf, als hätte er Wolfgangs Blick im Rücken gespürt. Jonas, ruft der Vater in der offenen Tür. Komm, nicht trödeln! Was machst du denn da? Minuten später das schnelle Klackern von Absätzen. Wolfgang ist sicher, dass es nicht die Frau aus dem dritten Stock ist, die in hohen Schuhen den Hof durchquert. Also bleibt er sitzen, zählt im Stillen mit: zwanzig Schritte, fünfundzwanzig von der Einfahrt bis zum Hinterhaus.

Die Nachbarin kehrt spät zurück. Kurz vor zwei. Wolfgang hat die Hoffnung, dass sie noch auftauchen könnte, zu diesem Zeitpunkt eigentlich schon aufgegeben. Als er dann aber das Quietschen des Tores hört, Schritte im Hof, erscheint ihm das nur folgerichtig. Der gerechte Lohn für sein Ausharren, sein konsequentes Warten. Im Treppenhaus nimmt sie mehrere Stufen auf einmal. Ein verschwommen blauer Punkt hinter den Milchglasscheiben. Sie macht Licht im Zimmer, verschwindet im Bad. Trägt, als sie heraustritt, ein schwarzes Shirt, hat die Haare zu einem Knoten gebunden. Mittlerweile hat es zu nieseln begonnen. Dessen ungeachtet stößt die

Nachbarin die Fenster weit auf. Raucht, wie üblich, in den Fensterrahmen gelehnt. Eine letzte Zigarette oder eine erste, wie man's nimmt. Wolfgang steht reglos im Dunkel der Küche, hinter dem Wandvorsprung verborgen, er kneift die Augen zusammen. Ist sie das denn? Ist sie das? Das ist sie.

Mit dem ersten Licht des Tages kommt ihm ein Gedanke. Er setzt sich auf, muss sich zurückhalten, um nicht sofort in den Hof hinunterzueilen. Später steht er mit der Seminarliste vor dem Hinterhaus. Geht die Namen durch und vergleicht sie mit denen auf dem Klingelbrett. *Meiser.* Auf dem Papier: *Meiser, Charlotte.* Tatsächlich.

XV.

Der Dozent hat diesen Theaterbesuch vorgeschlagen. Zu Semesterbeginn hat er den Termin im Seminarplan notiert. Eine freiwillige Veranstaltung, er werde ohnehin dort sein und würde sich freuen, wenn auch einige Studierende Interesse hätten, zu kommen. *Un amour de Swann.* Charlotte hat nicht unbedingt vorgehabt, sich das Stück anzusehen. Doch an dem Abend hat sie frei und Lust, sich zu zerstreuen. Nur zu sitzen und Französisch zu hören, zwei volle, kostbare Stunden lang.

Im Vorfeld hat sie nicht darüber nachgedacht, dass sie die einzige Kursteilnehmerin sein könnte, die kommt. Als sie das Foyer des Theaters betritt, steht der Dozent vor der Garderobe, allein. Der Impuls umzudrehen, ist stark und kurz. Es ist zu spät. Er hat sie schon gesehen.

Hallo, sagt Charlotte.

Guten Abend, sagt der Dozent.

Er fragt sie nach ihrem Vornamen, und etwas an

der Art, wie er ihn ausspricht, wiederholt, kommt ihr seltsam vor. Charlotte. Sehr bewusst betont, sehr sanft. Als würde er noch an etwas anderes denken, an eine andere Frau vielleicht, die denselben Namen trägt, die er kennt oder einmal gekannt hat.

Sie ist erleichtert, als wenige Minuten bevor das Stück beginnt, die japanische Studentin auftaucht. Charlotte bemerkt sie erst gar nicht, weil die Kommilitonin sich einfach neben sie stellt, lächelnd, aber ohne ein Wort. Sie beteiligt sich nicht an der Unterhaltung, reagiert auf jede an sie gerichtete Frage, wenn überhaupt, mit verständnislosem Kopfschütteln.

Der Dozent hat die Tickets, er geht voran in den Saal. Sobald er die reservierten Plätze gefunden hat, drängt er sich an Charlotte vorbei. Setzen Sie beide sich doch in die Mitte. Ich überlasse Ihnen gern die bessere Sicht.

Die japanische Studentin setzt sich sofort, sodass Charlotte nichts übrig bleibt, als sich neben sie zu setzen. Die Japanerin links, der Seminarleiter rechts von ihr.

Während der ersten Hälfte des Stücks sieht er immer wieder zu ihnen herüber. Charlotte irritieren diese Seitenblicke. Will er kontrollieren, ob wir noch da sind, fragt sie sich. Noch nicht eingeschlafen, weggedämmert. Was erhofft er sich zu sehen? Zwei unbewegte Minen, statische Profile.

Die Japanerin verabschiedet sich, kaum dass der

Vorhang gefallen ist. Keine wirkliche Verabschiedung, sie hebt nur die Hand, lächelt knapp, dreht sich um und verschwindet. Charlotte will es ihr gleichtun. Sie wendet sich dem Dozenten zu, setzt an, etwas zu sagen. Eine abschließende Floskel. Ein Tschüss, ein Auf Wiedersehen.

Doch er kommt ihr zuvor. Charlotte, sagt er. Kommen Sie. Wir trinken noch ein Glas Wein miteinander.

Sie ist nicht sicher, ob sie ihn richtig verstanden hat.

Kommen Sie, sagt der Dozent erneut. Keine falsche Scheu, ich lade Sie ein. Er winkt sie zu sich. Eine erstaunlich selbstverständliche Geste, die sie sprachlos macht, einen Moment zu lange zögern lässt.

Die Bar des Theaters ist noch immer gut gefüllt. Paare an Stehtischen. Sektgläser, Salzstangen. Sitzgruppen, braune Ledersofas, Windlichter auf den Tischen. Sie setzen sich an den Tresen, den einzig denkbaren Platz. Die Hocker in ausreichendem Abstand zueinander, sodass es jederzeit möglich bleibt, aufzustehen, zu gehen. Der Dozent winkt einer der Kellnerinnen. Er deutet auf die Getränkekarte, die Sektion mit den Rotweinen. Die Kellnerin nickt, sieht fragend zu Charlotte.

Oh, Entschuldigung, sagt der Dozent. Wissen Sie schon, was Sie trinken möchten? Brauchen Sie noch mal die Karte?

Charlotte schüttelt den Kopf. Sie hat keine Ahnung, was sie trinken will. Dasselbe, sagt sie. Ich nehme einmal dasselbe, bitte.

Der Dozent lächelt, die Kellnerin auch. Gefühlte zehn Sekunden später schiebt sie Servietten über den Tresen, stellt die Gläser darauf ab. Charlotte muss nicht erst den Strich am Glasrand suchen, um zu wissen, dass die Markierung überschritten ist. Philippe, denkt sie, würde mich ermahnen, wenn ich einem Gast so voll einschenken würde. Aber es hilft nichts, der Dozent hebt schon sein Glas.

Also dann. Er sieht ihr in die Augen. Santé.

Sie reden zunächst über das, was auf der Hand liegt, über das Stück. Eine klassische Inszenierung, es gibt dazu nicht viel zu sagen.

Sie sprechen Französisch, fragt der Dozent. Er stellt Frage um Frage. Wie lange Charlotte bereits in Berlin lebe, wo sie ursprünglich herkomme, was sie zuvor studiert habe.

Unsere Positionen, denkt sie, sind ungerecht verteilt. Unmöglich, ihn dasselbe zu fragen: Und Sie, was haben Sie denn studiert? Wie lange leben Sie denn, bitteschön, schon in Berlin? Kurz überlegt sie, eine Biografie zu erfinden, sich als eine andere auszugeben, wie schon so oft. Dann aber verwirft sie den Gedanken: zu heikel.

Die Kellnerin stellt ein Schälchen Erdnüsse auf den Tresen. Zwinkert ihr zu, vertraulich, wie von Frau zu Frau. Charlotte begreift, dass sie die Umstände völlig falsch deutet. Dass die Kellnerin wohl annimmt, sie tue ihr einen Gefallen, indem sie dazu beiträgt, dieses Gespräch zu verlängern. Ein Schälchen mit Nüssen, zwei sehr volle Gläser Wein. Am liebsten würde sie die Kellnerin am Arm packen, sie schütteln und rufen: Hören Sie. Es ist anders, als Sie denken! Er ist nur mein Dozent.

Und woher kommt Ihr Interesse für Proust?

Etwas in Charlottes Kopf dreht sich um sich selbst, strauchelt und kippt. Sie beschließt, ihm nicht die Wahrheit zu sagen. Nicht zuzugeben, dass sie seinen Kurs vor allem gewählt hat, weil er ein Pflichtkurs ist und zeitlich günstig liegt. Stattdessen beginnt sie, von ihrem Abitur zu sprechen, vom Jahr danach, das sie in Paris verbracht hat. In diesem Winter hatte es unablässig geregnet, geschneit, und Charlotte hatte oft über Stunden in ihrem Zimmer auf dem Bett gelegen, lesend. Essays von Montaigne. Camus' *L'Étranger*. Beauvoir, Sartre. Erzählungen von Maupassant. Sie sagt: Und irgendwann eben auch Proust.

Der Dozent nickt dazu, er nippt an seinem Wein. Während sie gesprochen hat, hat er sie unentwegt angesehen, interessiert oder amüsiert. Sie denkt: Aber ich bin nicht hier, um dich zu unterhalten. Sieht auf ihr eigenes Weinglas hinab, das in den vergangenen Minuten kaum leerer geworden ist. Ein Zauberglas, das sich von allein auffüllt. Gibt es da nicht dieses Märchen von einem goldenen, sich ständig selbst wieder füllenden Kelch?

Vermeer, sagt der Dozent. Er kneift die Augen zusammen, blickt Charlotte über die Schulter, auf einen Punkt in ihrem Rücken.

Sie wendet sich um, verdreht die Augen.

Das ist doch Vermeer – nicht wahr? Es klingt äußerst zufrieden, selbstgefällig.

Ja, sagt Charlotte unwillig, das ist Vermeer. Sie sieht ihn nicht an dabei. Hat den Blick noch auf das Bild gerichtet neben der Tür, dem Ausgang der Bar. *Das Mädchen mit dem Perlenohrgehänge.*

Sie interessieren sich für Kunst?

Charlotte ignoriert die Frage. Ich muss los, sagt sie. Ich sollte wirklich gehen. Ich bin müde, ich hab gestern lange gearbeitet.

Der Dozent richtet sich auf. Ja, selbstverständlich. Was arbeiten Sie denn?

Ich bin Kellnerin, sagt Charlotte. In einer Weinbar in Neukölln, einer französischen. Ihr ist schwindelig. Als sie ihr Portemonnaie aus der Tasche zieht, winkt der Dozent ab. Ich habe doch gesagt: Ich lade Sie ein.

Ah, na dann. Vielen Dank, auf Wiedersehen. Sie rutscht von ihrem Hocker, hängt die Tasche über die Schulter. Bemüht sich, geradeaus zu laufen, in einer halbwegs geraden Linie. Sieht er ihr hinterher? Sie dreht sich nicht noch einmal um. Durchquert das Foyer und lehnt sich gegen den Quergriff der Drehtür. Nur weg, denkt sie, nichts wie weg hier, raus. Hinaus an die frische Luft und raus aus seinem Blickfeld.

XVI.

War das unangebracht, irgendwie ungehörig? Wolfgang fragt sich das und kommt zu keinem Schluss. War es unangemessen, seine Position als ihr Dozent so auszuspielen? Diese joviale Art, mit der er sie quasi dazu genötigt hat, noch ein Glas Wein mit ihm zu trinken. Andererseits: Charlotte hätte ablehnen können. Es hätte ihr egal sein, sie hätte einfach gehen können. Ist sie nicht. Und er, wie er sich geärgert hätte, hätte er die Möglichkeit verstreichen lassen, diese unverhoffte Möglichkeit eines Gesprächs mit ihr. Zufall. Dieser Moment, in dem sie das Foyer betrat und Wolfgang dachte: Das gibt's doch nicht, das ist sie doch. Charlotte hatte eine Jeansjacke getragen, von innen gefüttert. Nicht den blauen Mantel. Er hat ihn nun auch seit einiger Zeit schon nicht mehr über dem Stuhl in ihrer Küche hängen sehen. Vermutlich, denkt er, hat sie entschieden, dass es zum Tragen dieses Mantels zu warm geworden ist. Hat ihn gefaltet und in einen

Karton gelegt, zu Strickpullovern, Mützen, wollenen Schals.

Nachdem Charlotte sich verabschiedet hatte, war er sitzen geblieben. An der Bar, noch eine Weile. Die Kellnerin räumte das zweite Glas ab, wischte mit einem Lappen über die Stelle, an der es gestanden hatte, über den Ring aus Wassertropfen auf dem dunklen Holz des Tresens. Keine Spur mehr, die noch davon zeugte, dass sie vor Minuten zu zweit hier gesessen hatten. Wolfgang bestellte ein weiteres Glas Rotwein, aß dazu ein paar von den Erdnüssen, die Charlotte nicht angerührt hatte. Er stellte sich vor, wie sie am Gleis stand. Auf das Einfahren der U-Bahn wartete und nicht ahnte, dass er wusste, wohin sie fuhr. Dass er selbst ein wenig später in die gleiche Bahn steigen, denselben Heimweg antreten würde wie sie.

Am Sonntag verlässt er das Haus am frühen Abend. Er ist den ganzen Tag noch nicht draußen gewesen, hat gearbeitet, geschrieben. Nun schmerzt sein Nacken vom stundenlangen Hinuntersehen auf Notizen und Buchseiten. Er läuft zu Fuß, eine gute Dreiviertelstunde bis in ein Viertel, das er nicht kennt. Neukölln, aber nicht die Ecke, in der Oliver lebt. Am Flussufer reiht sich ein Café ans nächste. Sitzen die Leute an runden Tischen, trinken Bier oder Eiskaffee, löffeln tropische Früchte aus kelchförmigen Gläsern.

In einer Weinbar in Neukölln, einer französischen. Der Satz schiebt sich in sein Bewusstsein, als er das Ufer gerade hinter sich gelassen hat, versucht sich zu orientieren. Bis dahin hat er angenommen, ohne Ziel zu laufen, sich bloß die Beine zu vertreten, wie sagt man: flanieren. Ein Platz. Auch hier überall Menschen. Sitzend und liegend auf Decken und Handtüchern, den vertrockneten Rasenflächen, gepflasterten Wegen. Pfirsiche in Plastikschalen und Erdbeeren, leuchtend rot. Ein Mann mit Rastalocken bis zum Steißbein, der Gitarre spielt, singt: *Sweet Home Alabama.* Als er erneut zum Refrain ansetzt, bemerkt Wolfgang die Bar, den Schriftzug über dem Eingang: *La Buvette, französisches Weinlokal.*

Gegenläufige Impulse: darauf zugehen oder umdrehen. Die Gelegenheit wahrnehmen oder ignorieren, sich abermals verstecken. Er bleibt stehen. Spürt einen jähen Schmerz an der Rückseite der Beine. Die Mutter mit Kinderwagen, die offenbar hinter ihm gelaufen ist, hat ihm den Wagen in die Fersen gerammt. Sie entschuldigt sich nicht, setzt ihren Weg einfach fort. Wolfgang fühlt sich schutzlos, entblößt. Er umrundet den Platz in einem weitläufigen Bogen, behält die Bar dabei im Blick. Anpirschen, denkt er. Bezieht Position im Schatten einer Birke, neben einem Aufsteller: *Tous les dimanches, Moules frites.* Weiße Schrift auf schwarzem Grund. Darunter die Zeichnung eines Topfes voller Muscheln, Miesmuscheln, ein Weinglas, ein Krug.

Als einen Augenblick später die Tür zur Bar sich öffnet, umständlich aufgestoßen wird mit der Schulter, muss er sich zwingen, nicht darauf zuzueilen. Charlotte trägt eine weinrote Schürze. Gusseiserne Töpfchen, zwei in jeder Hand. Vor einem der Tische im Freien bleibt sie stehen, geht in die Knie, stellt vorsichtig die Töpfe ab. Vier Gäste, zwei Männer und zwei Frauen, vielleicht Paare. Sie rühren die Muscheln noch nicht an, warten ab, bis Charlotte die Pommes frites dazu serviert hat in mit Papierservietten ausgelegten Körben. Wolfgang beobachtet die Gäste beim Muschelessen. Sie halten die schwarzen Schalen wie Kastagnetten, brechen mit einer eine andere auf. Charlotte ist währenddessen ständig in Bewegung. Trägt Baguettekörbe, Schälchen mit Oliven. Stapelt Teller und zählt Wechselgeld ab. Leichtfüßig weicht sie der zweiten Kellnerin aus, hebt das Tablett über den Kopf eines Kindes. Ein Tanz beinahe. Eine Choreografie.

XVII.

Charlotte ist unsicher, wie sie die Begegnung mit dem Dozenten deuten soll. Im Proust-Seminar kennt sie keinen der anderen Studierenden, also erzählt sie niemandem davon. Ohnehin: Was gäbe es zu erzählen? Wir haben uns das Stück angesehen, und danach hat es sich eben so ergeben. Dass wir ein Glas Wein miteinander getrunken haben. Sein Vorschlag, seine Einladung. Keine große Sache.

In der Woche nach dem Theaterbesuch laufen sie einander erneut über den Weg. Zufällig, im Trakt der Germanistik. Der Dozent kommt ihr entgegen, Charlotte erkennt ihn zu spät. Eine Frau geht neben ihm, dicht an seiner Seite. Sie trägt eine weiße Bluse, eine Nadelstreifenhose. Hat die hellbraunen Locken streng aus dem Gesicht gekämmt. Beide halten eine Kaffeetasse in der Hand und scheinen sich angeregt zu unterhalten, zu diskutieren. Der Dozent spricht dringlich, macht ausschweifende Gesten. Die Frau hört zu, nickt immer wieder. Der Flur ist schmal. Charlotte presst sich an die Wand, versucht auszuweichen. Wolfgang, denkt sie. Für einen Moment treffen sich ihre Blicke, verharrt seine Hand reglos in der Luft. Dann nickt er, nickt ihr zu, beendet den Satz, den er begonnen hat. Während seine Stimme in ihrem Rücken verebbt, atmet Charlotte auf. Da ist nichts, denkt sie, und dass man sich offenbar viel einbilden kann. Die Blicke zum Beispiel, die sie auf sich gespürt hat. Einen ersten, zu Beginn der letzten Seminarsitzung, und noch mindestens einen weiteren, danach. Als sie hastig ihre Sachen eingepackt, sich an den Stuhllehnen vorbeigedrängt hatte. Mit keiner anderen Absicht, als den Raum zu verlassen, sich jeder Ansprache, jedem möglichen Kontakt zu entziehen. Einbildung, denkt sie jetzt, und sie vergisst den Dozenten. Denkt zumindest nicht mehr an ihn. Eine ganze Weile lang nicht.

XVIII.

Die vietnamesische Blumenverkäuferin schläft. Als Wolfgang den Blumenladen betritt, in das betörende Potpourri aus Düften hineintritt, sitzt sie hinter der Kasse auf einem Klappstuhl. Hat den Kopf an die Wand gelehnt und schreckt hoch beim Klingeln des Glöckchens über der Tür. Wolfgang tut es augenblicklich leid, sie geweckt zu haben. Er möchte gar nichts kaufen, sucht nach nichts Bestimmtem. Hat den Laden nur aus einer Laune heraus betreten, in Gedanken bei seiner Dissertation. Angetrieben von einer diffusen Idee. Eine Art sinnliche Annäherung an seinen Gegenstand vielleicht.

Bleiben Sie ruhig sitzen, sagt er beschwichtigend, doch die Blumenverkäuferin ignoriert den Appell. Reibt sich die Augen, steht auf und stellt sich neben ihn. Also beginnt er, sich umzusehen. Tut so, als würde er sich für die Gestecke interessieren, für die Sträuße, gebunden aus Chrysanthemen und Magnolien. Laminierte Schildchen, die in der Blumenerde stecken: *Fingerhut. Frauenmantel. Löwenmäulchen. Akelei.* Klingende Namen wie aus einem Kinderlied.

Die Verkäuferin beobachtet das eine Weile, dann wird sie ungeduldig. Zieht einen Zweig aus einer Plastikvase und hält ihn Wolfgang hin. Pfingstrosen, sagt sie. Sehr gute Qualität, von heute, vom Markt. Oder hier. Sie tritt, den Zweig noch in der Hand, vor eines der Regale, nimmt einen Tontopf heraus. Azalee. Frühlingsblume. Braucht so gut wie kein Licht und blüht lange. Selbst im Winter noch, wenn Sie gut gießen.

Er bringt es nicht über sich, den Laden zu verlassen, ohne etwas gekauft zu haben. Würden Sie mir auch einen Strauß binden, fragt er, und die Blumenverkäuferin nickt, eifrig und ernst.

Für Ihre Freundin? Sie lächelt, verschränkt die Finger ineinander.

Ja, bestätigt Wolfgang, für meine Freundin. Es scheint ihm die einzig mögliche Antwort zu sein. Er weiß, es ist unsinnig, dennoch muss er an Charlotte denken. Stellt er sich einen Strauß vor auf ihrer Fensterbank. Welche Blüten wären darin, welche Farben? Blau, denkt er, in jedem Fall, und Weiß.

Sie stehen lange beieinander, vor den Behältnissen mit den Schnittblumen. Wann immer er sich entschieden hat, beugt die Verkäuferin sich vor, streckt den Arm aus nach der Vase, auf die er gedeutet hat. Lächelt, ganz egal, worauf seine Wahl gefallen ist. Ginster, Hyazinthen, Freesien und

Schleierkraut. Auch eine Orchidee, die ihn an jene erinnert, die Charles in der Inszenierung von *Un amour de Swann* der Darstellerin der Odette in den Ausschnitt geschoben hatte. Eine Cattleya. Noch ein paar Gräser dazu. Keine Rosen, keine Tulpen, erst recht kein Zwergflieder, nein danke.

Als er nach längerem Zögern bestätigt, dass er zufrieden, dass das alles gewesen ist, trägt die Blumenverkäuferin den Strauß zur Arbeitsfläche hinüber. Sie schrägt die Stiele an, zwirbelt Geschenkband zu Spiralen. Reißt Papier von der Rolle an der Wand. Ein helles Blau, wie das der Hyazinthen.

Bitte sehr. Sie legt den Strauß vor Wolfgang auf die Theke. Sieht ihn so durchdringend an, dass er wegsehen muss. Sehr prächtig. Da wird Ihre Freundin sich freuen.

XIX.

Inzwischen ist es Juni geworden, sehr heiß. Doktor Szabó trägt Leinenhosen und kurzärmlige Hemden, die meisten kariert, in Weiß und Dunkelblau. Kaum etwas in seiner Praxis deutet darauf hin, dass es sich um die Räumlichkeiten eines Therapeuten handelt, eines Psychoanalytikers. Es fehlt die Couch, ein mit orientalischen Kissen bestückter Diwan. Taschentücher, die griffbereit daliegen, eine Wasserkaraffe, eine Kerze im hohen Glas. Es gibt nichts Grünes im Raum, keine einzige Pflanze, von einem sorgfältig ausgewählten Arrangement von Blumen in einer geschmackvollen Bodenvase ganz zu schweigen. Wann immer Charlotte bei Doktor Szabó ist, hat sie eher das Gefühl, einen Professor zu besuchen, einen zerstreuten Intellektuellen oder Lehrer in Pension. Das bis in den letzten Winkel gefüllte Regal. Die in dezenten Beige- und Brauntönen gemusterten Teppiche. Doktor Szabós Brille, seine Teetasse, das Tintenfass. Der Sekretär, die Papierstapel darauf.

Manchmal auch eine zerknickte ungarische Zeitung. Schlagzeilen auf der Titelseite, die sie nicht zu deuten weiß.

Neben dem Tor zur Straße hängt ein Metallschild, in das der Name einer Tanzschule graviert ist, jedoch keines mit dem Hinweis auf eine therapeutische Praxis. Auch am Hinterhaus kein Schild, nur der Name *Szabó* auf einem Papierstreifen am Klingelbrett. Und wenn er gar kein Therapeut ist, denkt Charlotte. Wenn er hier lebt, wenn das seine private Wohnung ist. Der Gedanke ist ungeheuerlich, sie muss ihn einige Male denken. Versucht, das Gedachte zu zerlegen, zu formulieren: Woche für Woche treffe ich mich mit einem Fremden. Ich sitze fast eine Stunde lang in seiner Wohnung, schütte ihm mein Herz aus, lege offen, was in mir ist; meine intimsten Erinnerungen, all meine Versehrtheiten.

Sie fragt sich, ob es etwas ändern würde, ob sie aufhören würde, zu Doktor Szabó zu gehen, sollte sich herausstellen, dass ihre Mutmaßung stimmt. Dass er tatsächlich nichts weiter ist als ein Hochstapler, ein Schwindler. Die Vorstellung erscheint ihr absurd, dennoch möglich. Nicht absurder, denkt sie, als alles andere auch.

In ihrer Erzählung hat sie ihren Heimatort nach wie vor nicht verlassen. Sie ist dreizehn, vierzehn Jahre alt inzwischen, und sie zeichnet. Sie zeichnet noch immer. Unsere kleine Künstlerin, nennen sie ihre Eltern, es klingt nicht wirklich liebevoll, aber auch nicht abschätzig. Verwundert eher, ein wenig ratlos auch, neutral. Die Eltern müssen angenommen haben, dass der Drang ihrer Tochter, die Dinge abzubilden, sich ganz von selbst wieder legen würde, aber das tut er nicht. Charlottes Bilder verändern sich allerdings mit der Zeit. Ab einem gewissen Punkt benutzt sie kaum noch Farben. Zeichnet mit Kohlekreiden oder schwarzem Aquarellstift, den sie mit einem angefeuchteten Pinsel verwischt. Menschen, Landschaften, Profile, Szenen. Interaktionen, reale und imaginierte.

Ab der siebten Klasse lernt sie Französisch. Dass sie sich dafür und gegen Latein entscheidet, gleicht in ihrer Familie einer kleinen Rebellion. Aber Charlotte hat oft genug mitbekommen, wie Marie-Christin sich mit ihren Lateinaufgaben gequält hat. Welchen Sinn, denkt sie, sollte es haben, eine Sprache zu lernen, die doch ohnehin tot ist. Eine Sprache, die man nicht sprechen kann – wozu? Die Mutter kennt nur eine Antwort: um Medizin zu studieren. Wie anders, fragt Charlotte sich, würde ihr Leben heute aussehen, wäre sie damals nicht so stur geblieben? Und würde sie sich rückblickend anders entscheiden, jetzt, da sie weiß, was der simple Entschluss, Französisch zu lernen, noch alles nach sich gezogen hat?

Sie ist eine fleißige, gewissenhafte Schülerin. Täglich beim Abendbrot geht sie Vokabeln durch, spricht sie laut vor sich hin. Worte, so klingend: une chaise, un loup, une jupe, un papillon. Ihr Vater merkt an, dass sich ja auch im Deutschen durchaus einige französische Begriffe etabliert hätten. *Trottoir* zum Beispiel. *Jour fixe. Adieu.* Voulez-vous couchez avec moi, sagt er. Lacht und blickt über den Tisch zur Mutter, die daraufhin nur umso konzentrierter Butter auf ihr Brot streicht, Schnittlauch darüberstreut. Einen Ausdruck im Gesicht, der eindeutig peinlich berührt ist, tadelnd, pikiert.

In den Herbstferien desselben Jahres reisen sie ins Elsass. Am ersten Morgen dieses Urlaubs bittet der Vater Charlotte darum, ihn zum Bäcker zu begleiten. Du musst mitkommen, sagt er. Wir müssen sonst verhungern. Du bist die Einzige in der Familie, die diese Sprache spricht. Im Auto legt sie sich die Worte zurecht, wiederholt gedanklich immer wieder den Satz, den sie kurz darauf zur Bäckerin sagen wird: Je voudrais deux pains aux chocolat, deux croissants et une baguette, s'il vous plaît. Die Bäckerin strahlt, zwinkert ihr zu. Lässt anstatt der bestellten zwei drei Schokoladenbrötchen in die Papiertüte fallen.

Später sitzen sie zu viert im Mietwagen, fahren über holprige Landstraßen, dann durch ein kurzes Waldstück. Auf der Suche nach irgendeinem Campingplatz, auf dem die Eltern zu Beginn ihrer Beziehung angeblich ein paar Nächte verbracht haben.

Als es Abend wird, fordert die Mutter, umzukehren, doch der Vater besteht darauf, weiterzusuchen. Er war es, der diesen Urlaub organisiert hat. Eine erste Initiative nach Wochen der Lethargie. Ein Versuch vielleicht, die Mutter an etwas zu erinnern, das über die Jahre augenscheinlich verloren gegangen ist. Schließlich stehen sie zwischen Wohnmobilen, auf schlammigem Grund. Es ist kühl, Charlotte verschränkt die Arme vor der Brust. Sie sieht zu ihrem Vater, den mit einem Mal eine ihr unerklärliche Begeisterung erfasst hat. Der so euphorisch wirkt, so gelöst wie seit Wochen nicht mehr. Hier war es doch, nicht wahr? Er wendet sich zur Mutter, die theatralisch seufzt anstelle einer Antwort. Doch, sagt der Vater entschieden, er nickt. Ganz genau hier seien sie damals gewesen. Hier waren wir, sagt er, er sei sich absolut sicher. Kurz bevor die Mutter schwanger geworden sei.

Charlotte unterbricht sich, rechnet zurück. Ja, doch, theoretisch ist es möglich. Sie muss lachen, lacht sowohl über die Erkenntnis als auch darüber, dass sie den Zusammenhang jetzt erst begreift. Doktor Szabó sieht sie fragend an, und also teilt sie den Gedanken mit ihm: dass ihre Schwester auf einem Campingplatz gezeugt wurde. Wahrscheinlich. Zeitlich jedenfalls würde es passen. Doktor Szabó zückt seinen Füller. Charlotte fragt sich, was er sich da aufschreibt, was von dem, das sie gerade gesagt hat.

Voulez-vous couchez avec moi?, in seiner gedrungenen, für ihre Begriffe unleserlichen Schrift. Sie lacht noch einmal. Doktor Szabó hebt den Blick. Er lächelt nicht, aber Charlotte meint doch, in seinem Gesicht etwas aufscheinen zu sehen. Ein Amüsement, einen Anflug von Schalk.

Sie sind guter Stimmung heute, sagt er. Gefällt mir.

XX.

Wolfgang achtet darauf, Charlotte im Haus nicht zu begegnen. Seitdem er sie als seine Studentin erkannt hat, und erst recht seit diesem Abend im Theater, weicht er ihr aus. Bleibt, wann immer er die Wohnung verlässt, auf dem untersten Treppenabsatz stehen. Späht durch die Glastür in die Hauseinfahrt. Horcht. Auf Stimmen an der Haustür, Schritte im Hof. Nur wenn es still ist, wagt er sich weiter, auch die letzten Stufen hinunter und auf die Straße hinaus.

In den Nächten verzichtet er auf elektrisches Licht. Obwohl ihm die Augen brennen, er sie zusammenkneifen muss, um die Worte zu entziffern, arbeitet er im Halbdunkeln. Liest und schreibt am Küchentisch vor dem unruhigen Flackern einer einzelnen Kerze. Er möchte vermeiden, dass Charlotte ihn sieht, in einem unbedachten Moment, in dem er aufsteht und in der erhellten Küche ans Fenster tritt. Er fürchtet, dass sie ihm, sollte sie ihn erkennen, diesen Blick verwehren würde, den Blick über den Hof, diesen Einblick in ihre Räume und in ihr Leben hinein. Auch im Viertel, auf der Straße, ist er vorsichtig. Wird umso wachsamer, je näher er dem Haus kommt. Wenn er jemanden wahrnimmt, eine unkenntliche Gestalt unweit der Haustür, macht er noch mal kehrt. Läuft noch eine Runde, ein großzügiges Rechteck. Bis die Gestalt sich entfernt hat, weitergezogen oder in einem der anderen Hauseingänge verschwunden ist.

Nur einmal, ein einziges Mal, ist er unachtsam. An einem späten Nachmittag unter der Woche, der, wie so viele in diesem Juni, gleißend hell ist und heiß. Der halbe Tag im Institut, der hinter Wolfgang liegt, war anstrengend, unerträglich im Grunde. Sich zäh und gleichförmig vorwärtsschleppende Stunden. Geschlossene Jalousien, das feuchte Sitzpolster des Schreibtischstuhls. Hilfloses Aufreißen und Schließen der Fenster, vergebliche Versuche, die Hitze auszusperren. Das Rattern des Ventilators, ein antiquiertes Modell, das nur Staub aufwirbelt, keinerlei Abkühlung verschafft. Er wird nachholen müssen, was an Arbeit liegen geblieben ist. Wird den Abend dafür opfern müssen, die wenigen Stunden, in denen die Hitze sich allmählich legt. Die einzigen, in denen es möglich ist, klar zu denken. Die er eigentlich dringend bräuchte für die Dissertation. Er ärgert sich noch darüber, stellt den Rucksack vor der

Haustür ab. Sucht in den Seitentaschen nach dem Schlüssel. Nimmt den Schatten zu spät wahr. Ein langer, schmaler, sehr expliziter Schatten, der vor ihm auf den Asphalt fällt; klettert, über das Gitter des Abwasserschachts und eine Handbreit am Holz der Eingangstür hinauf. Er sieht sich um. Blinzelt, richtet sich auf.

Charlotte.

Er merkt selbst, wie gehetzt er klingt, atemlos, als sei er gerannt. Erst da scheint Charlotte auch ihn zu erkennen. Sie hat ihn zuvor nur von hinten gesehen, einen anonymen Rücken, eine hockende Gestalt. Dennoch ist sie es, die sich als Erste fängt, die sagt: Ach, hallo. Guten Abend.

Und Wolfgang, dem nun schwindelig wird, pulsierende Schläfen, denkt: Reiß dich zusammen. Schließlich ist er nicht unvorbereitet, hat sich ein Szenario wie dieses bereits ausgemalt. Überlegt, was zu tun wäre im Falle einer Begegnung. Was dann sagen, wie reagieren.

Was machen Sie denn hier?

Ich wohne hier. Charlotte sagt das geradeheraus, ganz unumwunden. Wolfgang versucht sich in gespielter Überraschung. Was, hier? In der Nummer neunzehn? Er lacht, schüttelt den Kopf, vermeintlich fassungslos. Ich auch, sagt er. Ich wohne auch hier, seit März.

Sie schweigt dazu. Vermutlich muss sie sich sammeln, die Information erst einmal sacken lassen.

Und wir haben uns nie gesehen, hier im Haus. Verrückt.

Ja, verrückt. Charlotte lächelt. Steckt den Schlüssel ins Schloss der Haustür, schließt auf. Er beeilt sich, greift seinen Rucksack. Tritt hinter ihr in den Durchgang zum Hof.

Na dann. Einen schönen Abend Ihnen. Tut mir leid, aber ich hab's ein bisschen eilig. Ich muss gleich schon wieder los, zur Arbeit.

In der Weinbar, sagt er, und Charlotte sieht ihn an, überrascht vielleicht, dass er sich erinnert.

Genau, sagt sie, wendet sich ab. Wolfgang sieht ihr hinterher. Er hat das Gefühl, etwas sagen, dem Wortwechsel noch etwas hinzufügen zu müssen.

Wir sehen uns ja spätestens am Mittwoch.

Charlotte reagiert zunächst nicht darauf, geht weiter. Vor dem Tor zum Hof bleibt sie stehen. Dreht sich um und wirft einen Blick über die linke Schulter, zu ihm zurück.

Er wartet, bis ihre Schritte verklungen sind. Dann erst rührt er sich wieder, wendet sich dem Treppenaufgang zu. Sein Rucksack scheint mit einem Mal Zentner zu wiegen. Wolfgang schleppt sich die Etagen hinauf. Dabei trägt er wohl vor allem schwer an den Bildern. Charlottes Schatten auf dem Asphalt. Ihr Gesicht, ein Aufleuchten, verspätetes Erkennen. *Guten Abend.* Und gerade eben: dieser Blick über die Schulter. Scheu wie der Blick eines Tieres, das flüchtet. Ein Zu- und Abwenden gleichermaßen, das ihn an irgendetwas erinnert, ein Motiv aus einem anderen Kontext. Es ist zu heiß. Es will ihm nicht einfallen, an welches.

XXI.

Vera und Charlotte stehen vor der *Buvette*. Rauchen. Verbringen ihre Pause miteinander, obwohl Philippe es ihnen eigentlich verboten hat. Weil immer jemand da sein, verfügbar sein sollte, falls ein Gast bestellen möchte, die Getränkekarte oder die Rechnung verlangt. Doch es ist Sonntag Abend, kurz nach dreiundzwanzig Uhr. Der ältere Herr am Tresen hat sein Glas bislang nicht angerührt, und das Paar am Ecktisch steckt die Köpfe zusammen und scheint zuallererst mit sich selbst beschäftigt.

Charlotte atmet durch, lockert die Schürze. Eben noch hat sie die Tische abgeräumt. Die silbernen *Réservé*-Schildchen in einer Schublade verstaut, Teller und Töpfe gestapelt und in die Küche getragen. Muschelschalen im erkalteten Sud. Auf dem Weg fallen jedes Mal ein paar Schalen herunter. Sie stellt erst das Geschirr ab, geht dann zurück, bückt sich und sammelt die verlorenen Muscheln ein. Muschelsucher, denkt sie dabei, immer dieses eine Wort. Die

Muscheln sind gut getarnt auf dem dunklen Parkett, kaum zu erkennen, oft übersieht sie eine Schale. Findet sie später beim Fegen der Bar oder tritt aus Versehen darauf, erschrickt. Über den unerwarteten Widerstand unter der Schuhsohle, das Geräusch, wenn die Schale bricht, ein ziseliertes Splittern.

Die Blumen waren übrigens doch nicht von Andrej. Charlotte zögert, dann sagt sie es doch. Es ist Wochen her, dass sie Vera von den Blumen erzählt hat. Von dem Strauß, der eines Abends vor ihrer Tür lag. Auf der Fußmatte, einfach so. Ohne Notiz, ohne einen Hinweis auf den Absender.

    Er hat mir Blumen geschenkt, hatte sie Vera noch in derselben Nacht erzählt.

    Wer – Andrej?

    Charlotte hatte genickt. Keinem der Männer, die sie im Sommer zuvor getroffen hatte, hat sie ihre neue Adresse gegeben. Aber Andrej hat sie schon nach Hause begleitet, obwohl sie ihn nicht darum gebeten hat. Nach der Arbeit, wenn sie zusammen mit der Bahn fuhren, ist er an der Station, an der er sonst aussteigt, sitzen geblieben. Musst du hier nicht raus? Nein. Ich bring dich noch nach Hause. Vermutlich hat er sich etwas davon erhofft. Hat gedacht, dass sie ihm, wenn er sie begleitete, anbieten würde, mit raufzukommen. Ist enttäuscht gewesen, als sie es nicht tat.

    Wie meinst du das – nicht von Andrej, fragt Vera. Von wem denn dann?

Charlotte überlegt, wo sie beginnen, mit was sie einsteigen soll.

Ich hab einen neuen Dozenten, sagt sie schließlich. Der Satz klingt komisch. Seit diesem Semester.

Sie erzählt Vera von dem Abend im Theater, an der Bar, von seiner Einladung auf ein Glas Wein. In ihrem Rücken werden Stimmen laut, Philippes Stimme, Andrejs. Charlotte rechnet damit, gleich wieder reingerufen zu werden. Sie beeilt sich, zum Punkt zu kommen: Vor ein paar Tagen habe sie ihn gesehen. Wie er Pizzakartons in die Papiertonne im Hof geworfen habe.

Bei dir zu Hause, fragt Vera. Charlotte nickt. Da schon habe sie gedacht, dass er wahrscheinlich in der Nähe wohne, in einem der Nachbarhäuser, vielleicht sogar im selben Haus. Sie erzählt von ihrer Begegnung auf der Straße, sieht sein Gesicht wieder vor sich. *Ich auch, ich wohne auch hier.* Spätestens da, sagt sie, sei ihr alles klar gewesen. Sei sie sicher gewesen, dass er ihr Nachbar sei. Und dass auch er ihr diesen Blumenstrauß vor die Tür gelegt habe.

Aber er ist dein Dozent. Der Blick, mit dem Vera sie mustert, ist skeptisch, fast schon besorgt. Sie scheint diese Geschichte, warum auch immer, weder erstaunlich zu finden noch kurios, noch amüsant.

Ja, ist er, bestätigt Charlotte.

Also habt ihr was miteinander, eine Liaison. Vera lächelt spöttisch. Eine Affäre.

Nein! Charlotte verschluckt sich am Rauch der Zigarette. Sie muss husten, hält sich eine Hand vor den Mund. Bereut nun doch, die Sache angesprochen zu haben.

Vera schweigt. Wartet wohl darauf, dass Charlotte sich erklärt, die Dinge weiter ausführt. Nach einer Weile schüttelt sie den Kopf. Versteh ich nicht. Und warum dann die Blumen? Warum bist du dir dann so sicher, dass die Blumen von ihm sind? Von diesem Dozenten, nicht von Andrej. Woher weißt du das?

Nach diesem Gespräch trägt Charlotte noch lange ein Gefühl in sich. Eine Unzufriedenheit, eine latente Wut, von der sie gar nicht sagen könnte, gegen wen sie sich richtet. Gegen sie selbst oder den Dozenten. Gegen Vera, ihre Vorbehalte, ihre Reaktion. Wenn sie abends rauchend am Küchenfenster steht, kann sie nicht anders, als darüber nachzudenken, dass hinter einem der erleuchteten Fenster gegenüber vermutlich gerade der Dozent an einem Tisch sitzt. Zu Abend isst. Seminararbeiten korrigiert. Die Vorstellung behagt ihr nicht, sie fühlt sich unwohl, beschattet. Kann nicht mehr unbefangen sein in den eigenen vier Wänden. Das geht so nicht, denkt sie. Das ist ja kein Zustand. Ich werde Vorhänge kaufen. Gleich morgen.

XXII.

Wolfgang ärgert sich über seine Unachtsamkeit, das Aufeinandertreffen mit Charlotte vor dem Haus. Nun ist passiert, was er befürchtet hat: Vorhänge hängen in ihren Fenstern, aus weißem, leichtem Stoff, dennoch blickdicht. Er versucht trotzdem, Ruhe zu bewahren. Geht die Optionen durch, die ihm bleiben; Wege, den Kontakt nicht abreißen zu lassen. Er könnte ihr einen Brief schreiben, eine Mail, eine Nachricht. Eine Begegnung provozieren. Sich in der Weinbar an den Tresen setzen, Charlotte betrachten aus einer neuen Perspektive. Er könnte sie aufrufen, während des Seminars. Sie auffordern, in seine Sprechstunde zu kommen: Es gibt da etwas, das ich lieber persönlich, unter vier Augen, mit Ihnen besprechen würde.

Ihm fehlt ein passender Begriff für das, was ihn zu ihr hinzieht, was ihn ständig an sie denken lässt. Schon morgens früh um acht in der U-Bahn und später, in der Hitze seines Büros. Er würde dieses

Denken nicht Verliebtheit nennen, nicht unbedingt. Eher eine Art unbestimmte Hinwendung, eine Faszination, die sich weder erklären lässt noch leugnen.

Es überrascht ihn nicht, die Karte dort liegen zu sehen. Die Karte erscheint ihm nur wie ein weiterer Zufall in der Reihe von Zufällen, die ihn mit Charlotte verbinden. Die das zarte Band zwischen ihnen geknüpft haben, das vor Wochen nicht mehr war als ein nächtlicher Blick. Jetzt wird ihm auch klar, woran Charlotte ihn erinnert hat. Als sie sich vor dem Hoftor noch einmal zu ihm umsah. Möglicherweise hat er die Assoziation zuvor bereits gehabt, unbewusst, in der Bar des Theaters. Hat er ihr Gesicht automatisch mit dem in ihrem Rücken gleichgesetzt. Zwei Bilder, gleichsam Fiktionen: das Gemälde an der Wand, neben dem Ausgang der Bar, und das Bild, das er sich von Charlotte gemacht hat. Wolfgang studiert das Motiv auf der Postkarte. *Das Mädchen mit dem Perlenohrgehänge.* Reklame für eine Ausstellung über Vermeer. Eine Einladung, eine Aufforderung. Wie von etwas geschickt.

Es war eine gute Idee, mehrere Karten mitzunehmen. In der Nacht sitzt er mit dem Stapel am Küchentisch. Spürt noch eine Weile in den Hohlraum seines Kopfes, bevor er zu schreiben beginnt: *Liebe Charlotte. Neulich lag diese Postkarte im Institut aus. Ich musste an Sie denken. Vielleicht wollen Sie mit mir*

Er schiebt die Karte von sich, was um einiges leichter ist, als die Beklemmung wegzuschieben, eine ängstliche Ungeduld. Dann steht er auf, er spürt den Drang, sich zu bewegen. Jeder Blick aus dem Fenster verstärkt seine Unruhe. Ein schwacher Lichtschein hinter geschlossenen Vorhängen. Charlotte ist da, ist zu Hause, aber er sieht sie nicht. Kann nur spekulieren, was sie wohl tut. Ob sie zeichnet. Liest. Wäsche aufhängt. Kocht. Aus dem Badezimmer tritt, die feuchten Haare in ein Handtuch gewickelt wie in einen Turban. Er setzt sich wieder, greift nach dem Füller: *Einmal mehr, Vermeer.*

Wolfgang pustet die Kerze aus. Er beschließt, es am nächsten Tag erneut zu versuchen. Muss an einen Satz seiner Großmutter denken, den sie, als er ein Kind war, oft zu ihm gesagt hat. Gutgläubig, mit Sicherheit naiv, dennoch tröstlich: Morgen sieht die Welt schon ganz anders aus.

XXIII.

Mit sechzehn beginnt Charlotte zu arbeiten. Im Naturhistorischen Museum der Stadt. Auch hierfür findet sie ein französisches Wort, das sie verwendet, wann immer sie nach ihrem Aushilfsjob gefragt wird. Als was arbeitest du denn? Als Garderobière. Die Eleganz des Begriffs hat nichts gemein mit dem, was sie im Museum tut: Mäntel aufhängen, staubig oder regennass. Dreistellige Nummern verteilen auf Zetteln, die vorgezeigt werden müssen, um die Jacken abzuholen. Hin und wieder leitet sie auch Führungen, für Kitagruppen und Grundschulklassen. Die Kinder sind meist aufgedreht, reden durcheinander, pressen die Handflächen ans Glas der Vitrinen. Sie staunen über die präparierten Schmetterlinge, ihre filigranen, mit Nadeln auf Holz fixierten Körper. Stehen zuletzt mit großen Augen im Foyer, vor dem Sockel im Zentrum, dem ausgestopften Leoparden. Nicht anfassen, sagt Charlotte und weiß doch sicher, dass, sobald sie sich umdreht, mindestens eines der Kinder einen Hinterlauf oder spitzen Eckzahn berühren wird.

Wenn keine Führungen anstehen, hat sie nicht viel zu tun. Sitzt am Kartenverkauf oder in der Garderobe auf einem Klappstuhl. Verliert sich in Träumereien, ausufernden Tagträumen, in denen sie sich ausmalt, nach dem Abitur nach Paris zu ziehen. In eine Dachgeschosswohnung in Saint-Germain-des-Prés, von deren Balkon man Notre-Dame sehen kann. Sie würde vom Läuten der Glocken geweckt, sich gähnend rekeln in einem Nachthemd aus Satin. Noch im Bett eine erste Zigarette rauchen und später, eine Basttasche über der Schulter, das Haus verlassen. Zu einem der Märkte am Seine-Ufer spazieren, Camembert kaufen, Baguette und Tomaten. Sie hätte mehrere Liebhaber, die sie abwechselnd träfe. Verbrächte die Nachmittage im Bistrot an der Straßenecke, die *Le Monde* auf dem Tisch und ein Café au Lait.

Etwa zur selben Zeit lernt sie Amir kennen. Während eines Sprachaustauschs mit einem französischen Lycée, eine Kooperation mit Amirs Gymnasium in der Stadt. Die Busfahrt nach Bordeaux dauert knapp vierzehn Stunden. An einer der vielen Raststätten, an denen sie halten, kauft Amir zwei Dosen Cola und eine Packung Schokoladenriegel. Charlotte erinnert sich noch gut an das Lächeln, mit dem er ihr die offene Tüte hinhielt, an die kleinen, in rotes Plastik verschweißten Riegel darin. Wie merkwürdig, denkt sie heute, dass das ihr erster Kontakt war, Amirs erste Frage, wie ironisch: Möchtest du einen?

Sie teilen die Schokolade, machen sich miteinander bekannt. Stellen fest, dass die Praxis, in der Charlottes Vater arbeitet, ganz in der Nähe des Bistros liegt, das Amirs Eltern gehört. Es ergibt sich so, sie verstehen sich gut. Auf der Rückfahrt sitzen sie erneut nebeneinander, nicht zufällig diesmal, sondern geplant, ganz bewusst. Als Amir einschläft, betrachtet Charlotte ihn lange; versucht, ihn sich einzuprägen. Den Olivton seiner Haut, die geschwungenen Wimpern. Den Geruch seines Halses und seines dunklen Haars, der zarten Mulde unterhalb des Schlüsselbeins.

Nach dem Austausch besucht er mit seinem Biologiekurs das Museum. Charlotte erschrickt, als sie ihn sieht, in der Traube der Schüler erkennt sie Amir sofort. Als er kurz darauf an der Garderobe vorbeigeht, bemerkt auch er sie endlich. Hier arbeitest du, sagt er und kommt wieder, am nächsten Tag. Verschwindet für zwanzig Minuten in der Ausstellung, bevor er erneut vor Charlotte steht.

Entschuldigen Sie, Madame, aber ich fürchte, ich hab meinen Zettel verloren. Diesen Zettel mit der Nummer.

Entschuldigen Sie, Monsieur, entgegnet Charlotte. Aber ich bin sicher, dass sie keine Jacke abgegeben haben.

Amir mustert sie mit schiefgelegtem Kopf. Tut so, als versuche er sich zu erinnern. Doch, doch. Die Jacke muss hier irgendwo sein. Bevor sie eine Chance hat, zu reagieren, hat er beide Beine über die Abtrennung geschwungen. Beginnt, die Kleiderbügel zu inspizieren, sie auseinanderzuschieben, vor und zurück.

Das ist sie nicht, das auch nicht. Er verschwindet zwischen den Kleiderstangen, geht immer tiefer in die Garderobe hinein. Charlotte folgt ihm, lachend und mit klopfendem Herzen, nur vorgeblich darum bemüht, ihn zur Umkehr zu bewegen. Als sie ihn eingeholt hat, dreht Amir sich um. Steht plötzlich so dicht vor ihr, dass sie seinen Atem im Gesicht spüren kann. Ein warmer Luftzug auf ihrer Stirn, dem Nasenrücken, ihrer Wange, den Lippen.

Sie schiebt es noch eine ganze Weile auf, auch ihren Eltern zu erzählen, dass sie einen Freund hat. Als sie Amirs Namen das erste Mal fallen lässt, zuckt die Mutter zusammen, als hätte sie etwas gestochen.

Amir, wiederholt der Vater, es klingt vor allem nachdenklich. Und was ist das für eine Nationalität? Wo kommt er denn her, dein Freund? Ist er Araber? Muslim?

Und Charlotte, die mit Fragen wie diesen gerechnet hat, erklärt geduldig: Amir sei ein arabischer Name. Seine Eltern kämen aus Algerien, aber lebten seit über dreißig Jahren in Deutschland. Amir selbst sei in der Stadt groß geworden. Er ist Deutscher, sagt sie. Ihr Vater verschränkt die Arme, ergänzt: Er ist in Deutschland geboren.

Ganz genau. Sie muss sich nun doch zusammenreißen, um ruhig zu bleiben, die Fassung zu bewahren. Ich sage doch: Er ist hier aufgewachsen. Er hat einen deutschen Pass.

XXIV.

Der Fliegenpilz ist weithin zu sehen. Die Litfaßsäule mit roter, weiß gepunkteter Kappe am Eingang des Spielplatzes, und Oliver daneben. Als Wolfgang das quietschende Tor aufstößt, unterbrechen die beiden Frauen, die unweit des Klettergerüsts auf einer Bank sitzen, ihr Gespräch, drehen die Köpfe. Sie sitzen da, als stünde ein Spiegel zwischen ihnen, die eine als seitenverkehrtes Abbild der anderen. Je einen Ellenbogen auf die Lehne gestützt, überkreuzte Beine, links über rechts, rechts über links. Turnschuhspitzen, die sich berühren. Zwei blonde Mädchen, ihre Töchter vermutlich, schaukeln im Schatten der Birken um die Wette. Hoch und immer höher. Springen ab am höchsten Punkt.

Als er Wolfgang bemerkt, schlägt Oliver das Buch zu, in dem er gelesen hatte, steht auf. Sie umarmen einander. Sehen beide zu Maya, die vor der Bank auf einer rosafarbenen Decke hockt und hingebungsvoll eine Papiertüte zerreißt. Eine Tüte vom Bäcker, darauf die Zeichnung einer lächelnden Sonne, auf- oder untergehend. Als sie dazu übergeht, sich Streifen des Papiers in den Mund zu schieben, schreitet Oliver ein. Nimmt Maya die Tüte weg und beginnt, einen hölzernen Hund im Sand vor- und zurückzurollen, bis das Kind sich ihm zuwendet, sein Weinen verstummt.

Es dauert, bis sie ins Reden finden, in ein Gespräch, wenn auch ein seltsam distanziertes.

Wie geht's Aurélia?

Gut. Schläft noch. Sie ist vorhin erst zurückgekommen, früh um vier. Aus Turin.

Aha.

Und bei dir, was macht die Doktorarbeit?

Ach, na ja. Ich komm schon voran. Langsam allerdings. Es braucht halt seine Zeit.

Er will Oliver gerade die Gegenfrage nach seiner Übersetzung stellen, als er sich erinnert, was der ihm neulich erst erzählt hat: dass er die Arbeit daran beiseitegelegt habe, überhaupt die Arbeit. Nur fürs Erste, hatte Oliver gesagt. Bis Maya in die Kita kommt, bis zu ihrem Geburtstag. Das sei es, worauf er sich mit Aurélia geeinigt hätte: dass er, bis Maya ein Jahr alt werde, keine weiteren Aufträge mehr annehmen würde. Wolfgang hatte zu rechnen begonnen, die Wochen überschlagen. Oliver kam ihm zuvor. Zehn Monate, hatte er gesagt. Maya ist jetzt zehn Monate alt.

Obwohl es noch früh ist, der Tag ein fahles Leuchten, das sich verfängt im Blattwerk der Birken, cremt Oliver Mayas Gesicht mit Sonnenmilch ein. Die Flasche ist fast leer, er muss sie fest zusammenpressen, damit etwas herauskommt. Mehr Luft als Lotion. Wolfgang sieht zu. Beobachtet den Freund bei seinen Versuchen, Maya mit Grießbrei zu füttern. Sie will nicht stillhalten, zappelt auf seinem Schoß, verzieht das Gesicht, sobald der Löffel sich nähert. Schließlich wendet sie sich endgültig ab, deutet entschieden in Richtung des Sandkastens, sagt: Da!

Sie überqueren den Spielplatz. Wolfgang schiebt den Kinderwagen. Oliver trägt Maya, die Decke, die Taschen. Die Mütter auf der Bank schauen ihnen lächelnd entgegen. Was sie wohl denken, fragt Wolfgang sich, wer von uns der Vater ist.

Guckst du mal, bitte, sagt Oliver. Im Kinderwagen, unten im Netz, müssten Förmchen sein.

Bunte Plastikförmchen. Eine Krabbe, ein Kugelfisch, ein Seestern. Oliver entscheidet sich für den Stern, füllt die Form mit feuchtem Sand. Maya besieht sich kurz das Gebilde auf dem Rand des Sandkastens, dann holt sie aus. Schlägt mit der flachen Hand darauf. Quiekt vor Vergnügen. Oliver füllt das Förmchen erneut. Ein zweiter Stern, der wiederum von Maya zerstört wird. So geht es weiter, noch einige Male: aufbauen und zerstören, aufbauen und zerstören.

Man muss sich Sisyphos als glücklichen Menschen vorstellen, sagt Oliver, als Maya den Stern abermals zerschlägt, ein letztes Mal, bevor sie zu weinen beginnt.

Wolfgang weiß nicht, warum er an Charlotte denken muss. Ausgerechnet hier, neben Oliver im Sand kniend und geblendet vom morgendlichen Licht, das sich bricht am Metall der Rutsche, den Streben des Klettergerüsts. Ich hab übrigens jemanden kennengelernt. Der Satz wird ihm fremd, kaum dass er ihn ausgesprochen hat.

Oliver lässt die Plastikschaufel sinken. Ach was.

Deutliche Überraschung in seiner Stimme. Wolfgang spürt eine Empörung darüber, die ebenso schnell verfliegt, wie sie gekommen ist. Die getilgt wird durch die Einsicht, dass Oliver ihn kennt. Dass er im Bilde ist über sein Liebesleben; das, was sich ereignet oder eben nicht ereignet hat. Unwesentliches, eine Handvoll Anekdoten. Olivers Verwunderung ist nur berechtigt.

Wen hast du kennengelernt?

Wolfgang zögert. Eine Frau, denkt er, eine meiner Studentinnen, Charlotte. Eine Nachbarin, sagt er, sagt nichts weiter dazu.

Oliver sagt auch nichts. In den Minuten, die folgen, hängen sie beide eigenen Gedanken nach. Lassen die Geräusche um sie herum laut werden und ziehen sich zurück in Kokons aus Stille, in ein Schweigen, das kein gemeinsames ist. Jeder von ihnen schweigt für sich allein.

XXV.

Nach der Arbeit im Museum holt Amir Charlotte ab. Sie machen nichts Besonderes, laufen so rum. Durch die Innenstadt und bis zum Bistro seiner Eltern, wo sie Minztee trinken aus handbemalten Gläsern. Amirs Familie hat Charlotte sofort willkommen geheißen, ihr von Anfang an das Gefühl gegeben, sie gehöre dazu. Sie wird eingeladen zu ungezählten Geburtstagen und Grillfesten, einmal auch zur Hochzeit von Amirs Cousin. Die Feierlichkeiten ziehen sich über mehrere Tage. Charlotte ist fasziniert und überfordert zugleich von der Vielzahl der Gäste, den überbordenden Farben, der Ausgelassenheit, mit der gefeiert und getanzt wird. Als sie unschlüssig vor dem opulenten Buffet steht, tippt Amirs Onkel ihr auf die Schulter, reicht ihr ein Schälchen. Hammelfleisch und Couscous, der, so erklärt er, traditionell mit Pflaumen und Rosinen gekocht werde, auf dass er so süß sei wie die Zukunft des frischvermählten Paars.

Sie verabschiedet sich, als das Fest in vollem Gange ist, es im Grunde gerade erst richtig beginnt. Dreiundzwanzig Uhr. Das ist die Zeit, zu der sie spätestens zu Hause zu sein hat. Lächerlich früh, findet Charlotte, aber sie hält sich daran. Lässt sich zum Abschied von Amirs Mutter noch umarmen. Warte kurz. Sie verschwindet in der Küche, kommt mit einer Plastiktüte zurück. Tupperdosen, darin maghrebinische Köstlichkeiten. Mhancha, Pistaziengebäck, mit Walnuss gefüllte Datteln. Die soll Charlotte ihrer Familie mitbringen und schöne Grüße ausrichten, unbekannterweise.

Amir fährt sie zurück ins Dorf. Als sie vor dem Haus parken, brennt im Erdgeschoss Licht, hinter dem Quadrat des Fensterrahmens, den gehäkelten Gardinen. Die Mutter sitzt im Morgenmantel am Küchentisch. Der Hund zu ihren Füßen hebt träge den Kopf, als er Schritte im Flur hört, die sich schließende Tür.

Wie bist du nach Hause gekommen?

Amir hat mich gefahren.

Die Mutter schlägt die Zeitschrift zu, in der sie vorgeblich gelesen hat. Ihr Blick fällt auf die Tüte. Und was ist das?

Reste vom Fest. Für euch, von Amirs Eltern. Charlotte stapelt die Dosen, stellt sie in den Kühlschrank. Sie wünscht der Mutter eine gute Nacht, will rasch hinauf in ihr Zimmer im ersten Stock und hört noch auf der Treppe das vertraute, schmatzende Geräusch in ihrem Rücken. Sie muss sich nicht umdrehen, um sicher zu wissen, dass die Mutter den Kühlschrank geöffnet hat. Vermutlich bereits eine der Dosen in der Hand hält, am Inhalt schnuppert, die Nase rümpft dabei.

Am nächsten Morgen stehen sämtliche Behältnisse ausgespült neben ihrer Schultasche im Flur. Vergiss nicht, die heute wieder mitzunehmen, sagt die Mutter. Und bedank dich halt noch mal dafür.

Charlotte gerät in ihrer Erzählung ins Stocken. Nicht weil diese Erinnerung sie aus dem Konzept bringen, eine alte Wunde wieder aufreißen würde. Vielmehr, weil sich nun ein anderes Bild aufdrängt, sich vor das von Amirs enttäuschtem Gesicht schiebt. Das Bild eines Mädchens mit einer Perle im Ohr, die Vorderseite der Karte. Und der Text auf der Rückseite: *Hätten Sie Lust, mich am Sonntag in diese Ausstellung zu begleiten? Hier meine Nummer. Ich würde mich freuen. W.*

Charlotte hat die Karte im Briefkasten gefunden, zwischen Broschüren und einer Mahnung der Bibliothek. Hat da schon gedacht: Das muss ich Doktor Szabó erzählen, später. Wobei es ihr widerstrebt, ihre knappe Zeit miteinander zu vergeuden, indem sie über den Dozenten spricht. Sie tut es dennoch. Nicht zuletzt, um abzulenken. Weil sie spürt, dass sie auf einen Punkt zusteuert, der schmerzhaft ist. Auf Erinnerungen, die tief in ihr vergraben liegen, die sie in sich eingeschlossen hat, weggeschlossen, aus gutem Grund. Also erzählt sie. Beginnt mit dem Theaterabend und endet mit der Postkarte, mit dieser Einladung in ihrem Briefkasten. Er ist mein Dozent, sagt sie. Geht das denn? Kann ich das machen?

Doktor Szabó muss nicht sprechen, um zu antworten. Sein Gesicht ist ein Orakel. Es sagt eindeutig: Ja.

XXVI.

Wolfgang ist zu früh, Charlotte verspätet sich, wenn auch nur um wenige Minuten. Schon bevor sie hinter einer der Säulen auftaucht, nimmt er eine Schwingung wahr, erahnt er ihr Kommen. Die Situation erinnert ihn an den Abend im Theater, mit dem Unterschied, dass sie einander diesmal nicht unverhofft begegnen. Dass er weiß: Der Blick, mit dem Charlotte sich nun im Foyer umsieht, ist zielgerichtet, gilt ihm. Für den Bruchteil eines Moments meint er, aus sich selbst herauszutreten. Sieht er sie beide von oben, aus der Vogelperspektive: eine Frau, die sich dem Ticketschalter nähert, ein Mann, der davorsteht, sie bereits erwartet. Der sagt: Wie schön, dass Sie die Zeit gefunden haben.

Es dauert, bis sie einen Modus finden, einen gemeinsamen Rhythmus. Charlotte hält sich den Audioguide ans Ohr, lächelt höflich, wann immer ihre Blicke sich treffen. Er achtet darauf, stets ein Stück hinter ihr zu gehen, in ausreichendem Abstand, um sie diskret zu betrachten. Nach einer Weile erscheint ihm ihr Vertieftsein nicht mehr vorgespielt. Nicht aufgesetzt, angestrengt, sondern ehrlich interessiert. Minutenlang verharrt sie vor dem bekannten Gemälde der Magd, die Milch aus einem Krug in eine Schale gießt. Hätte Vermeer rund vierhundert Jahre später gelebt, denkt Wolfgang, er hätte Charlotte gemalt. Anstelle des Kruges eine Gießkanne in ihrer Hand, mit der sie die Kräuter gießt auf der Fensterbank, in den tönernen Töpfen.

Im letzten Raum der Ausstellung hängen gerahmte Abzüge. Vermeers Gesamtwerk, all seine Gemälde, siebenunddreißig Stück. Wolfgang entdeckt das Mädchen sofort. Er sucht die dem Bild zugewiesene Nummer, tippt sie in die Tastatur des Audioguides. Beobachtet während des Hörens Charlotte, die sich vor ihm schon dem Ausgang nähert. Sich jetzt umsieht, einmal mehr: ein Blick über die Schulter. Wolfgang lässt den Lautsprecher sinken, den letzten Satz des Beitrags noch im Ohr: Der dunkle Hintergrund ist aus mehreren Schichten aufgebaut, ein maximaler Schatten, aus dem das Mädchen hervortritt.

Und, welches hat Ihnen am besten gefallen?

Er denkt, dass diese Frage ein Test sein könnte. Ich glaube, das mit dem Astronomen, sagt er zögernd. Oder nein, doch eher das des schlafenden

Mädchens. Der jungen Frau, die betrunken und schlafend am Tisch sitzt.

Charlotte schweigt dazu, ihre Züge ganz weich. Er deutet auf den Eingang des Museumscafés. Ah, schauen Sie, das Café hat noch geöffnet – wollen wir?

Kurz darauf sitzen sie an einem der Tische, ein silbernes Tischchen vor der Glasfront zur Straße hin. Erneut sieht er sie aus der Distanz: zwei Menschen an einem Sonntag im Museum. Sie könnten befreundet sein oder ein Paar. Entfernte Bekannte, die ein künstlerisches Interesse verbindet.

Im Gegensatz zu ihrem Gespräch an der Theaterbar ist es Charlotte, die die Fragen stellt, Wolfgang, der erzählt. Er hat sie eingeladen, sich diese Ausstellung mit ihm anzusehen. Er denkt: Ich bin ihr ein paar Antworten schuldig. Wo sind Sie aufgewachsen? In Süddeutschland. Meine Eltern haben sich getrennt, als ich fünfzehn war. Nein, keine Geschwister, zwei Stiefschwestern. Ihm scheint es so, als sei das Bezeichnende seiner Antworten vor allem das, was er nicht erzählt. Wen stellt er ihr eigentlich vor? Einen anderen.

Ist doch wirklich kurios, sagt er im Versuch, das Gespräch in eine neue Richtung zu lenken. Dass wir Nachbarn sind, seit Monaten schon, das aber jetzt erst gemerkt haben, oder?

Sein Blick fällt auf die Eintrittskarte vor ihm auf dem Tisch. Dasselbe Motiv darauf wie auf der Postkarte. Im Grunde unverschämt, bemerkt er. Gerade dieses Gemälde darauf abzudrucken, obwohl es hier gar nicht ausgestellt ist. Wo hängt noch gleich das Original?

Den Haag, sagt Charlotte. Sie fährt fort, über das Mädchen zu sprechen. Schwärmt von der Präzision, mit der es Vermeer gelungen sei, den Moment einzufangen. Einen Schwebezustand. Die Sekunden vor einer Geste, einem Satz. Es geht um die Leerstellen, sagt sie, um den doppelten Boden. Um das, was das Bild nicht zeigt, was *drumherum* ist. Was muss zuvor passiert sein, zwischen ihr und dem Maler? Was denkt sie? Was wird sie sagen im nächsten Moment?

Sie sehen beide auf die Karte hinunter. Nichts, sagt Wolfgang. Sie wird gar nichts sagen. Sie wird sich wieder abwenden, im Schatten verschwinden.

Charlotte legt den Kopf schief, nickt. Ja, möglich, sagt sie. Kann sein.

Später stehen sie einander gegenüber, vor dem Museum. Es geht ein leichter Wind. Der Himmel über dem Park hat sich verdunkelt, Wolken sind aufgezogen, es sieht nach Regen aus.

Und was machst du noch, heute Abend, fragt Wolfgang. Irgendwann im Laufe des Nachmittags ist er wie selbstverständlich zum Du übergegangen. Charlotte scheint nichts dagegen zu haben. Ich fahr gleich weiter, sagt sie. Nach Neukölln, in die Weinbar. Am Sonntag gibt es immer Muscheln. Moules frites.

Ich weiß, denkt er. Ist kurz versucht, ihr anzubieten, sie bis zur Bar begleiten. Doch dann hält er sich zurück, er möchte nichts überstürzen.

Es hat mich jedenfalls gefreut, dass du mitgekommen bist.

Mitgekommen. Das klingt, als hätte er sich die Ausstellung andernfalls allein angesehen. Als sei Charlottes Begleitung nichts weiter als eine Option für ihn gewesen, eine nette Ergänzung.

Mich auch, sagt sie, verschränkt die Arme vor der Brust. Friert oder tut so, um die Entscheidung zu umgehen, ihm die Hand zu schütteln oder ihn zu umarmen. Vor den Treppen zur U-Bahn bleibt sie stehen, winkt. Auf Wiedersehen also, denkt Wolfgang. Bis bald.

XXVII.

Juli, ein Tag mit dreiunddreißig Grad. Unter den Dachschrägen der Praxis staut sich die Hitze. Charlotte ist es unbegreiflich, wie Doktor Szabó weiter Tee trinken kann. Er pustet in seine Tasse, nippt behutsam daran. In einer Ecke des Raums steht ein sperriger Ventilator, klappert, dreht sich träge um hundertachtzig Grad. Alle paar Sekunden nur ein schwacher Luftzug. Charlotte drängt es, aufzustehen und das Gerät zumindest näher an die Sitzgruppe heranzurücken. Sie möchte Doktor Szabó gerade fragen, ob das möglich wäre, da holt er schon Luft.

Wie war es denn?

Es ist klar, dass er die Ausstellung meint, diesen Nachmittag mit Wolfgang. Gut, sagt sie. Es war – angenehm. Dann fällt ihr die Sache mit dem Kaffee wieder ein. Erst geniert sie sich, darüber zu sprechen, denkt dann wiederum, dass Doktor Szabó ihr Therapeut ist. Dass sie ihm alles erzählen kann. Wem, wenn nicht ihm? Solche Momente gibt es, sagt sie also. Noch immer. Situationen, in denen ich merke, dass ich nicht ganz gesund bin.

Sie erzählt, wie sie sich nach dem Gang durch die Ausstellung bei Wolfgang entschuldigt hatte, auf die Toilette verschwand. Wie er, als sie zurückkam, im Café saß, an einem Tisch am Fenster, vor zwei tiefen Tassen. Cappuccino. Feines Kakaopulver auf dem Milchschaum. Die Kellnerin war eben schon da, hatte er gesagt. Ich dachte, ich bestell schon mal. Ich hoffe, das war in Ordnung.

Sie hatte gemeint, keine Luft zu bekommen. Ein innerliches Zittern plötzlich, ein Entsetzen, das sich Sekunden später in Wolfgangs Gesicht spiegelte. Ist alles okay, hatte er gefragt. Und Charlotte, geübt darin, sich schnell wieder zu fassen, hatte gesagt: Ja. Alles okay, alles gut. Nur, ich … Ich kann das leider nicht trinken. Ich habe –

Eine Laktoseintoleranz, hatte er ergänzt. Das Wort stand ungelenk zwischen ihnen. Sie hatte lange ausgeatmet, genickt. Ist doch kein Problem. Wir bestellen dir was anderes.

Das Zittern hatte nachgelassen, war fast verschwunden, als die Kellnerin die Espressotasse auf dem Tisch abstellte. Ein Glas Wasser daneben, das Charlotte leerte, in einem einzigen Zug und dankbar dafür, die Finger um etwas schließen, sich an etwas festhalten zu können.

Charlotte senkt den Blick. Sie rechnet damit, dass Doktor Szabó diese Geschichte albern findet, lächerlich. Es entsteht eine Pause, in der die Hitze sich zu verdichten scheint, ein Vakuum, das den letzten Rest Sauerstoff tilgt.

Wie zeigt sich das sonst noch, fragt Doktor Szabó. Seine Stimme klingt sachlich, gänzlich unbewegt. Gibt es weitere – Symptome? Er notiert sich etwas. Symptome, Doppelpunkt.

Charlotte denkt nach. Versucht zu formulieren, was sich mit Worten eigentlich nicht greifen lässt. Schließlich beginnt sie, von ihren dunklen Tagen zu sprechen, ein Ausdruck, den auch ihre Mutter verwendet: Dein Vater hatte heute einen dunklen Tag. Sie erzählt Doktor Szabó von dem Knoten. Diesem mal locker, mal sehr fest geschnürten Knoten unterhalb ihres Brustbeins, der zeitweise alles schluckt. Alles Helle, jede Leichtigkeit. Flecken verstreuten Sonnenlichts. Flüchtige Berührungen, Kinderlachen, Sommerregen. Wie ein Schlag in die Magengrube, nach dem man sich krümmt, reflexartig zusammenrollt und in sich verkapselt. Anders ist es nicht auszuhalten, anders geht es nicht.

Es gibt auch Dinge, die leichter zu beschreiben sind: eine sehr konkrete Angst vor Zucker und Fett. Kakaopulver und Vollmilch. Eiscreme und Öl. Ihr Frauenarzt, sein Kopfschütteln, als sie ihm mitgeteilt hatte, dass ihre Periode nach wie vor nicht wieder eingesetzt habe. Es hilft nichts, hatte er gesagt. Sie müssen zunehmen. Sie müssen mehr essen, vor allem gesunde Fette. Nüsse und Sahnejoghurt. Avocados und Oliven.

In der *Buvette* essen sie in den Pausen, nebenbei. Charlotte bestellt immer dasselbe Gericht von der Karte, den Salat mit Ziegenkäse. Aber ohne Dressing, sagt sie zu Andrej, der anfangs darüber die Augen verdreht hat. Nicht wirklich genervt, eher belustigt. Bist du jetzt auf Diät, oder was? Dabei ist an dir doch sowieso kaum was dran. Mittlerweile verzichtet er auf Scherze dieser Art. Stellt den Teller ohne Kommentar in die Durchreiche, ruft: Einmal Essen für Charlotte! Sie isst am Tresen, halb sitzend, halb stehend. Den Rucola, die Kirschtomaten, ein kleines Stück Baguette. Jedes Mal lässt sie ein paar Salatblätter übrig. Hofft, dass es Andrej nicht auffallen wird, wenn sie große Stücke des Ziegenkäses darunter versteckt.

Wie hat das angefangen, fragt Doktor Szabó. Wann?

Sie ist dankbar, dass er diese Brücke für sie schlägt, wenngleich alles in ihr sich sträubt, ihm seine Frage zu beantworten. Zurückzugehen, zum Beginn, zu den Anfängen. Irgendwann, denkt sie, werde ich doch ohnehin darüber sprechen müssen. Sie denkt: Wenn wir nun schon mal dabei sind.

In den Monaten vor dem Abitur spürt sie den Knoten zum ersten Mal. Sie starrt an die Decke, steht neben sich, steht trotzdem auf. Eine alte Angst: dass der Zustand ihres Vaters sich auf sie übertragen könnte; dieser dunkle Samen bereits in ihr gesät und es nur eine Frage der Zeit ist, bis er zu sprießen beginnt. Charlotte ignoriert den Knoten, so gut es geht. Sie spricht mit niemandem darüber. Macht weiter, funktioniert. In die Schule, nach Hause, ins Museum, zurück. Sie verliert jede Lust zu zeichnen. Zwingt sich dazu. Denn sie hat noch ein weiteres Geheimnis, einen Plan, den sie ihrem Umfeld verschweigt. In den Nächten arbeitet sie an ihrer Mappe, den Zeichnungen für die Bewerbung an der Kunstakademie. Das Zeichnen lenkt sie ab, hält sie am Laufen. Aber es wird auch spröde, die Bilder entgleiten ihr. Linien und Striche, leblos und unbeseelt. Ohne Substanz, ohne doppelten Boden.

Kurz vor Silvester wird sie krank. Eine Lungenentzündung, die Charlotte über Wochen ans Bett fesselt. Insgeheim ist sie erleichtert. Lungenentzündung. Ein Zauberwort, eine Erklärung. Dabei weiß nur sie selbst, dass sie es auch ohne die Infektion inzwischen nicht mehr schaffen würde, aufzustehen. Energie zu finden für irgendetwas. Sie muss Antibiotika nehmen, verliert ihren Appetit. Ertastet unter der Bettdecke die hervorstehenden Hüftknochen. Klar definierte Kanten. Greifbar, kompakt.

Ihre Religionslehrerin ist die Erste, die sie darauf anspricht. Nach dem Unterricht nimmt sie Charlotte beiseite. Charlotte, sagt sie, warum essen Sie nicht mehr? Im ersten Moment ist sie fassungslos. Schockiert, weil die Lehrerin ihr Abnehmen bemerkt hat, perplex, aber auch stolz, gleichermaßen. Die Abiturprüfungen rücken näher. Sie lernt verbissen. Schiebt so ihre Zweifel weg, die Unsicherheiten, die fehlende Vorstellung eines künftigen Selbst. Fragen, die von allen Seiten über sie hereinbrechen: Was hast du vor, was willst du denn machen, nach den Klausuren. Paris, und danach? Studieren. Medizin oder –

Literatur. Kunst.

Auf Lehramt, ergänzt die Mutter.

Charlotte sagt: Vielleicht.

Könnte ich was zu trinken bekommen, ginge das? Charlotte schluckt. Ihre Wangen glühen, ihr Mund ist wie ausgetrocknet.

Doktor Szabó nickt. Er drückt sich aus dem Korbstuhl, verschwindet im Flur in Richtung der Teeküche. Gibt ihr eine Minute, um durchzuatmen, einen Blick auf die Uhr zu werfen. Siebzehn Uhr fünfundzwanzig. Als er zurückkommt, hält er ein Glas Wasser in der Hand. Reicht es ihr. Charlotte trinkt langsam. Sie fragt sich, ob er wohl einschreiten wird, wenn sie einiges, das noch sagbar wäre, überspringt: die ersten Wochen des ständigen Frierens. Die Wärmflasche, die durchgängig voll aufgedrehte Heizung. Den Föhn, unter die Lagen der Pullover geschoben, ein hilfloser, verzweifelter Versuch, sich zu wärmen. Hohlräume. Teller mit Lebkuchen und Mandeln, von der Mutter wie zufällig auf ihrem Schreibtisch platziert. Ein wachsendes, komplexes Geflecht aus Lügen: Ich habe schon, ich werde noch, ich habe keinen Hunger. Ausgefallene Haare auf dem Kopfkissen am Morgen. Jede Umarmung eine Bestandsaufnahme. Schulterblätter wie Flügel. Neben Amir zu stehen im Bistro seiner Eltern. Kein Gebäck für Charlotte, nur einen Minztee, bitte, ungesüßt. All das als Pfand und als Belohnung die Leere. Eine wohltuende Gleichgültigkeit allen Dingen gegenüber. Sanfte Abwesenheit jeglicher Emotion.

Charlotte sagt: Ich musste dann jedenfalls ins Krankenhaus. In eine Klinik, und da bin ich geblieben. Zwölf Wochen insgesamt, ein ganzes Vierteljahr.

XXVIII.

Zwei Tage nach der Vermeer-Ausstellung, nachts. Wolfgang steht am offenen Küchenfenster. Sieht über den stillen, erleuchteten Hof. Und als hätte Charlotte seinen Blick zu ihr gespürt, als hätte ihr etwas, von wo auch immer her, eingegeben, dass er dort stehen würde, tritt auch sie ans Fenster. Stützt sich aufs Fensterbrett, sieht in den Nachthimmel hinauf. Wolfgang ist sicher, dass sie einen Mond sieht, eine vollkommene, runde Scheibe über und hinter ihm. Weißes Licht an der Fassade des Hinterhauses. Charlotte, eine Skulptur. Sie senkt den Blick. Er rührt sich nicht. Positionen, die sich verschieben: die einstmals Beobachtete, die zur Beobachterin wird. Ein Angleichen, Ansehen auf Augenhöhe jetzt.

Er erinnert sich, was er zu ihr gesagt hat, im Museum, als sie über das nahende Semesterende sprachen: Danach wirst du nicht mehr meine Studentin sein. Aber was wird sie stattdessen für ihn sein? Und umgekehrt: er für sie. Nachbar, Freund.

Charlotte beugt sich vor, lehnt sich in den Hof. Greift den Knauf des Fensters und tritt zurück, aus dem Mondlicht ins Dunkel des Zimmers. Schließt die Fenster wieder. Zieht die Vorhänge zu.

XXIX.

Idyllisch, sagt der Vater, als sie die Anhöhe erreichen. Vor ihnen liegt die Ebene, das Tal, durch das die Landstraße sich windet in weitläufigen Bögen. Geruch nach Dünger und frisch gemähtem Gras. Rapsfelder und Kühe und dahinter der See. Wirkt alles wie Kulisse.

Mir ist schlecht, sagt Charlotte von der Rückbank aus. Der erste Satz aus ihrem Mund seit gut hundert Kilometern.

Sollen wir anhalten, fragt der Vater. Musst du dich übergeben?

Sie nickt, obwohl sie weiß, dass das nicht möglich sein wird. Da ist nichts in ihrem Magen, das erbrochen werden könnte. Nichts außer Raststättenkaffee und Wasser.

Grüß Gott, sagt die Psychologin. Sie ähnelt einem Vogel, dessen Name Charlotte entfallen ist. Ein größerer Vogel, ein Kranich, ein Reiher. Der lange

Hals, der eigentümlich ausgestellte Gang. Die Psychologin geht vor. Zeigt die Rezeption und den Klinikgarten. Die Ateliers für die Kunsttherapie im Keller, die Meldezentrale, die Waschküche, den Massageraum. Im Team hätten sie darüber diskutiert, auf welcher Station Charlotte am besten aufgehoben wäre. Bei den Depressionen, den Ess- oder den Schlafstörungen. Die Psychologin sagt das in fast heiterem Ton, als ginge es um die Vergabe eines Hotelzimmers, mit Seeblick oder ohne. Sie warten vor dem Aufzug. Als die Türen sich öffnen, steht eine Frau mit Servierwagen darin. Sie ist klein, untersetzt, trägt offene Sandalen und eine weiße Haube auf der Kurzhaarfrisur. Die Frau nickt der Psychologin knapp zu. Schiebt den Wagen unter lautem Geschepper an ihnen vorbei und weiter, den Flur entlang. Glasschälchen. Dosenpfirsiche im eigenen Saft.

Das war die Frau Huber, sagt die Psychologin mit einem bedeutsam halben Lächeln. Unsere Küchenchefin. Die wird Sie hier verwöhnen. Am Ende eines düsteren Flurs bleibt sie stehen, hält eine Tür auf, sagt: Immer nur herein.

Ein Bett, ein Schrank, ein Tisch, ein Stuhl. Teppichboden, dunkelgrün oder grau. Im Zimmer ist es stickig. Charlotte tritt ans Fenster. Versucht, es zu öffnen, und wird von der Psychologin sogleich darauf hingewiesen, dass das nicht möglich sei. Lässt sich nur kippen. Das ist auf allen Zimmern so. Blick in den Klinikgarten. Zwei Patientinnen, die unterhalb des Balkons auf der Wiese stehen. Sie halten ein Handtuch zwischen sich, legen die Ecken aneinander. Die Schnitte an ihren Unterarmen sind trotz der Entfernung erkennbar. Wulstig und vernarbt auf dem Arm der einen, leuchtend rot auf dem der anderen Frau.

Die Psychologin steht in der Tür, eine Hand an der Klinke. Nun räuspert sie sich. Abendessen gibt's um achtzehn Uhr. Wir sehen uns dann unten. Jetzt kommen Sie erst mal an.

Rezidivierende depressive Störung, gegenwärtig
schwere Episode ohne psychotische Symptome
Anorexia nervosa
Sekundäre Amenorrhoe
Nichtorganische Insomnie
Penicillinallergie

Klischees, die sich einlösen: Segelboote und Berge. Weiße Spitzen dort oben, Hochsommer im Tal. Die Seezunge, der Steg. Eiscafés, Biergärten. Das ununterbrochene Klirren der Krüge, ein nie abreißendes einander Zuprosten als klangliche Kulisse. Holzvertäfelte Wände im Speisesaal. Das Sitzen in Stuhlkreisen. Aufsagen der Gruppenregeln: Ein wertschätzender, respektvoller Umgang ist uns wichtig. Was in der Gruppe besprochen wird, bleibt in der Gruppe. Illusion von Struktur, von Eindeutigkeiten.

Klinikvokabular, das sich täglich erweitert: Trigger und Blitzlicht und Citalopram. Der Raucherpavillon, einziger Ort der Zuflucht. Jede Zigarette so lange geraucht wie möglich, ausgetreten mit Flip-Flops auf sonnenheißem Stein. Tausendteilige Puzzles auf dem Tisch im Gemeinschaftsraum. Strickzeug, Gesellschaftsspiele, zerlesene Zeitschriften. Kreuzworträtsel, die meisten längst gelöst.

Kachektische, vorgealtert wirkende Patientin in erschöpftem Allgemeinzustand, allseits orientiert. Die Patientin hält kaum Blickkontakt, wenig offen im Kontakt. Sie bagatellisiert weiterhin ihre Antriebsminderung, im Affekt dabei deutlich niedergeschlagen. Schwingungsfähigkeit kaum erhalten, Stimmung zum negativen Pol hin verschoben. Deutliche Konzentrationsminderung. Die Krankheitseinsicht erscheint wechselhaft. Die Informationen erscheinen unvollständig reliabel. Passive Suizidwünsche vorhanden, die Patientin distanziert sich glaubhaft von Suizidalität.

Tabletten im silbernen Blister, die Charlotte kennt. Die sie, seit sie denken kann, Morgen für Morgen am Frühstückstisch auf dem Platzdeckchen ihres Vaters hat liegen sehen. Nun schluckt sie sie selbst, drei winzige Pillen am Tag. Sie werden sich besser fühlen, versprechen die Ärzte. Sie werden wieder schlafen können.

Aber das stimmt nicht. Charlotte schläft nicht.

Sie ist weg und wieder da, wird nach wenigen Stunden geistiger Umnachtung grob zurückgestoßen in ein scharfkantiges Jetzt. Die Medikamente sind wie ein Filter, der ihre Wahrnehmung trübt. Der nichts bunter macht, den Dingen nur noch die letzten Konturen nimmt. Sie fühlt sich taub, wie unter einer Glocke. *Die Glasglocke.* Der Roman liegt während der gesamten drei Monate, die sie in der Klinik verbringt, auf ihrem Nachttisch. Immer wieder blättert sie darin. Liest eine zufällige Passage, findet sich wieder in den Worten: *Für den, der eingezwängt und wie ein totes Baby in der Glasglocke hockt, ist die Welt selbst der böse Traum.*

Die Stimme der Mutter am Telefon, ein Wehklagen. Ihr selbstmitleidiger, vorwurfsvoller Ton. Dass ausgerechnet ihre Tochter beschließen muss, zu verschwinden. Als hätte sie mit dem Vater nicht schon genügend Scherereien. Eine Zumutung ist das, eine Strafe, die sie nicht verdient hat. Sie habe mit dem Schuldirektor gesprochen, sagt sie. Charlotte könne die Abiturprüfungen nachholen, im Herbst.

Er wünscht dir gute Besserung. Alles Gute. Die Mutter seufzt, schweigt eine Weile. Im Gasthof haben ein paar Leute nach dir gefragt. Ich hab gesagt, du bist in Bayern. Verwandte besuchen. Nicht, dass du –

In der Psychiatrie bist, ergänzt Charlotte kühl. In der Klapse.

Charlotte, bitte! Noch ein Seufzen. Die Mutter scheint zu überlegen: Ist alles gesagt. Die Prüfungen, die Besserungswünsche. Ja, fast. Es ist auch Post für dich gekommen. Zwei Briefe.

Großformatige Umschläge, die wenige Tage nach diesem Gespräch in Charlottes Postfach liegen. Ein Brief mit Wahlunterlagen und einer von der Kunstakademie. Dieser letzte Brief dann, später, zerknüllt und zerrissen im Mülleimer vor dem Raucherpavillon. Charlotte hat ihn nur zur Hälfte gelesen: *Sehr geehrte Frau Meiser. Leider müssen wir Ihnen mitteilen …*

XXX.

Die mündlichen Prüfungen im Konferenzraum des Instituts. Wolfgang sitzt mit dem Rücken zu den geschlossenen Jalousien. Vor ihm der Zeitplan: eine Stunde Mittagspause, ansonsten durchgängig Prüfungen bis abends um sechs. Jede halbe Stunde ein neues Gesicht. Die meisten Studierenden sind offensichtlich nervös. Kneten ihre Fingerknöchel, während sie sprechen, hinterlassen feuchte Abdrücke auf der Sitzfläche des Stuhls. Andere wirken gelassener, fast gleichgültig, packen in aller Seelenruhe ihre Bücher aus, aber möglicherweise ist das auch nur Fassade.

Nach einer Weile findet er Gefallen an seiner Rolle. Er wählt die Prüfungsfragen beinahe willkürlich aus. Wirft Stichworte in den Raum und verfolgt, was geschieht: Stirnen, die sich in Falten legen, ein Räderwerk, das in Gang kommt. Angestrengtes Artikulieren von Fachbegriffen. Das Ordnen der Worte zu einem möglichen Satz: Im Sinne der *écri-*

ture féminine ... Sofern man davon ausgeht, dass Proust ... Mit Foucault, mit Barthes gesprochen ... Also, wenn Sie mich fragen ... Wolfgang bemüht sich um einen neutralen Gesichtsausdruck. Er nickt, setzt Haken, füllt vorgefertigte Tabellen aus. Entlässt den Prüfling nach Ablauf der Zeit mit einem erlösenden, kollegialen Händedruck. Bestanden.

Charlotte ist die Nummer elf auf seiner Liste. Er verabschiedet die Studentin, die er zuvor geprüft hat. Ruft in den Flur: Der oder die Nächste, bitte!

Charlotte wirkt nicht unbedingt aufgeregt, trotzdem angespannt. Sie packt nichts aus. Legt nichts vor sich auf den Tisch. Hält es offenbar nicht für nötig, zumindest den Anschein zu erwecken, dass sie sich vorbereitet hat.

Wolfgang sieht auf die Liste mit den Prüfungsfragen, dabei hat er längst entschieden, welche er stellen wird. Er wartet noch einen letzten Moment, bevor er fragt: Nach der Relevanz der Malerei in der *Recherche*, ihrer werkimmanenten und -übergreifenden Bedeutung. Wo immer es Ihnen sinnvoll erscheint, können Sie Ihre Thesen gern mit Beispielen belegen. Er siezt Charlotte nun wieder, wie auch die Studierenden vor ihr. Hört zu. Wie sie ansetzt, über den Maler Elstir zu sprechen und über einzelne Gemälde, die in der *Recherche* eine Rolle spielen: Rembrandts *Philosoph*, Renoirs *Bal du moulin de la Galette*. Sie redet noch ein wenig um die Dinge herum, bevor sie dann endlich Swann erwähnt, seine gescheiterte Studie über Vermeer. Sie hält inne, sieht ihn an. Ein Blick, der uneindeutig ist, der eine Unsicherheit enthalten könnte, einen impliziten Vorwurf.

Am Abend desselben Tages telefoniert er mit seinem Doktorvater. Wie üblich dauert es lange, bis der Professor abnimmt. Ertönt das Freizeichen, sechs Mal, sieben Mal, acht, bis er die Taste mit dem grünen Hörer darauf gefunden hat. Sie sprechen über die Dissertation, die nahende Abgabe. Ein Thema, das Wolfgang eigentlich beunruhigen sollte. Der angesetzte Abgabetermin im Oktober, in nicht mal mehr drei Monaten. Ein utopischer Termin.

Das klappt, sagt er dennoch. Es ist ihm selbst ein Rätsel, woher er seine Euphorie nimmt, diese Zuversicht.

Wunderbar, sagt der Doktorvater. Sehr schön. Gibt es sonst noch etwas?

Nein, von mir aus nicht.

Er wartet, weiß, was folgen wird. Der Satz, mit dem der Professor ihre Gespräche stets beendet, jedes Telefonat der vergangenen drei Jahre beendet hat.

Und vergessen Sie mir ja –
Den Flieder nicht.
Stille, ein kurzer Irritationsmoment. Dann er-

klingt erneut die Stimme des Doktorvaters, wohlwollend diesmal, amüsiert: Ich habe den Eindruck, es geht Ihnen gut in Berlin.

Wolfgang bestätigt das, aufrichtig: Ja.

XXXI.

Am Montag, ihrem freien Tag, fahren sie raus. An den See. In der Bahn lehnt Charlotte den Kopf an Veras Schulter. Ihr fallen die Augen zu, sie hat seit Tagen kaum mehr geschlafen. Andrej, ihnen gegenüber, dreht eine Zigarette. Seit sie aufgebrochen sind, echauffiert er sich. Über die neuen Aushilfen in der *Buvette*, Edith und Sarah.

Nach Edith muss man mindestens dreimal rufen, bis sie kommt, bis sie sich dann doch mal in Bewegung setzt. Er sieht zu Charlotte. Kannst du nicht öfter arbeiten?

Sie schüttelt den Kopf. Ich muss nebenbei ja noch studieren.

Studieren. Andrej dehnt das Wort, steckt sich die gedrehte Zigarette hinters Ohr. Ich hab nie studiert. Wie du siehst, ist aus mir trotzdem was geworden.

Weder Charlotte noch Vera reagieren darauf. Etwas Schmerzliches mischt sich in ihr Schweigen, eine Bitterkeit, die den Sarkasmus zunichtemacht.

Schon, sagt Vera dann. Aber bei Charlotte ist das was anderes. Aus ihr wird mal was richtig Großes. Eine Künstlerin, eine Intellektuelle.

Ja, bestimmt. Charlotte verdreht die Augen. Ist Vera aber dankbar, dass sie das Gespräch entschärft, ihm eine unverfängliche Richtung gegeben hat.

Philippe hat Edith wegen ihres Namens eingestellt, sagt Vera. Meine These. Sarah genauso. Scheint ihm ziemlich wichtig zu sein: nur Personal um sich zu haben, das er auch ansprechen kann.

Andrej grinst. Das er anschreien kann.

Dein Name ist an der Grenze. Andrej, André. Ein Friedrich oder Javier hätte als Koch von vornherein keine Chance gehabt.

Der Bootsverleih. Schmale, blaue Ruderboote, gemächlich schaukelnd im graugrünen Wasser. Der Kiosk am Ufer, das Plakat mit den Eissorten: Cornetto, Flutschfinger, Wassereis. Ein Junge und ein Mädchen, Schwimmflügel an den Oberarmen, halten Münzen in den kleinen, heißen Händen. Der Kioskbesitzer nimmt das Geld aus der Schale auf dem Tresen. Zählt es erst ab, bevor er sich erhebt und im hinteren Teil des Kiosks die Eistruhe aufschiebt. Er lässt sich Zeit dabei. Setzt der Aufregung der Kinder seine Trägheit entgegen, eine abgeklärte Langsamkeit.

Hier wie dort, denkt Charlotte, die Boote, der Steg. Ein See, nur flacher und ohne Berge dahinter. Auch mit Amir hat sie an einem Steg gesessen, damals, als er sie in der Klinik besuchte. Er kommt mit dem Auto seines Vaters, fährt sieben Stunden, verbringt drei kurze Nächte auf der Rückbank. Nach dem Abendessen brechen sie aus. Lassen die Klinik hinter sich. Das Klinikgebäude, das kleiner und kleiner wird in ihren Rücken, verschwindet, als Amir das Auto in die Kurve lenkt. Charlotte kurbelt das Fenster herunter, hält eine Hand in den Fahrtwind. Ihr Herz schlägt hoch. Sie umrunden den See, durchqueren die Dörfer, bis sie das Bootshaus erreichen, den Kiesstrand davor. Als Amir seine Jacke auf den Steinen ausbreitet, steht die Frau, die einige Meter entfernt gelegen hat, auf und zieht ihr Tuch ein Stück nach rechts. Nicht vom Schatten in die Sonne oder umgekehrt. Ihretwegen, ohne erkennbaren Grund. Sie setzen sich, schauen auf den See, sprechen wenig. Amir ist anzumerken, wie müde er ist. Er arbeitet viel, unter der Woche in einem Callcenter, an den Wochenenden hilft er im Bistro seiner Eltern aus. Der Abstand zwischen ihnen ist eindrücklich, greifbar. Charlotte muss an ihren letzten gemeinsamen Urlaub denken. Amsterdam, im Januar. Eine Kälte, so beißend, dass es fast unmöglich war, das Hotel zu verlassen. Sie hatten im breiten Doppelbett gelegen, eng umschlungen, die Wärmflasche zwischen sich. Eine Umarmung erst und schließlich ein

Abwenden. Amir hatte sich auf den Rücken gedreht, an die Decke gestarrt.

Was ist, was ist los?

Es geht nicht. Ich hab Angst, dich zu zerbrechen.

Einer der Sätze, die hängen geblieben sind. Ebenso wie ein anderer, der später fällt, in Bayern. Als sie auf dem Parkplatz der Klinik stehen, Amir in der Fahrertür, abfahrbereit. Charlotte spürt sein Kinn an ihrer Schulter, seine Handfläche, groß und warm auf ihrem Rücken. Sie fragt sich, wann er sie zuletzt auf diese Weise umarmt hat, ahnt bereits, was folgen wird, ihr kommen die Tränen. Amir sieht sie nicht an, als er es ausspricht: Ich denke, es wäre besser, wenn wir damit aufhören.

Sie suchen lange nach einem geeigneten Platz für die Decke. Überall Wurzeln, buckliges Gras. Also gut, dann geht es nicht anders. Charlotte legt sich sofort hin. Ein dumpfes Pochen an ihren Schläfen, rote Flecken hinter den geschlossenen Lidern.

Wer cremt mir den Rücken ein? Andrejs Stimme.

Stille, dann ein Seufzen. Warte, ich mach schon. Vera, die aufsteht, das Knacken ihrer Knie. Zeitungsrascheln. Das Summen einer Wespe. Geruch nach Grillkohle, nach Sonnencreme. Wind, der ins Schilf fährt.

Wollt ihr nicht schwimmen gehen? Andrej steht auf der Wiese. In einer blauen Badehose, die Hände in die Hüften gestützt.

Noch nicht, sagt Charlotte. Später vielleicht.

Er zuckt mit den Schultern, dreht sich um und läuft los. Watet ins Wasser, ohne zu zögern. Stößt sich kraftvoll vom Ufer ab, taucht unter, bevor er zu kraulen beginnt. Vera und Charlotte sehen ihm hinterher. Andrejs Rücken, der rhythmisch auf- und wieder abtaucht, seinem mit jedem Auftauchen kleiner werdenden Kopf. Er schwimmt weit hinaus.

Vera sagt: Er will dich beeindrucken.

Ich glaube, es geht ihm nicht so gut gerade, oder? Er trinkt zu viel.

Vera erzählt von einem Streit in der *Buvette* vor ein paar Tagen. Philippe, der zu Andrej gesagt hat, wenn er noch einmal betrunken auf der Arbeit erscheine, noch ein einziges Mal, werde er ihn rauswerfen.

Und war Andrej denn betrunken?

Keine Ahnung, sagt Vera. Aggressiv auf jeden Fall. Schlecht drauf.

Charlotte erinnert sich an eine andere Szene, die sie beobachtet hat, während einer ihrer letzten Schichten. Sie hatte benutztes Geschirr in die Durchreiche gestellt. War noch kurz davor stehen geblieben und hatte zufällig gesehen, wie Andrej in der Küche ein halb volles Weinglas von einem Tablett genommen und es heruntergekippt hatte. Schnell und präzise. Erst danach hatte er Charlotte bemerkt. Sie angesehen, erschrocken, ertappt. Dann gegrinst, das leere Glas gehoben: Wär doch schade drum.

Vera und Charlotte liegen nebeneinander auf der Decke, reglos, wie Erschossene. Nach einer Weile spürt Charlotte etwas an ihrem Rippenbogen, eine federleichte Berührung, sie zuckt zusammen. Vermutet ein Insekt, einen Grashüpfer, eine Spinne. Aber es ist nur Vera, die sich auf die Seite gedreht und mit der Spitze ihres Zeigefingers Charlottes Rippe berührt hat.

Die sind überall jetzt, sagt sie, und es dauert, bis Charlotte begreift, dass Vera die Spatzen meint. Sperlinge, die tatsächlich gerade überall zu sehen sind; ohne Scheu auf die Tische vor der *Buvette* flattern, Sandbäder nehmen in den Beeten um die Akazien. Wann hast du das Tattoo eigentlich machen lassen?

Als ich neunzehn war. In Paris.

Und wieso ein Sperling?

Charlotte entscheidet sich für die naheliegendste Antwort: So wurde ich genannt. In dem Café, in dem ich gearbeitet habe.

Sie ist froh, dass Vera nicht weiter nachfragt. Nicht wissen will, weshalb sie so genannt worden ist. Charlotte könnte die Frage auch nicht mit Sicherheit beantworten. Vermutlich, weil sie immer in Bewegung war, herumgeflattert ist, gegessen hat wie ein Spatz. Oder weil sie auch äußerlich ein wenig einem Vogel glich, das spitz zulaufende Gesicht, die schnabelähnliche Nase. Weil sie flatterhaft war, in vielerlei Hinsicht.

Kaum einen Monat nach ihrer Entlassung aus der Klinik bricht Charlotte erneut auf, fliegt nach Paris. Sie hält fest an der fixen Idee dieser Reise, allen besorgten Stimmen zum Trotz. Den Eltern erzählt sie am Telefon, dass sie in einem Pariser Café arbeite. Sie spricht von frisch gepresstem Orangensaft, Macarons auf Etageren. Tatsächlich hat sie nur Arbeit in einem Coffeeshop gefunden. Eine anonyme Filiale an der Peripherie der Stadt, an einer Straße, die im Berufsverkehr so befahren ist, dass Charlotte die Bestellungen der Gäste kaum versteht. Die meisten bleiben nicht lange, kommen nur schnell vorbei. Kaufen eingeschweißte Sandwiches und gegen die unvermeidliche Müdigkeit einen *coffee to go*. Zum Mitnehmen, bitte. *À emporter.*

Im Coffeeshop arbeitet sie mit Paul zusammen, einem Iren, der auch der Erste ist, der zu ihr sagt, dass sie ihn an einen Vogel erinnere.

You're like one of these little birds. These birds that are everywhere in Berlin.

Berliner Spatzen.

Paul versucht, den Begriff zu wiederholen. Charlotte muss lachen. Ein Sperling, sagt sie.

Paul nickt. Exactly. Like a sperling.

Einmal begleitet sie ihn in das Tattoostudio in Montmartre, in dem eine Bekannte von ihm arbeitet. Claire. Während Paul auf der Liege liegt, Claire sich über sein Bein beugt, stöbert Charlotte in den Katalogen mit Motiven.

Et toi, fragt Claire, nachdem sie Pauls Wade desinfiziert und mit Folie umwickelt hat.

Non, merci.

Are you sure? Paul nimmt ihr den Katalog aus der Hand, blättert darin, lässt ihn wieder sinken. You could do a sperling. Er wendet sich an Claire: A sparrow. Un moineau.

Charlotte ist zunächst skeptisch, lässt sich dann aber von Pauls Begeisterung anstecken. Mit einem Mal gefällt ihr die Idee einer Tätowierung. Eine Erinnerung, etwas, das bleibt. Symbol für Leichtigkeit, Freiheit und Aufbruch. Claire fertigt mehrere Entwürfe an, doch keiner kann Charlotte recht überzeugen. Schließlich greift sie selbst zum Stift. Skizziert einen zierlichen Vogelkörper mit kurzem Schnabel, ausgebreiteten Flügeln.

Ein fliegender Sperling.

Vera blickt auf die Tätowierung hinunter. Es sieht aber nicht so aus, als ob er fliegen würde.

In diesem Moment steigt Andrej aus dem Wasser. Stellt sich vor die Decke und schüttelt den Kopf. Ein Ring aus Wassertropfen, der aus seinen Haaren fällt, auf Charlottes und Veras halb nackte Körper herabregnet. Vera kreischt. Sie springt auf, ruft Andrejs Namen. Charlotte sieht die beiden über die Wiese rennen. Vera, die Andrej in den Schwitzkasten nimmt. Ein Blick auf die Uhr. Schon kurz vor vier.

Ich muss gleich los, sagt sie, als Andrej und Vera schwer atmend zu ihr zurückkommen. Andrej legt sich ein kleines Handtuch um die Schultern. Hast du heute noch was vor?

Charlotte nickt. Ja, sagt sie. Ich bin noch verabredet. Doktor Szabó vor ihrem inneren Auge. Sein unbewegtes Gesicht, die buschigen Brauen. Sie weiß, dass er sich freuen wird, sie so zu sehen. Geradewegs vom See kommend, die Badetasche geschultert. Gras und Steinchen in den Sandalen.

XXXII.

Wolfgang ist weiterhin euphorisch, fast übermütig. Am Sonntag verlässt er die Wohnung in Laufschuhen. Bringt, bevor er losläuft, den Müll zu den Tonnen. Im Hinterhof spielen die Jungs aus dem Erdgeschoss Fußball. Seit dem frühen Morgen das Geräusch des Balls, der gegen die Hauswand schlägt, wieder und wieder. Der Ball prallt ab, springt vom Gitter des Kellerfensters. Bevor Wolfgang ihn zurückspielt, hält er ihn hoch. Vom Oberschenkel aufs Knie und hinunter auf den Spann, den linken, den rechten. Er denkt: Ich kann es ja noch.

Es ist ein guter Tag, um laufen zu gehen, mild, nicht zu heiß. Oliver ist anzumerken, dass er dennoch keine Lust darauf hat. Auf Wolfgangs Bemerkung hin, dass er sehr müde aussehe, beginnt er zu erzählen. Von Aurélia, die am Vorabend zurückgekehrt sei von einer mehrtägigen Geschäftsreise. Nachdem er Maya ins Bett gebracht habe, habe er ihr eine Nachricht geschickt. Gefragt, ob er mit dem Essen auf sie warten solle. In nicht mal mehr drei Wochen komme Maya in die Kita, und es gebe noch einige Entscheidungen, die bis dahin getroffen, organisatorische Details, die geklärt werden müssten. Er habe sich mit Aurélia darüber verständigen, sich mit ihr abstimmen wollen, sie sei einverstanden gewesen. Und also habe er den Ofen eingeschaltet, die Form noch einmal hineingeschoben. Die Auflaufform mit dem restlichen Kartoffelgratin. Oliver hält inne, lauscht wohl dem Wort hinterher: Kartoffelgratin. Er habe am Küchentisch gesessen, auf Aurélia gewartet. Aber als sie dann endlich eingetroffen sei, habe sie mit Blick auf den gedeckten Tisch nur gegähnt. Sie habe doch früher schon Hunger bekommen, am Flughafen ein belegtes Brötchen gegessen. Jetzt sei sie todmüde, sie wolle nur noch in ihr Bett.

Und ich weiß eben nicht – Oliver unterbricht sich. Wir haben seit Wochen nicht mehr miteinander geschlafen. Der Satz klingt wie geliehen aus seinem Mund, zitiert aus dem Drehbuch eines mittelmäßigen Films. Solange Aurélia verreist sei, vermisse er sie, auch körperlich, doch jedes Mal mit ihrer Rückkehr löse diese Sehnsucht sich auf. Könne er die Bilder der Frau nicht ausblenden, die über Monate abends in der Küche gesessen und Milch für Maya abgepumpt habe. Für den nächsten Tag, auf Vorrat. Er habe Aurélia dabei zugesehen. Wie sie die Milch erst abgefüllt und dann kühl gestellt habe, portioniert, in gläsernen Fläschchen. Oliver keucht, er schüttelt den Kopf. Du kannst dir das nicht vorstellen, sagt er unnötigerweise. Du machst den Kühlschrank auf, und es steht die Milch deiner Freundin darin.

Wolfgang hat die Runden, die sie gelaufen sind, nicht gezählt. Seine Beine tragen ihn inzwischen von allein. Ein Gefühl, als würde er Zentimeter über dem Boden schweben, abheben. Kaum hörbares Knirschen des Kieses. Hüpfende, verzerrte, schnell wechselnde Bilder: überquellende Mülleimer, eine Krähe im hohen Gras. Der Schlauch einer Wasserpfeife. Glühende Kohlen. Ein Kind auf einem Dreirad, das auf die Böschung zusteuert. Ein Erwachsener, der hinterhereilt, einen Namen ruft, eine Warnung. Ein Kugelgrill. Türme aus Plastikbechern, Aluschalen. Eingelegtes Hähnchenfleisch, Köfte und Grillgemüse. Tomaten und Zucchinischeiben, auf lange Holzstäbchen gespießt.

Olivers Worte klingen gedämpft, weit entfernt: Mayas Pollenallergie, der portugiesische Infinitiv. Er kann das Tempo nicht mehr halten, bleibt hinter Wolfgang zurück. Was ist denn jetzt eigentlich mit dir und dieser Nachbarin?

Wolfgang tut so, als hätte er die Frage nicht gehört. Läuft ihr davon, sprintet am Spielplatz vorbei bis zum Brunnen, dem Rosenrondell und weiter.

Erst als das Brennen in seinen Beinen unerträglich wird, verlangsamt er wieder. Kommt zum Stehen, schnappt nach Luft. Wartet noch, bis sein Puls sich beruhigt hat. Dann läuft er gemächlich zu Oliver zurück.

XXXIII.

Charlotte steigt aus der Dusche, wickelt ein Handtuch um ihren Körper. Beugt sich zum Wasserhahn und wäscht sich das Gesicht. Dabei löst sich das Tuch, fällt auf die Fliesen. Sie hebt es nicht auf. Steht so vor dem beschlagenen Spiegel. Besieht die Flecken auf ihrem Bauch und an den Oberschenkeln. Verbrennungen, die die heiße Wärmflasche hinterlassen hat. Sehr hell inzwischen, beinahe verblasst. Sie dreht ihrem Spiegelbild den Rücken zu, blickt sich über die Schulter. Betrachtet die höckerartigen Ausformungen ihrer Wirbelsäule, Ansammlungen winziger Leberflecke über dem Steißbein. Galaxien.

Die Tätowierung auf ihrer linken Körperseite, der Sperling. Sie erinnert sich, was Vera am See zu ihr gesagt hat: *Es sieht aber nicht so aus, als ob er fliegen würde.* Vera hat recht, der Sperling fliegt nicht. Sitzt auf ihrer Rippe wie auf einem Ast. Doch die Symbolik des Motivs hat sich ohnehin verschoben, sich lange zuvor schon in ihr Gegenteil verkehrt.

Spätestens mit ihrer Rückkehr aus Paris. Seit dem Tag, an dem sie wieder vor dem Haus im Dorf stand, Marie-Christin an die Tür kam, öffnete und bei ihrem Anblick in Tränen ausbrach. Später hatten sie noch einmal über diesen Moment gesprochen. Du sahst aus wie ein aus dem Nest gefallenes Vögelchen, Charlotte, hatte ihre Schwester gesagt. So zerbrechlich. So zerrupft.

In der Schreibtischschublade sucht sie nach dem Skizzenbuch. Findet es schließlich und blättert vor zur letzten Zeichnung. Amir, zusammengerollt auf dem Autorücksitz, die Hände unter die Wange geschoben wie ein Kissen. Wann hat sie das gezeichnet? Vor Wochen. Charlotte denkt: So hat es schon einmal angefangen. Nicht schlafen können, nicht essen, nicht zeichnen. Ich muss aufpassen, denkt sie. Ich muss vorsichtig sein.

XXXIV.

Thea lehnt im Rahmen der Wohnungstür. Sie lässt Wolfgang die Tür selbst schließen, geht vor in die Küche. Hat sich sichtlich bemüht, eine entspannte Atmosphäre zu schaffen, alles zwanglos wirken zu lassen und ein wenig provisorisch. Es läuft Klassikradio. Auf dem Tisch steht ein einzelnes Teelicht neben einem Glas Salzstangen, einer Schale mit Weintrauben. Einer Wasserkaraffe, in der Zitronenscheiben schwimmen. Die Küche führt auf einen kleinen Balkon. Neubauten ringsherum, sanierte Fassaden. Umzäunte Rasenflächen, ein aufblasbares Planschbecken. Ein Dreirad und ein Plastikball im ungemähten Gras.

Thea macht sich daran, den Weißwein zu öffnen. Anscheinend kommt sie mit dem Öffner nicht zurecht, lässt Wolfgang aber keine Chance, ihr seine Hilfe anzubieten. Redet pausenlos, über Geisslers Tagung. Die ausstehenden Zusagen einiger Vortragender. Das Abendessen am Ankunftstag, und dass sie sich gefragt habe, ob es als unhöflich gelten würde, nicht daran teilzunehmen. Sie würden sicher erschöpft sein, seien da schließlich schon seit dem frühen Morgen auf den Beinen. Was meinst du – ob wir das ausschlagen können?

Wolfgang kann ein Gähnen nicht unterdrücken. Entschuldige.

Thea hält in der Bewegung inne. Sie legt den Korkenzieher beiseite, dreht sich zu ihm um. Wir können auch woanders hingehen, sagt sie. Wenn du möchtest. Ich meine, wenn dir das lieber ist. Ich kenn mich, was die Bars im Viertel angeht, ehrlich gesagt nicht besonders gut aus. Aber es gibt ein paar, unten an der Hauptstraße.

Wolfgang möchte den Vorschlag gerade ablehnen. Nein, ach was, ich fühl mich sehr wohl. Du hast dir so viel Mühe gemacht, lass uns gerne hierbleiben. Doch dann, plötzlich, ist da diese Idee, ein Funke. Der unvorhergesehene Gedanke an eine Möglichkeit.

Sie müssen ein ganzes Stück mit der U-Bahn fahren. Thea läuft dicht hinter ihm die Rolltreppe hinab, links, an der Reihe stehender Menschen vorbei. Unten am Gleis schon die eingefahrene Bahn. Ein Hechtsprung durch sich schließende Türen. Thea ist außer Atem, sie lacht. Krallt ihre Fingernägel schmerzhaft in Wolfgangs Oberarm. Das hier, denkt er, ist etwas Besonderes für sie. Ein Ausbruch aus der Routine, ein echtes Abenteuer. Beim Verlassen der Station hakt sie sich unter. Deutet, als er den Schritt verlangsamt, auf die erleuchteten Fenster.

Da rein?

Wolfgang nickt.

Ein dunkelhaariger, groß gewachsener Mann, der Besitzer der Bar vielleicht, kommt ihnen entgegen. Deux personnes? Er hält zwei Finger in die Höhe. Begleitet sie zu einem der letzten freien Tische. Eine Sitzbank aus rotem Leder, ein Stuhl und eine Kerze, die in einer wachsummantelten Rotweinflasche steckt.

Wolfgang hilft Thea umständlich aus ihrer Jacke, sieht sich um dabei, entdeckt Charlotte sofort. Sie steht hinter dem Tresen, füllt Eiswürfel in Gläser. Gießt eine orangefarbene Flüssigkeit darüber, den Prosecco zum Schluss. Aperol, denkt er.

Währenddessen hat Thea erneut begonnen zu reden. Über Rilke. Rilke als dem zu Unrecht verkannten Entdecker Prousts im deutschsprachigen Raum. Sie sagt, dass sie jedes Mal unsicher sei, wie man mit Wein korrekt anstoße. Was man denn nun sage: Santé oder Prost.

Weiß ich auch nicht genau. Wolfgang blickt über Theas Schulter, er ist abgelenkt. Er denkt: Hat sie mich schon gesehen?

Schließlich wendet auch Thea den Kopf. Sieht sich um und irritiert zu ihm zurück. Da erst begreift er, dass sie auf etwas wartet. Eine Auflösung, etwas, das den Aufwand im Vorfeld, die lange Fahrt und die Aufregung rechtfertigen würde.

Die Kellnerin tritt zu ihnen an den Tisch. Nicht Charlotte, die andere Kellnerin. Was darf ich Ihnen bringen?

Er zieht die Karte zu sich heran, wirft einen raschen, vorgeblich kennerhaften Blick darauf. Achtet nicht auf die Namen der Weine, nur auf die Zahlen daneben. Wählt einen der teuersten. Die Kellnerin notiert die Bestellung, wortlos, ohne eine Miene zu verziehen.

Als sie gegangen ist, beugt er sich vor, lehnt sich weit über den Tisch zu Thea. Dieser Rotwein, flüstert er, ist eine Offenbarung. Ich klinge, denkt Wolfgang, schon wie ein alter Mann. Ein Gedicht, ergänzt er. Auch nicht viel besser. Ein problematischer Vergleich zudem, gerade Thea gegenüber. Als er ein drittes Mal ansetzt, erlischt die Kerze. Ein dünner Rauchfaden, der zwischen ihnen emporsteigt, gnädigerweise Theas Gesicht verbirgt und was immer sich darin zeigt.

XXXV.

Seit Wolfgang in der *Buvette* war, ist eine Woche vergangen. Nachdem Charlotte ihn erkannt hatte, hatte sie Vera gesucht. Sie vor der *Buvette* gefunden, auf einem Fenstervorsprung sitzend, ein Stück Baguette in der einen, die Zigarette in der anderen Hand. Fünf Minuten Pause. Mehr Zeit blieb nicht an diesem Abend. Ein Freitag und schon spät, die Bar brechend voll.

Könntest du Tisch acht übernehmen, bitte.

Sie hatte Veras Reaktion nicht abgewartet, war wieder hineingegangen. Im Laufe der Nacht hatten sie sich im Vorübergehen verständigt. Fragen ausgetauscht, einsilbige Antworten.

Wer ist das denn?

Mein Dozent.

Wer?

Der, der mir die Blumen geschenkt hat.

Konzentriertes Balancieren der Teller. Tatsächliche oder gespielte Geschäftigkeit. Charlotte hatte

Wolfgangs Kommen geärgert. Ist das ein Spiel, hatte sie gedacht, findet er das lustig?

Er hat mir fünfzehn Euro Trinkgeld gegeben, hatte Vera ihr später zugeraunt. Ist er deinetwegen hier, habt ihr das abgesprochen? Ist diese Frau seine Freundin? Will er dich eifersüchtig machen? Und noch später, als Wolfgang die *Buvette* bereits verlassen hatte: Er hat zwei Flaschen von dem St.-Émilion mitgenommen. Mit Karte gezahlt. Du hättest mal sehen sollen, wie Philippe sich gefreut hat.

Er wartet auf dich, sagt Vera jetzt, und Charlotte rutscht vor Schreck fast das Glas aus der Hand, das sie trocknet. Unmittelbar läuft ein Film in ihr ab: Wolfgang, der die *Buvette* betritt, sich auf einen der hohen Hocker am Fenster setzt. Der letzte Gast, der den Hinweis auf das baldige Schließen der Bar mit einem milden Lächeln quittiert, nichtsdestotrotz noch ein Glas Rotwein bestellt.

Aber Vera meint Andrej. Er hat eigentlich schon Feierabend. Hat die Küche aufgeräumt, das Licht gelöscht. Die Arbeitsflächen abgewischt, die Spülmaschine eingeschaltet, den Rost über den Gasflammen mit Essigreiniger geschrubbt. Er könnte nach Hause fahren, stattdessen sitzt er am Tresen. Sieht zu Charlotte und Vera und trinkt ein großes Bier.

Als sie zu dritt auf der Straße stehen, zieht Andrej etwas aus seinem Rucksack hervor. Eine Flasche, die er wohl eingesteckt hat, aus dem Regal gegriffen in einem günstigen Moment. Eine Wodkaflasche, schmal, aus weißem Glas.

Das kannst du nicht machen.

Die ist sowieso fast leer.

Im Ernst, das geht nicht. Wut in Veras Stimme.

Andrej lacht, schnaubend, spöttisch. Und jetzt? Verpetzt du mich bei Philippe, oder was?

Vera schüttelt den Kopf. Bestimmt nicht, das ist deine Sache. Sie tritt ihre Zigarette aus, umarmt Charlotte, dann geht sie los. Überquert die Straße am Zebrastreifen. Dreht sich nicht noch einmal um. Als halte sie das nicht für nötig, als wisse sie ohnehin, was kommt.

Schwindel wie als Kind, beim Karussellfahren auf dem Jahrmarkt. Ein rumorendes, heftiges Kitzeln im Bauch. Kichern, ein Abheben. Sekundenlanges Enthobensein. Rufe aus allen Richtungen. Scherben und Lichter, ein rotes, ein grünes und ein weißes, das blendet. Ein sich in Zeitlupe drehender Fleischspieß. Das Sparmenü, dazu Cola oder Ayran oder Bier. Einer, der nicht aufpasst, sich an ihnen vorbeidrängt. Charlotte, die stolpert. Andrej, der sie hält. Ihr noch mal – zum wievielten Mal nun schon? – die Flasche reicht.

Anstehen, ohne zu wissen, wofür. Das sich unaufhaltsam nähernde, dichte Netz aus Bässen. Nasse Schlieren auf dem Holz eines Tresens. Eiskalte Glasflaschen. Andrejs Körper im Stroboskoplicht. Seine Hand an Charlottes Schulterblatt, seine heiße Stirn an ihrer. Und später, viel später, unwirkliche Helligkeit. Die Kühle der Straße, die wie ein Aufwachen ist. Industriegebiet. Bürogebäude, leer stehend oder verlassen. Pechschwarze Monitore, hinter der Scheibe ein Blinken, da war es gerade und da wieder und – da. Kaum Bäume am Straßenrand, trotzdem Vogelgezwitscher.

Zu dir oder zu mir? Andrej balanciert auf einer Mauer, springt herunter und küsst Charlotte auf die Schläfe. Guck nicht so erschrocken. Ich mach doch nur Spaß.

Erst kurz danach, als sie in der Bahn sitzt – wann eigentlich hat sie zuletzt gesessen? –, als ihr Atem sich allmählich beruhigt, ihr zielloses Aufgekratztsein sich gelegt hat, spürt Charlotte den Knoten wieder. Stellt sich schärfer, was in ihr ist und um sie herum. Die anderen Fahrgäste, Nachtgestalten. Die Augen geschlossen, das Kinn auf der Brust. Benommenheit. Rausch oder Dämmerzustand. Eine Sektflasche, die vor den Türen auf und ab rollt. Andrej neben ihr auf der Bank, der nach Schweiß riecht und noch immer nach der Küche der *Buvette*, nach gebratenen Zwiebeln, Essig und Frittierfett. Charlotte ist schwindelig, sie lehnt den Kopf an seine Schulter. Meint, den Halt zu verlieren. Greift seine Hand.

Er fragt sie nicht, ob er mit raufkommen kann. Sie muss es ihm auch nicht anbieten, er folgt ihr von allein. Wartet im Hof, die Hände in den Taschen, während sie die Tür zum Hinterhaus aufschließt. Charlotte bemüht sich um einen klaren Gedanken, aber bekommt nichts zu fassen außer einzelnen Wörtern: ja oder nein. Chaiselongue oder Matratze. Und was tun mit den Vorhängen: auf oder zu. Kein Licht in der Küche gegenüber. Sie zögert, schließt die Vorhänge zunächst, überlegt es sich dann anders, öffnet sie weit. Andrej ist in der Zwischenzeit im Bad verschwunden. Hat sich, als er ins Zimmer tritt, ein Handtuch umgebunden, mit dem er aussieht wie am See vor einigen Tagen. Er hält Blickkontakt, während er vor der Matratze in die Hocke geht, sich zu ihr legt, nah an sie heranrückt. Der Geruch ihres Duschgels an seiner feuchten Haut. Ein vertrauter Duft. Limette und Zitronengras.

Als sie wieder zu sich kommt, weiß sie einen kurzen, schwindelerregenden Moment lang nicht, wo sie ist. Sieht sich im Zimmer um, ohne zu begreifen. Das zurückgeschlagene Laken, ein Handtuch am Boden. Kopfschmerzen, ein trockenes Kratzen im Hals. Geräusche aus der Küche, Schlagen der Schränke. Geklapper von Töpfen, Tellern, Besteck. Ein Pfeifen und ein Geruch, der nichts Gutes verheißt.

Na, gut geschlafen, die Dame? Andrej studiert die Symbole unterhalb der Herdplatten, dreht einen der Regler entschieden nach rechts. Auf der Arbeitsfläche die Rührschüssel, Eier. Eine offene Mehlpackung, Vanillezucker und Butter. Eine Schale mit geschnittenen Erdbeeren auf dem Tisch, zwei kleine Teller und ein großer dazwischen, ein halbhoher Turm dünner Pfannkuchen darauf.

Andrej sagt: Ich war schon einkaufen vorhin. Du hattest ja so gut wie nichts mehr im Kühlschrank. Er hält das Schneidebrett hoch, sieht sich suchend um. Biomüll?

Charlotte nickt. Ganz links.

Zuerst wollte ich Rühreier machen. Andrej hebt den Deckel des Mülleimers an, lässt die Stiele der Beeren hineinfallen. Aber ich hab kein Öl gefunden und fast keine Gewürze. Auch keinen Mixer, nicht mal einen Schneebesen. Er zieht einen Löffel aus der Rührschüssel, grinst. Aber macht nichts. Klappt zur Not auch so.

Charlotte lehnt unschlüssig im Türrahmen, geht dann zum Fenster. Nimmt das Feuerzeug und die Zigaretten vom Fensterbrett. Währenddessen schenkt Andrej Kaffee ein. Er wirkt überhaupt nicht müde, nicht im Geringsten erschöpft. Erzählt vergnügt. Irgendeine Anekdote von einem Kochlehrling. König Edward VII. Einem Orangenlikör, der beim Kochen Feuer gefangen habe, und dass der Lehrling dem König das Ganze dennoch serviert, es ihm als Spezialität verkauft habe: eine flambierte Crêpe. Crêpes Suzette, sagt Andrej, er lacht. Sieht zu Charlotte, die mittlerweile, ein Bein angewinkelt, auf dem Küchenstuhl sitzt. Bedien dich! Er deutet auf den Teller in der Tischmitte.

Sie zündet sich eine Zigarette an. Entschuldige, sagt sie, es tut ihr wirklich leid. Aber mir ist ziemlich schlecht, übel. Ich fürchte, ich kann noch gar nichts essen.

Sie hofft, dass Andrej versteht. Dass er begreift, wofür sie sich eigentlich bei ihm entschuldigen möchte. Eine zweifache Entschuldigung.

Er sieht sie eine Weile schweigend an, legt sich dann selbst eine Crêpe auf den Teller. Kippt Erdbeeren darüber, kaut lange und bedächtig. Zu dick. Er schüttelt den Kopf. Und zu viel Butter.

Also, ich finde, sie sehen perfekt aus. Du solltest Philippe mal vorschlagen, das auf die Karte zu setzen. Als Dessert vielleicht.

Stimmt, das wär gut. Mit Ahornsirup oder Vanilleeis.

XXXVI.

Wolfgang sieht den Mann zur Mittagszeit den Hof durchqueren. Er trägt eine Einkaufstüte, zwei Finger am Riemen, hat den Handrücken auf der Schulter abgelegt. Lässig, als hätte die Tüte keinerlei Gewicht. Mit der freien Hand zieht er einen Schlüssel aus der Hosentasche, schließt auf, nimmt die Treppe in den dritten Stock. Obwohl die Vorhänge offen stehen, es demnach ein Leichtes wäre, zu beobachten, wie der Mann die Wohnung betritt, hinter den Fenstern des Zimmers, dem Küchenfenster auftaucht, wendet Wolfgang sich ab. Macht irgendetwas anderes. Er hat nicht das Bedürfnis, das genauer zu verfolgen. Aber dann, eine halbe Stunde später etwa, holt ihn doch die Neugier ein, und er sieht wieder hinüber. Der Mann steht in der Küche, ein Geschirrtuch über der Schulter. Hantiert an den Schränken, stapelt Teller und Tassen. Schließlich hängt er das Tuch über den Griff der Ofenklappe. Lehnt sich in den Fensterrahmen und greift die Zigarette hinter seinem Ohr, ohne hinzusehen. In den oberen Stockwerken spielt jemand Flöte. Der Mann scheint darauf zu lauschen, er hebt den Blick. Sieht in die ungefähre Richtung, aus der die Melodie kommt. Geruch nach Mittagessen, gebratenem Fisch.

Dieser Mann in Charlottes Wohnung irritiert Wolfgang nicht, im Gegenteil. Er geht davon aus, dass sie es so gewollt hat. Dass Charlotte wollte, dass er ihren Besuch bemerkt, diesen Mann bei ihr sieht und seine Schlüsse daraus zieht. Möglicherweise, denkt er, hat sie ihn sogar seinetwegen erst zu sich eingeladen, mitgenommen. Als Reaktion auf sein Auftauchen mit Thea in der *Buvette*. Als Signal an ihn und an sich selbst, dass sie ungebunden, nach wie vor frei ist. Ist es vermessen, das anzunehmen? Wolfgang denkt: und wenn schon. Er ist sich seiner Sache jetzt sehr sicher. Er denkt: Es ist nur eine Frage der Zeit.

Und tatsächlich: Es vergehen nur wenige Tage bis zu dem Klopfen an seiner Tür. Ein erstes zartes, fast verschämtes Anklopfen um zwei Uhr in der Nacht. Für ihn selbst überraschend, bleibt er ganz ruhig. Als hätte er die ganze Zeit darauf gewartet. Nicht unbedingt darauf, dass Charlotte vor der Tür stehen würde, aber doch auf ein irgendwie geartetes Zeichen. Sie trägt Leggings, ein weites Shirt. Schuhe aus Stoff, die Schnürsenkel offen. Sie sagt: Kann ich hier schlafen?

Wolfgang fragt sich, ob es an den Lichtverhältnissen liegt, an den Schatten im Treppenhaus und dem schwachen Licht der Kerzen, das aus der Küche in den Flur fällt, dass Charlotte so aussieht. So ausgezehrt, so unendlich müde. Gräben unter ihren Augen, gräulich, wie Mondkrater. Ich – ja. Natürlich kannst du hier schlafen. Du müsstest allerdings – Also, es gibt eigentlich keinen zweiten Schlafplatz. Kein Sofa. Aber ich kann mal nachsehen, ob in der Kommode –

Charlotte unterbricht ihn. Sie fasst sich an die Stirn, deutet Schmerzen an. Tritt in den Flur. Wolfgang schließt behutsam die Tür in ihrem Rücken. Er ist erleichtert, dass er es früher am Abend als für zu heiß befunden hat, um Rotwein zu trinken. Auf dem Küchentisch also, wie er sich nun vergegenwärtigt, lediglich ein Wasserglas, die Bücher, die Kerzen. Er fürchtet dennoch, dass diese Gegenstände etwas ergeben könnten, ein sprechendes Bild, albernes Stillleben. Doch Charlotte wirft ohnehin keinen Blick in die Küche. Streift nur die Schuhe ab und geht ins Schlafzimmer hinüber. Schlägt das Laken zurück, legt sich auf die Matratze. Rollt sich zusammen am äußeren Rand.

Als er tags darauf aus dem Institut kommt, ist die Wohnung leer. Nur das Laken, gefaltet auf der Matratze, zeugt vom Ereignis der vergangenen Nacht. Wolfgang zögert, dann tut er doch, was er tun will.

Hebt das Laken an und vergräbt das Gesicht darin. Welcher Tag ist heute? Ein Mittwoch. Er nimmt an, dass Charlotte später arbeiten wird. Also harrt er aus bis zum frühen Morgen. Passt den Moment ab, in dem sie ans Fenster tritt. Bedeutet ihr mit einem Kopfnicken: *Komm*.

Charlotte schnippt die Zigarette in den Hof, schließt Fenster und Vorhänge. Wolfgang wartet. Auf eine Regung, das Auftauchen ihres Schattens im Treppenhaus. Erst als die Zigarette vor den Fahrradständern verglommen ist, erlischt auch seine Hoffnung, wendet er sich ab.

Geschlossene Vorhänge auch am Donnerstag und Freitag. Aber am Samstag, in den ersten Stunden des Sonntags genau genommen, steht Charlotte erneut vor seiner Tür. Sie scheint von irgendwoher zu kommen. Ihre Augen sind geschminkt. Sie trägt ein enges schwarzes Kleid, riecht nach Bier, nach Rauch. Fragt diesmal nicht, ob sie bei ihm schlafen kann. Lächelt, als bedürfe es keiner weiteren Erklärung. Als sei sie seiner Einladung von vor einigen Tagen, seiner Aufforderung herüberzukommen, eben jetzt erst gefolgt. Es gibt diesen Moment, wenige Sekunden, in denen, das weiß er, die Dinge sich entscheiden. Alles Folgende. In denen er den Mund öffnet und – schließt. Ihr Lächeln erwidert, die Tür aufhält: Komm rein.

Er wird von einem Geruch geweckt, der ihm vertraut ist. Der Erinnerungen heraufbeschwört an die Sonntage seiner Kindheit, an denen er ausschlafen, im Bett bleiben durfte, bis seine Mutter oder Fenko ihn zum Frühstück riefen. Im Flur der Duft von gemahlenem Kaffee, gerösteten Brotscheiben. Ein gedeckter Tisch. Auf Wolfgangs Teller, jeden Sonntag: eine Mohnschnecke.

Als er die Küche betritt, lehnt Charlotte am Spülbecken. Schenkt Kaffee in eine Tasse und hält sie ihm hin.

Von Céleste.

Was?

Hab ich gelesen. Sie nickt in Richtung des Küchentischs, auf dem die Bücher liegen, mit denen er sich am Vorabend beschäftigt hat. Er begreift noch immer nicht.

Prousts Haushälterin, Céleste. Charlotte schlägt eins der Bücher auf, liest vor: *Die jeden Tag, um Punkt vierzehn Uhr – der Tageszeit, zu der Proust aufzustehen pflegte – mit einer Kanne frisch aufgebrühten Kaffees für ihn bereitstand.*

Könnt ich mich auch dran gewöhnen, sagt Wolfgang, bevor er am Kaffee nippt, der so stark ist, dass er sich zwingen muss, das Gesicht nicht zu verziehen. Egal. Er hat ohnehin etwas anderes gemeint. Charlotte trägt erneut das schwarze Kleid. Zieht nun ein Feuerzeug aus einer der Taschen.

Würdest du draußen rauchen, bitte?

Sie hat den Filter schon zwischen den Lippen. Hebt den Blick und wirkt überrascht, steckt die Zigarette aber ins Päckchen zurück. Okay, ja. Klar, kein Problem.

Im Nachhinein ärgert er sich über sich selbst. Charlotte hat die Wohnung eilig verlassen. Ohne richtige Verabschiedung, ohne ein letztes Wort. Er nimmt sich vor, künftig überlegter vorzugehen, bedachter. Denkt also nach und folgt dann doch seinem ersten Impuls. Schreibt ihr eine Nachricht: *Aber wir sehen uns wieder.* Frage oder Appell. Eine Bitte, ein Flehen.

XXXVII.

Charlotte kapituliert. Sie gibt ihren Widerstand auf, sie hat nicht mehr die Kraft dazu. Seit dieser Nacht mit Andrej hat sie im Grunde gar nicht mehr geschlafen. Wer weiß, wieso. Als Strafe, als Preis. Als sie am späten Vormittag in Wolfgangs Wohnung erwacht – zum ersten Mal seit einer gefühlten Ewigkeit: aufwacht –, stellt sie verwundert fest, dass ihr Instinkt sie nicht getäuscht hat. Eine Intuition, die ihr gesagt hat, dass sie bei ihm würde schlafen können. Die sie über den nächtlichen Hof getrieben hat, in seine Nähe. Nicht zu verstehen.

Bevor sie in die Bahn in Richtung *Buvette* steigt, schlendert sie über den Flohmarkt vor der Markthalle. Bunt gemusterte Blusen in Übergrößen. Armleuchter, Geschirrsets, billiger Schmuck. Kisten voller Barbiepuppen, die dürren Gliedmaßen in die unnatürlichsten Richtungen verbogen. Der Betreiber des Bücherstands sitzt auf einem Klappstuhl. Er ist dick, hat die Beine übereinandergeschlagen. Steht nicht auf, als Charlotte vor die Auslage tritt. Lächelt, freundlich, aber auch resigniert, wohl wissend, dass sie keins seiner Bücher kaufen wird. Eine Weile stöbert sie in den Kartons, liest die Titel auf den Buchrücken mit schief geneigtem Kopf. Georges Perec, *Un homme qui dort*. Sie will das Buch gerade herausgreifen, da nimmt sie etwas wahr. Einen anderen Umschlag am Rand ihres Blickfelds. Die vertraute Fotografie einer jungen Frau mit blondem Pagenschnitt, vor einer Schreibmaschine sitzend.

Aber ich war mir nicht sicher. Ich war mir ganz und gar nicht sicher. Woher sollte ich wissen, ob sich nicht eines Tages – im College, in Europa, irgendwo, überall – die Glasglocke mit ihren erstickenden, lähmenden Verzerrungen wieder über mich senken würde?

Charlotte schlägt den Roman zu, ungewollt heftig. Lässt ihn fallen, als hätte sie sich die Finger daran verbrannt. Der dicke Mann dreht blitzartig den Kopf. Fixiert sie, lässt sie nicht aus den Augen, bis sie das Buch aufgehoben und zurückgestellt hat. Dann lächelt er, wie schon zuvor, milde und schmerzlich, er hat es ja gewusst.

XXXVIII.

So geht es weiter: Charlotte kommt. Mitten in der Nacht, in jedem Fall nach Mitternacht, steht sie unangekündigt vor Wolfgangs Tür. Bleibt einige Nächte verschwunden, bevor sie wieder auftaucht. Er legt ein zweites Laken bereit, rechnet inzwischen jederzeit mit ihrem Kommen. Allein die Möglichkeit, dass Charlotte die Nacht bei ihm verbringen könnte, versetzt ihn in einen ungeahnten Rausch. Einen Schreibrausch, dem er sich bereitwillig hingibt. All die verkrusteten, verhärteten Gedanken, wie Erdplatten, die sich aus ihren Verkeilungen lösen, sich verschieben und auf neue, sinnvolle Weise aneinanderfügen, fast ohne sein Zutun.

Am Sonntagvormittag bleiben sie im Haus. Hocken auf der Matratze, Kissen im Rücken. Ignorieren den provozierend blauen Himmel über den Dächern. Temperaturrekorde sind angekündigt, der heißeste Tag des Jahres. Charlotte liest. Wolfgang hält den

Laptop im Schoß. Er hat Mühe, mit dem Tippen hinterherzukommen. Muss die Worte nur noch pflücken, die für ihn bereitliegen. Meist schon geordnet zu klugen, wohlkomponierten Sätzen. Er meint, die Gewächse förmlich riechen zu können: zart knospende Orchideen und üppige Fliederbüsche, Seerosen, die Weißdornhecken von Combray.

Du erinnerst mich an ihn.

An wen?

An Proust. Hier steht, dass er die gesamte *Recherche* im Bett geschrieben hat. Per Hand. Unvorstellbar, über viertausend Seiten.

Was liest du denn da?

Anstelle einer Antwort beginnt Charlotte, aus dem Text zu zitieren. Proust, auch ein Schlafloser, ein Nachtarbeiter. Der Veronal genommen hat, um tagsüber zu schlafen, und, um wach zu bleiben, Mokka in der Nacht. Der die Verwendung von Streichhölzern in seinem Zimmer verboten habe wegen des ihm unerträglichen Geruchs nach Schwefel.

Sie hält inne. Sieht zu Wolfgang hinüber, der so tut, als hätte er die Anspielung nicht verstanden. Er ist noch immer sehr mit Tippen beschäftigt, nicht in der Lage, den Blick vom Bildschirm zu lösen. Hört nur mit halbem Ohr, wie Charlotte fortfährt, sich in Gerüchten verliert, zweifelhaften Anekdoten: Prousts Erstickungsanfall mit neun Jahren im Bois de Boulogne. Das Streichquartett, das er angeblich an sein Sterbebett bestellt hat, um ihm immer wieder ein Stück von Debussy vorzuspielen. Ein auf die Spitze getriebenes *Da capo al fine*. Seine Eigenart, stets auch die angrenzenden Hotelzimmer zu mieten, um vor Lärm bestmöglich geschützt zu sein. Sein aus demselben Grund mit Korkeiche ausgekleidetes Zimmer. Die Stapel der Fotografien um das Bett herum, die in schwarzen Plüsch eingeschlagenen Schulhefte, Cahiers. Prousts typische Diät: zwei Œufs à la crème, drei Croissants, Pommes frites und ein gebratener Hähnchenflügel. Trauben, Kaffee und eine Flasche Bier.

Da er über sehr reichliche Geldmittel verfügte, verzichtete Marcel Proust darauf, sich einem Beruf zuzuwenden. Charlottes Tonfall, als sie das vorliest, ist ungläubig, abschätzig. Bis zu seinem fünfunddreißigsten Lebensjahr habe er die Attitüde eines Dandys gepflegt. Eines Bohemiens, der sich in den Pariser Salons vergnügt und sich jeglicher Brotarbeit verweigert habe. Später wiederum, nach dem Tod der Mutter, habe er sein Zimmer kaum mehr verlassen. Um zu recherchieren, habe er Botschafter geschickt, die er empfangen habe zu den absurdesten Zeiten, meist früh, vier oder fünf Uhr am Morgen. Lebenslang, sagt Charlotte, sei Proust kränklich gewesen, habe an Keuchhusten und starkem Asthma gelitten. Auch an einer gewissen – Überempfindlichkeit.

Wolfgang stellt den Laptop nun doch beiseite. Er

steht auf, geht zum Fensterbrett, greift den letzten Band der *Recherche*. Sucht eine Stelle und findet sie nach kurzem Blättern: *Die glanz- und jammervolle Familie der Nervösen, sie ist das Salz der Erde. Sie und nicht die anderen haben Religionen gegründet und Meisterwerke geschaffen.*

Charlotte hebt eine Augenbraue. Wie auch immer, du erinnerst mich an ihn. Sie mustert Wolfgang, legt den Kopf schief dabei. Bis auf das Aristokratische vielleicht.

Wenn du wüsstest, denkt er, sieht aufs Parkett. Fragt sich, ab wann ein Schweigen zum Verschweigen wird.

XXXIX.

Im Laufe des Augusts fällt Charlotte eine Veränderung an Doktor Szabó auf. Er sieht angeschlagen aus, sie kann es nicht anders beschreiben. Bis dahin hatte sie angenommen, dass es in ihren Gesprächen vor allem darum ginge, das, was sie belastet, auszusprechen. Ihre Erinnerungen auszusprechen, und dass es eigentlich egal sei, ob Doktor Szabó ihr zuhörte oder nicht. Dass er nur Projektionsfläche wäre, ein Spiegel. Irgendein Gesicht, dessen Regungen sie folgen konnte, während sie um Worte rang für die Bilder in ihrem Kopf. Nun wird ihr bewusst, dass sie sich getäuscht hat. Sie ärgert sich über Doktor Szabós entrückten Blick. Ist ein paar Mal kurz davor, sich zu unterbrechen: Sagen Sie mal, hören Sie mir überhaupt noch zu?

Auch seine Schrift hat sich verändert. Charlotte erscheint sie ungelenker, nicht mehr klein und kompakt, sondern ausschweifend, uferlos. Als fehlte ihm selbst dafür die Kraft. Als gelänge es ihm nicht mal mehr, das Handgelenk ruhig zu halten. Die Buchstaben schwanken, kippen nach rechts. Der Bogen des kleinen *h* erstreckt sich über drei Zeilen, und Doktor Szabó setzt die Punkte, wohin er will, oft in großem Abstand zum beendeten Satz.

In dieser Woche allerdings ist sie ebenfalls abgelenkt, nicht ganz bei der Sache. In Gedanken bei Andrej. Als sie einander zuletzt in der *Buvette* gesehen haben, hat er sich ihr gegenüber freundlich verhalten, höflich, aber auch deutlich distanziert. Hat seine Pausen allein verbracht und ist nach ihrer Schicht verschwunden, ohne sich zu verabschieden.

Langsam mache ich mir echt Sorgen um ihn, hat Vera gesagt, als sie vor der Bar standen und Andrej hinterhersahen, der sich entfernte, eilig, als liefe er vor etwas davon. Vera erklärt sich diese Unnahbarkeit mit seinem Trinken, einer allgemein schlechten Verfassung. Eine vorgezogene Midlife-Crisis.

Charlotte weiß, dass das nur teilweise stimmt. Dass Andrejs Distanziertheit auch mit ihr zu tun hat; er sie meidet, ihr ausweicht, verständlicherweise. Aus verletztem Stolz, um sich zu schützen. Ein hoher Preis für eine einzige Nacht.

Doktor Szabó erzählt sie nichts davon. Nicht von Andrej oder den Nächten, die sie bei Wolfgang verbringt, und am allerwenigsten von ihrer diffusen, dunklen Vorahnung. Als könnten die Vorzeichen sich von allein wieder auflösen, als seien sie gar nicht da, solange Charlotte sie nicht ausspricht. Stattdessen verbleibt sie auf halbwegs sicherem Terrain. Spricht von Paris und der Akkordeonspielerin. Tag für Tag, selbst bei Minusgraden und Schneefall, hatte sie auf der Place Émile Goudeau gesessen, am Rand des Brunnens. Unermüdlich gespielt. Manchmal war Charlotte stehen geblieben. Hatte der Frau eine Weile gelauscht und ihr ein paar Münzen in die Hutschachtel geworfen. Etwas an ihrer Art zu spielen hatte sie gerührt. Ihr Versunkensein in den Tönen. Ein unumstößlicher Glaube an die Musik, an das Schöne in der Welt.

Sie denkt auch zurück an ihre Spaziergänge, die abendlichen Streifzüge über die Pariser Friedhöfe. Den Friedhof in Montparnasse, den Cimetière du Père Lachaise. Während sie erzählt, sieht sie sich selbst. Ihren erneut erschreckend schmalen Schatten zwischen den Grabsteinen. Wie sie stehen bleibt, eine Inschrift liest, nickt, bevor sie weiterläuft. Als hätte sie sich auf dem Friedhof schon einmal vorstellen wollen, sich mit einem Umfeld vertraut machen, von dem sie wusste: Es könnte zu ihrem eigenen werden, in gar nicht ferner Zukunft.

Es gibt diesen einen Abend, an dem der Frost sie überrascht. Eine so allumfassende, durchdringende Kälte, dass sie schon meint, es nicht mehr bis zur Wohnung zu schaffen. Ein fast tröstlicher Gedanke: Dann soll es so sein. Schwarze, flirrende

Punkte in ihrem Blickfeld, das bröckelnde, schwindende Bewusstsein, und dann – diese Gestalt, wie aus einem Märchen entsprungen. Eine Erscheinung. Ein dürres, verrunzeltes Wesen, vor einem vereisten Brückengeländer kauernd. Eine Greisin, in zahllose Decken gehüllt, unter denen sie, als sie Charlotte sieht, etwas hervorzieht. Und Charlotte gibt ihr alles Geld, das sie bei sich hat. Kauft der Greisin den Mantel ab, den sie noch heute besitzt. Ein blauer Mantel, hellblau mit kupfernen Knöpfen.

Ihr Herz schlägt schnell, sie wechselt das Thema. Erzählt übergangslos von ihrem Umzug in die Kleinstadt, von Johannes und der Therapie, die sie damals begonnen hat. Zu jeder Sitzung bringt sie einen Satz mit. Einen der Sätze, die sie sich gemerkt hat, häufig im Streit gesagt, im Affekt, meist Sätze der Mutter:

Ich hab mir oft eine andere Tochter gewünscht, Charlotte, glaub mir das.

Mit deiner Schwester hatte ich nie Probleme.

Warum tust du *mir* das an.

Charlotte und die Therapeutin sezieren diese Sätze. Klopfen sie ab, drehen und wenden sie. Die Therapeutin zeigt offen ihr Mitgefühl, ihre Empörung. Eine Wut, die zu spüren sie selbst noch nicht imstande ist. Im Gegenzug spielt die Therapeutin ihr Sätze zurück. Glaubenssätze, die Charlotte verinnerlichen soll. Wahrheiten, mit angeblich universeller Gültigkeit:

Für das Glück seiner Eltern ist kein Kind je verantwortlich.
Ich bin wertvoll wie jeder Mensch, ganz egal, wie viel ich leiste.
Ich verdiene Respekt und bedingungslose Liebe.
Ich bin nicht meine Krankheit.
Es darf mir gut gehen.

Doktor Szabó hört weiterhin zu. Er schreibt mit, wenn auch seltener und meist nur in Stichpunkten. Merkt er, dass Charlotte ihm etwas verschweigt? Ihr fällt es zunehmend schwer, die fünfzig Minuten zu füllen. Sie spürt, dass ihr Reservoir an Bildern versiegt, sie auf ein Ende ihres Erzählens zusteuert. Auf einen toten Punkt. Einmal mehr scheinen die Dinge porös zu werden, brüchig. Droht alles auseinanderzufallen. Sie weiß, wie schnell das gehen kann.

XL.

Nach einer Weile wird Wolfgang ungeduldig. Er möchte das Zusammensein mit Charlotte nicht länger dem Zufall überlassen oder ihren Launen. Ist es leid, bis in die Morgenstunden bangen zu müssen, ob sie noch kommt. Ein ständiges Kreisen seiner Gedanken um sie, ein nicht zu ignorierendes Gefühl des Vermissens. Nicht zuletzt auch ihrer Energie, dieses Zustands, in den ihre Anwesenheit ihn versetzt.

Ich kann viel besser arbeiten, wenn du bei mir bist, Charlotte, hat er zu ihr gesagt in einer Nacht, die stürmisch war, unwirtlich und kalt. Lautes Trommeln der Regentropfen auf dem Blechdach des Fahrradschuppens. Wolfgang saß am Küchentisch und beendete ein Kapitel, über das er sich seit Wochen den Kopf zerbrach, für das er ewig keinen roten Faden hatte finden können und das er nun einfach niederschrieb. Als würde es ihm von irgendwoher diktiert. Er klappte den Laptop zu, war zufrieden, zum ersten Mal seit Langem wieder ganz und gar bei sich. Charlotte saß auf der Arbeitsfläche, lesend. Das freut mich. Sie blätterte eine Seite um. Ich wollte schon immer mal jemandes Muse sein.

Weil sie erwähnt hat, dass sie in den kommenden Tagen in der Bibliothek am Damm an einer Seminararbeit schreiben werde, fährt Wolfgang nach der Arbeit auf direktem Weg dorthin. Er entscheidet sich dagegen, die Bibliothek zu betreten. Den Lesesaal zu durchqueren und ab und an, um den Schein zu wahren, ein Buch aus dem Regal zu ziehen, den Klappentext zu überfliegen, es wieder zurückzustellen. Charlotte wüsste ohnehin, dass sie es ist, nach der er sucht. Sollte sie überrascht sein, ihn zu sehen, gelingt es ihr gut, das zu verbergen. Sie lächelt, als sie durch die Drehtür ins Freie tritt, kommt gezielt auf ihn zu, als wären sie verabredet. Ein nie offen ausgesprochenes, ungeschriebenes Gesetz: dass sie, wann immer sie aufeinandertreffen, so tun, als sei ihre Begegnung geplant. Unvermeidlich, zwingend. Von etwas gelenkt, auf das sie beide keinen Einfluss haben.

Die Wiese am Flussufer geflutet von Menschen. Fahrräder, abgestellt oder ins Gras gelegt. Picknickkörbe. Musik aus portablen Boxen. Sie setzen sich etwas abseits auf die Wurzel einer Kastanie. Wolfgang hat vorausschauend eine Flasche Rotwein eingepackt. Als er sie nun aus dem Rucksack zieht, fällt ihm auf, dass er an den Korkenzieher, nicht aber an Gläser gedacht hat.

Macht doch nichts. Meinetwegen können wir aus der Flasche trinken.

Und du arbeitest allen Ernstes in einer Weinbar.

Den Mann bemerkt Wolfgang erst, als er vor ihnen steht. Sophie, na, erinnerst du dich an mich?

Sein Tonfall lässt keinen Zweifel daran, dass es sich um eine rhetorische Frage handelt. Der Mann zwinkert Charlotte zu. Wolfgang erwartet, dass sie ihn korrigieren, das Missverständnis aufklären wird: Tut mir leid, Sie müssen mich verwechseln. Nichts dergleichen. Sie lächelt nur, beschämt oder verlegen.

Hast du denn gerade ein Engagement in der Stadt?

Nein, sagt sie. Ich hab frei im Moment. Ich bin privat hier in Berlin, Freunde besuchen.

Ah. Schön. Der Mann nickt einige Male. Er steht ein wenig unbeholfen am Hang, im Ausfallschritt, um den Höhenunterschied zu kompensieren. Hinter ihm, an der Böschung zum Fluss, sitzen zwei weitere Männer, wohl seine Freunde, die die Szene aus der Distanz verfolgen, die Köpfe drehen, als sie Wolfgangs Blick begegnen.

Gut, ich will gar nicht weiter stören. Der Mann zwinkert ein zweites Mal, wendet sich ab. Wär schön, wir würden uns mal wieder treffen, Sophie. Ruf mich an. Du hast ja meine Nummer.

Sie lässt auch das unerwidert, starrt ins verdorrte Gras.

Wolfgang wartet, bis der Mann außer Hörweite ist, bevor er fragt: Engagement?

Charlotte verdreht die Augen. Längere Geschichte. Mach dir keinen Kopf.

Aber Wolfgang macht sich einen Kopf, er kann gar nicht anders. Auch die Gespräche, die sie führen, nachts in der geschützten Dunkelheit seines Zimmers, hängen ihm oft noch tagelang nach. Gespräche, die vielleicht nur in diesem Kontext möglich sind. Weil sie einander während des Sprechens nicht ansehen müssen und, sollten sie auf etwas nicht eingehen wollen, vorgeben können, bereits eingeschlafen zu sein.

In einer dieser Nächte hatten sie über die zweifellos berühmteste Episode der *Recherche* gesprochen. Über jene Passage, in der den Erzähler Marcel beim Verzehr einer in Lindenblütentee getauchten Madeleine Erinnerungen an seine Kindheit überkommen. Eine unfreiwillige Erinnerung. *Mémoire involontaire*. Charlotte hatte gesagt, dass es ihr selbst oft so gehe. Dass sinnliche Eindrücke, Gerüche oder Geräusche, etwas in ihr wieder wachriefen: das tiefe Gurren einer Taube, sehr früh am Morgen. Der intensive Duft arabischer Gewürze. Kreuzkümmel und Harissa. Muskat und Anis.

Und jedes Mal, wenn ich umsteige, am Heidelberger Platz. An dem Akkordeonspieler vorbeigehe, der dort vor der Unterführung sitzt. Wenn er ein bestimmtes Stück spielt vor allem, eine Musette, ein Chanson. *Sous le ciel de Paris.*

Natürlich hatte sie das nicht weiter ausgeführt, nicht erklärt, worauf diese Dinge sich bezogen. Stattdessen spielte sie Wolfgang die Frage zurück. Er hatte eine Weile darüber nachdenken müssen. Der Geschmack von Mohn und Zuckerglasur. Der Geruch verbrannten Tabaks, ausgeblasener Kerzen. Auch dieses Parfum, hatte er gesagt, das meine russische Klavierlehrerin immer benutzt hat. Ein sehr schwerer Duft. Patschuli – oder Moschus?

Du spielst Klavier?

Hab ich, ja.

Spielst du mir irgendwann mal was vor?

Wenn du mir dafür mal deine Zeichnungen zeigst.

Er hatte spüren können, wie Charlotte sich neben ihm versteifte. Sie hatten beide lange nichts gesagt, dem Regen gelauscht. Von draußen war trübes Licht ins Zimmer gefallen, das über die Wände zog, wann immer ein Auto vorüberfuhr. Illuminierte Quadrate, durchschnitten von den Bahnen der Tropfen auf den Fensterscheiben. Ein Schattentheater.

Schließlich hatte Charlotte sich auf die Seite gedreht. Es war zu dunkel, als dass er ihr Gesicht hätte erkennen, im Ausdruck darin hätte lesen können. Ich zeichne nicht mehr, hatte sie gesagt. Was meinst du, ob es überhaupt noch mal aufhört zu regnen?

XLI.

Als Charlotte die Praxis betritt, steht Doktor Szabó in der Teeküche. Er hat ihr den Rücken zugewandt, sie hört ein leises Knacken und hat sofort das Bild eines Flusskrebses vor Augen. Eines ganzen Spülbeckens voll zappelnder, rotschwänziger Krebse, die versuchen, Doktor Szabó zu entkommen. Seinen rauen Fingern, seinem eisernen Griff. Nach ihrer Sitzung, denkt sie, wird er sie kochen. Die Krebse in einen Topf werfen voll sprudelndem Wasser, um sie anschließend in seinem Korbstuhl sitzend zu verspeisen. Sie aufzubrechen, auszusaugen, genüsslich. Das weiße Fleisch aus den eben noch zuckenden Scheren.

Trotz des ungewöhnlich heißen Tages spürt sie eine Gänsehaut auf den Unterarmen. Sie hält die Luft an. Atmet erst wieder aus, als Doktor Szabó sich zu ihr umdreht und sie die Tüte sieht in seiner Hand. Pistazien. Er steckt sich einen weiteren grünen Kern in den Mund. Kommt Charlotte kauend entgegen, hält ihr die geöffnete Tüte hin. Es dauert ein paar Sekunden, dann scheint ihm wieder einzufallen, wen er da vor sich hat, und er zieht den Arm zurück. Stellt die Tüte beiseite und bedeutet ihr mit einem Nicken, vorzugehen ins Behandlungszimmer, sich schon mal zu setzen.

Charlotte versucht, sich von Doktor Szabós Zerstreutheit nicht irritieren zu lassen. Unbeirrt weiterzusprechen, wenn auch nach wie vor nicht über Wolfgang. Weil es unmöglich ist, über ihn zu sprechen und ihre eigene Verfassung zugleich unerwähnt zu lassen. Weil das eine ohne das andere nicht sagbar ist. Am Mittwochmorgen hatten sie seine Wohnung gemeinsam verlassen. Waren in der Einfahrt dem Grafiker aus dem Seitenflügel begegnet, der sein Fahrrad durch das offene Hoftor schob. Der Grafiker hatte sie gesehen, wie sie aus dem Treppenaufgang des Vorderhauses traten. Sein Gesichtsausdruck war erst überrascht, dann schelmisch, verschmitzt. Er hatte gelächelt, als hätte er etwas begriffen. Charlotte machte das verlegen, Wolfgang schien es zu freuen. Er hatte dem Mann die Tür zur Straße aufgehalten, war weitergefahren zur Universität. Sie selbst war in ihre Wohnung hinübergegangen. Hatte Ingwertee gekocht, eine Thermoskanne gefüllt, ihren Rucksack gepackt. Sie war rechtzeitig aufgebrochen. In der Bibliothek hatte sie einen ruhigen Platz gesucht, im Seitentrakt vor einem der bodentiefen Fenster. Den Laptop aufgeklappt, den Notizblock aufgeschlagen. Also, Charlotte, hatte sie sich ermahnt, konzentrier dich. Sie hatte zu lesen begonnen, den Tee dabei getrunken. Ihr Blick war gewandert, weg von den Seiten zum Stamm der krummastigen Birke vor dem Fenster. Eine Tüte hatte sich in den Zweigen verfangen, flatterte in Fetzen, von allem losgelöst, im Wind.

Sie war zurückgefahren mit keinem anderen Ziel, als den Rest des Tages auszusperren, das Licht und die Geräusche. Im abgedunkelten Zimmer hatte sie auf der Chaiselongue gesessen. Nur so gesessen, dann gelegen, weder schlafend noch wartend. Ohne irgendetwas zu denken oder zu tun. Erst Wolfgang hatte diesen Zustand der Apathie durchbrochen, seine Nachricht in die gefühlte Nacht hinein, in Wahrheit schon in den Morgen: *Ich hol dich später ab. Liebe Grüße, W.*

Charlotte hatte das gelesen und es schließlich doch geschafft, sich aufzurichten. Der Schwere ihrer Glieder etwas entgegenzusetzen. Sie hatte Philippe angerufen, ihm für den Abend abgesagt. Kaffee aufgesetzt und ihn in der Kanne vergessen. Sie hatte ihn später getrunken, drei große Becher kalten, bitteren Kaffee. Dann war sie losgegangen. Hatte in der überfüllten U-Bahn gestanden, sich am Riemen ihres Rucksacks festgehalten. Darin erneut die Thermoskanne, der Laptop, die Bücher. Alle gesammelten Requisiten. Vor dem Eingang zur Bibliothek hatte sie auf Wolfgang gewartet. Du siehst erschöpft aus, hatte er gesagt. Ja, kein Wunder, sie sei auch erschöpft. Wenngleich nicht, wie er wohl annahm, vom Zermartern ihres Hirns, dem konzentrierten Formulieren von Sätzen. Vielmehr vom bloßen Existieren, dem kräftezehrenden Niederringen der Stunden.

Tags darauf hatte sie sich spätabends erst hinausgewagt. War auf Zehenspitzen durch das lichtlose Treppenhaus geschlichen, über den Hof gehuscht, ein Schatten, eine Diebin. Sie hatte bei Wolfgang geklopft und auf seine Nachfrage hin behauptet, tagsüber in ihrer Wohnung gearbeitet zu haben. In der Bibliothek ist es mir zu voll, zu unruhig. Ich kann mich zu Hause doch besser konzentrieren.

Weil ihr nichts anderes einfällt, das sie Doktor Szabó erzählen könnte, beginnt sie, von dem Mann am Spreeufer zu sprechen. Sie erwähnt nicht, dass Wolfgang dabei war, als sie ihn getroffen hat. Sie sagt: Ich habe einen Spaziergang am Fluss gemacht. Mit einem Freund.

Charlotte schildert die Szenerie, so detailreich wie möglich: dass sie am Ufer gegessen hätten, im Schatten einer Kastanie. Dass der Freund eine Flasche Rotwein mitgebracht, die Gläser dazu aber vergessen habe. Dass sie habe spüren können, wie er sich darüber ärgerte, und also noch einmal aufgestanden sei, um ein paar Jugendliche, deren Trinkspiele sie zuvor eine Weile verfolgt hatte, nach zwei Plastikbechern zu fragen. Dass man ihr ausgeholfen habe unter lautem Gejohle. Und dass das wohl der Moment gewesen sein müsse, in dem der Mann sie gesehen, in dem er sie erkannt habe.

Einer der Männer aus dem vergangenen Jahr. Die ich im Sommer kennengelernt habe, mit Marietta.

Sie lässt Mariettas Namen bewusst im Raum stehen. Wartet. Auf irgendeine Reaktion, eine Spur des Erkennens in Doktor Szabós Gesicht. Schließlich hilft sie ihm widerwillig auf die Sprünge. Lässt Stichworte fallen: das Galeriepraktikum, der Australier. Aber Doktor Szabó kratzt sich bloß abwesend am Kinn. Zieht dezent die Nase hoch und hält das Notizbuch im Schoß, eine unbeschriebene Doppelseite. Charlotte unternimmt einen letzten Versuch. Spricht wie zu einem Schwerhörigen, jedes Wort betonend: Marietta hat Sie mir damals empfohlen.

Weil er darauf ebenso wenig reagiert und ihre Zeit auch fast vorüber ist, steht sie auf. Also dann, bis in zwei Wochen. Ich fahre nächsten Sonntag ja schon los.

Sie kann sehen, wie sich hinter seiner Stirn etwas in Bewegung setzt, wie er sich anstrengt. Und wohin noch mal?

Charlotte denkt: Das wissen Sie doch. Hab ich Ihnen längst gesagt, aber sie schluckt ihren Ärger. Bemüht sich um einen nachsichtigen Ton. Nach Hause, sagt sie. Zur Hochzeit meiner Schwester.

Ah ja, richtig. Er steht ebenfalls auf. Steht da mit gebeugtem Rücken, leerem Blick, und Charlotte denkt – ein so simpler Gedanke –, dass auch er nur ein Mensch ist. Eine private Person. Dass auch Doktor Szabó wohl ein Leben hat, das sich außerhalb der Praxis abspielt. Einen Alltag, mehr oder minder vertrackte Beziehungen. Dass es Themen geben muss, die ihn umtreiben, ihn verärgern oder berühren, ihm in manchen Nächten den Schlaf rauben. Und dass es selbst ihm nicht möglich ist, diese Dinge nach Belieben auf Distanz zu halten.

Doktor Szabó – eben doch kein Zauberer.

XLII.

Oliver wirkt erleichtert, als er sie sieht. Er läuft ihnen mit großen Schritten entgegen. Da seid ihr ja endlich! Als wären sie zu spät, dabei sind sie pünktlich eingetroffen, zur vereinbarten Zeit. Oliver und Charlotte nennen ihre Namen. Als sie einander die Hand geben, schießt Wolfgang etwas durch den Kopf, ein Satz, ein unpräziser Gedanke: Vergangenheit und Gegenwart machen sich bekannt.

Unter dem Ahornbaum in der Mitte der Wiese ist ein Tisch aufgebaut. Ein weißes Tischtuch, zwei Bierbänke. Eine Girlande und bunte Bänder in den Zweigen. Gestapelte Getränkekisten, Saft und Limonade. Mehrere Kuchen, der größte rosafarben und mit Kerzen bestückt, in Form einer Eins. Muffins und Windbeutel, portugiesische Puddingtörtchen. Aurélia trägt ein Sommerkleid, bedruckt mit violetten Blüten. Schneidet über den Tisch gebeugt eine Wassermelone auf. Als Oliver nach ihr ruft, dreht sie sich um. Lächelt Charlotte zu, dann

Wolfgang, wenn auch kurz und eher pflichtbewusst. Schon immer sind sie einander freundlich begegnet, aber stets auch vorsichtig, in sicherem Abstand. Aurélia muss Wolfgangs Reserviertheit gespürt haben, sie hat sich das gemerkt: seine alberne Eifersucht, weil Oliver sich ihm ihretwegen entzog. Weil er ihr folgte, ohne zu zögern und unter fast freudiger Hinnahme jedweder Konsequenzen. Aurélia hebt entschuldigend die Hände. Der Saft der Melone läuft ihr über die Handgelenke. Setzt euch, sagt sie. Wir begrüßen uns später.

Sie mischen sich unter die anderen, die übrigen Gäste: Renate vom Kinderschwimmen und Conny vom Spielplatz. Hocken im Kreis, eng beieinander, auf Picknickdecken unter dem schattigen Blätterdach. Die Kinder in ihrer Mitte, Maya und zwei Jungen. Auf Aurélias Geheiß hin öffnet Oliver den Sekt. Sie singen *Happy Birthday*, reichen Kuchenstücke weiter. Charlotte nimmt das Sektglas dankend entgegen, lehnt den Pappteller mit dem Kuchen darauf ab. Wegen der Milch, denkt Wolfgang, wegen der Cremeschicht. Aurélia scheint sich nicht dazusetzen zu wollen. Steht abseits mit ihrem Sektglas am Buffet. Ein Bein grazil angewinkelt, das andere gestreckt, als würde sie für einen Fotografen posieren. Schließlich ruft sie Oliver, er steht unwillig auf. Sie reden, vom breiten Stamm des Ahornbaums verborgen. Ein rascher Wortwechsel auf Portugiesisch, nach dem Oliver davoneilt, eine große Papiertüte in jeder Hand.

Wolfgang lehnt sich zu Charlotte hinüber. Ich glaube, ich muss da mal hinterher. Kann ich dich kurz allein lassen? Ich bin gleich wieder da.

Oliver ist schnell. Als Wolfgang ihn eingeholt hat, nimmt er ihm wortlos eine der Tüten ab. Transparente Folie, Geschenkrosetten, Packpapier. In der anderen Tüte Mayas Geschenke: ein Plüschhase, ein Buch aus dicker Pappe. Oben aufliegend ein Steckpuzzle, Tiere vom Bauernhof. An der Straße fallen zwei der Figuren hinunter. Wolfgang bückt sich, um sie aufzuheben. Eine Henne, ein Schaf. Währenddessen hat Oliver das Auto erreicht. Er wartet, bis auch Wolfgang die Tüte abgestellt hat. Schlägt die Kofferraumklappe zu, dass es scheppert. Überflüssig, nachzufragen, ob es ein Problem gibt.

Willst du darüber sprechen?

Oliver schüttelt den Kopf, was aber offenbar keine Antwort auf die Frage darstellt, sondern eine Ratlosigkeit ausdrücken soll, ein auf Aurélia bezogenes Unverständnis. Seit Tagen, sagt er, stritten sie eigentlich ständig.

Worüber denn?

Ach, über absolute Kleinigkeiten. Am Morgen erst habe Aurélia sich furchtbar aufgeregt, weil er für die Feier keine Fruchtschorle gekauft hatte, sondern aus ihrer Sicht nicht kindgerechte, überzuckerte Limonade. Erstaunlich, habe er gesagt, dass sie solche Dinge wichtig fände, aber wer sich künftig um ihre Tochter kümmere, scheine ihr egal zu sein, darüber wolle sie nicht sprechen. Doch, habe Aurélia gemeint. Sie habe all das ohnehin noch mal in Ruhe mit ihm besprechen wollen. Also hätten sie sich zusammengesetzt, er sei erleichtert gewesen. So lange jedenfalls, bis sie habe verlauten lassen, dass ihr die Vorstellung missfalle, Maya in Zukunft von Erziehern betreuen zu lassen, von Wildfremden. Ihr Kind sei nicht bereit dazu, es sei noch zu klein. Ob *er* das etwa gut finde, habe sie gefragt. Gerade so, als sei er derjenige, der ein schlechtes Gewissen haben müsste, der im Verdacht stehe, sich zu wenige Gedanken zu machen um Mayas Wohlergehen. Aurélia habe sich noch eine Weile geziert. Dann endlich ausgesprochen, worüber sie insgeheim wohl schon seit Längerem nachgedacht habe. Ob Oliver sich nicht vorstellen könne, bei Maya zu bleiben. Zu Hause, auch weiterhin, sie meine: dauerhaft. Das sei möglich, sie verdiene ja genug. Ihr Gehalt reiche aus, um alle Kosten zu decken. Sie habe das betont: *Ihr Gehalt reiche aus.* Er müsse nicht arbeiten. Sie habe es geradezu verkündet, als sei das eine grandiose, fabelhafte Nachricht, aus seiner Perspektive schon fast eine Erlösung. Er begreife nicht, was daran so schwer zu verstehen sei, wieso Aurélia nicht nachvollziehen könne, dass seine Arbeit ihm wichtig sei, dass er arbeiten wolle. Dass es dabei doch nicht nur ums Geld gehe.

Oliver lächelt schwach. Aber wem sage ich das. Er seufzt. Wenn ich ehrlich bin – und das sage ich jetzt nur dir –, bin ich froh, dass sie später wieder abreist. Dass ich dann wieder mit Maya allein sein kann. Er sieht auf den Autoschlüssel in seiner Hand. Manchmal denke ich sogar, es wäre leichter als alleinerziehender Vater.

Wolfgang hätte es nicht überrascht, wenn Charlotte bereits weg gewesen wäre, sich verabschiedet hätte, während er mit Oliver am Auto war. Doch als er neben ihm über die Wiese zurückgeht, sitzt sie noch immer auf der Decke. Hält Maya auf dem Schoß, die ihre Faust um Charlottes rechten Zeigefinger geschlossen hat. Wolfgang überkommt unvermittelt ein Gefühl mit einer solchen Heftigkeit, dass ihm schwindelig wird. Er bleibt stehen. Im selben Moment hebt Charlotte den Blick. Sieht zu ihm hin, in Richtung des Hangs. Lächelt mit weit geöffneten, geröteten Augen.

Wenn wir noch Fotos machen wollen, sagt Oliver, dann jetzt. Er deutet in den Himmel, wo Wolken aufziehen, eine bedrohliche Schwärze sich verdichtet. Also beeilen sie sich. Nehmen nacheinander Aufstellung vor dem Ahorn in wechselnden Konstellationen: erst alle zusammen, dann nur die weiblichen Gäste, die Kinder, das Geburtstagskind mit seinen Eltern. Oliver hält Maya, Aurélia einen

Luftballon. Den Vorschlag eines letzten Fotos von ihnen als Paar schlägt sie aus mit Verweis auf den nahenden Regen.

Eine kollektive Aufregung beim Fallen der ersten Tropfen. Handtücher, die ausgeschüttelt, Kühlboxen, die geschlossen werden. Zerfasernde Wasserflecken auf dem Stapel der Servietten. Sie flüchten unter das Laubdach der Platanen. Der Regen nimmt zu, ein Blitz, der erste Donnerschlag. Der ganze Park leer gefegt binnen weniger Minuten. Nur eine Frau liegt noch auf der Wiese. Stoisch, auf einem rot und weiß gestreiften Tuch. Wolfgang stellt sich vor, wie sie vom Blitz getroffen wird. Ein blendend weißer Strahl, der in den zierlichen Körper fährt, einschlägt auf Höhe des Nabels. Die Frau selbst scheint sich in keiner Gefahr zu wähnen. Sie trägt noch ihre Sonnenbrille, lächelt wie weggetreten, ihre Fersen berühren sich, die Füße fallen auseinander. Das Ganze wirkt surreal, eine Performanceeinlage. Die Zurschaustellung eines bedingungslosen Optimismus. Als wolle sie ihnen, den Umstehenden, vermitteln, der Sommer existiere vor allem im Kopf.

XLIII.

Charlotte schiebt es lange auf, ihren Koffer zu packen. Dann, eine halbe Stunde bevor sie losmuss, wirft sie alles einfach hinein: Sandalen, das Kleid für die Trauung, das Zugticket. Sie schließt die Wohnungstür doppelt ab. Braucht eine Weile dafür, ihre Finger zittern. Ein Rätsel, wie sie es zum Bahnhof geschafft hat.

Sie hat damit gerechnet, dass ihre Eltern bei ihrer Ankunft beide am Gleis stehen würden. Die Mutter leicht angespannt, ungeduldig, der Vater gleichmütig, der Hund an seiner Seite. Stattdessen wartet die Mutter allein mit verschränkten Armen vor dem Bahnwärterhäuschen. Als sie Charlotte entdeckt, kommt sie ihr eilig entgegen, nimmt ihr den Koffer ab mit entschiedener Geste. Läuft los, am Gleis entlang in Richtung des Parkplatzes. Beeil dich, sagt sie. Ich steh im Halteverbot.

Alles beim Alten, denkt Charlotte, als sie vor dem Haus parken. Die halbhohen Häkelgardinen hinter dem Küchenfenster. Der Rechen, mit dem der Vater im Spätsommer das Laub harkt, neben der Tür an die Hauswand gelehnt. Das tiefe, heisere Bellen des Hundes. Leere Kleiderbügel an der Garderobenstange im Flur, eine sichtbare Lücke seit dem Auszug der Töchter. Die statische Ordnung der Töpfe im Küchenschrank: Suppen- und Schnellkochtöpfe über schweren Kasserollen. Nur im Wohnzimmer hat sich etwas verändert, ist das Sofa durch zwei Sessel ersetzt worden. Ein cremefarbener Ohrensessel, vor das Fenster gerückt, eine hellblaue Fleecedecke über der Lehne. Dem gegenüber, vor dem Kamin, ein sperriger, schwarzer Ledersessel, in dem Charlottes Vater sitzt. Als er sie sieht, breitet er die Arme aus. Seine Stimme klingt belegt, wie von etwas gedämpft: Da ist sie ja, unsere verlorene Tochter.

Mit jeder Minute, die sie im Gasthof verbringen, scheint der Geräuschpegel anzuschwellen. Dröhnendes Lachen und überlautes Gerede, als gelte es die Gruppe am Nebentisch zu übertönen. Geruch nach Zwiebeln und gebratenem Speck. Kellnerinnen, die Apfelwein servieren in dickbauchigen Krügen aus blau bemaltem Stein. Inmitten des Lärmteppichs bildet der Tisch, an dem Charlotte mit ihren Eltern sitzt, eine Insel des Schweigens. Die Mutter ist mit dem Zerlegen ihres Hähnchenschenkels beschäftigt. Der Vater schiebt Bratkartoffeln über seinen Teller. Sie selbst stochert stumm im Beilagensalat. Ihr liegt eine Frage auf der Zunge, die sie schließlich auch stellt. Was hast du eigentlich damit gemeint, fragt sie ihren Vater. Was sollte das heißen: Ich praktiziere nicht zurzeit.

Er setzt an, zu antworten, die Mutter kommt ihm zuvor: Kann mir mal jemand das Salz reichen, bitte?

Charlotte schiebt den Salzstreuer über den Tisch. Die Mutter greift danach. Widmet sich mit fast sakralem Gestus dem Würzen des Fleischs. Der Vater sieht zum Stammtisch in der Ecke, an dem Gestalten um einen tief hängenden Lampenschirm sitzen. Apfelwein trinken aus geriffelten Gläsern. Unter ihnen ist auch der Mann, der kurz zuvor an ihren Tisch getreten war. Er hatte den Hut gezogen, sich vorgestellt, doch durch die Lautstärke im Raum konnte Charlotte weder seinen Namen verstehen noch sein Anliegen. Der Mann hatte ihren Vater mit *Herr Doktor* angesprochen, er wollte wohl nachfragen wegen eines Termins. Ich kann Ihnen versichern, hatte der Vater gesagt. Bei einem meiner Kollegen sind Sie in besten Händen. Der Mann hatte sich einen Handrücken an die Wange gehalten, das Gesicht verzogen, Schmerzen simuliert. Ich verstehe, hatte der Vater gesagt, und: Ja, das ist richtig. Ich praktiziere nicht zurzeit. In diesem Moment hatte die Kellnerin gerufen, stand mit dampfenden Tellern am Tisch. Der Mann hatte ein zweites Mal den Hut gehoben, einen guten Hunger gewünscht, einen schönen Abend. Er war zum Tisch in der Ecke zurückgegangen. Hat seither noch einige Male verstohlen zu ihnen hinübergesehen.

Charlottes Vater räuspert sich, er lässt die Gabel sinken. Ich habe mir eine Auszeit genommen. Ich bin, wie soll ich es sagen – erschöpft.

Du hast dich halt übernommen. Die Mutter zuckt mit den Schultern.

Das heißt, du bist wieder krankgeschrieben, fragt Charlotte. Und wie lange schon?

Acht Wochen.

Acht Wochen? Und ihr hattet nicht vor, mir das zu sagen?

Endlich legt auch die Mutter das Besteck beiseite. Großartig. Sie wischt sich grob mit der Serviette über den Mund. Kaum bist du angekommen, schon streiten wir wieder.

Im Auto, während der Rückfahrt, schweigen sie alle drei. Die Mutter schließt das Haus auf, nimmt den Hund an die Leine. Ich dreh noch eine Runde. Sie ruft es fast, obwohl Charlotte und der Vater direkt neben ihr stehen. Fügt, bevor sie die Haustür hinter sich zuzieht, hinzu: Um euch gegenseitig anzuschweigen, braucht ihr mich ja nicht.

Im Bad ist der defekte Duschkopf noch immer nicht ausgetauscht, schießen die Wasserstrahlen in dieselben falschen Richtungen wie vor Jahren.

Charlotte duscht lange. Als sie über den Flur geht, hört sie aus dem Erdgeschoss das Gelärme des Fernsehers. Die gut gelaunte, zynische Stimme des Moderators, eingespieltes oder authentisches Gelächter. Die Mutter muss inzwischen von ihrem Spaziergang zurück sein. Sitzt jetzt vermutlich im Sessel vor dem Fenster, hat sich die hellblaue Decke über die Beine gelegt. Der Vater neben ihr, in reichlichem Abstand. Ihre Eltern, zusammen und doch jeder für sich. Damals wie heute, denkt Charlotte. Nichts hat sich verändert. Alles ist noch da.

XLIV.

Die Maklerin wartet im Hauseingang. Sie trägt eine Handtasche in Form eines Briefumschlags, farbliches Pendant ihrer weinroten Nägel. Offenbar hat sie nicht damit gerechnet, Wolfgang aus Olivers altem Volvo steigen zu sehen. Ihr Blick bleibt am verbeulten Kotflügel hängen, doch schon im nächsten Moment erhellt sich ihr Gesicht, wird jegliche Skepsis überstrahlt von einem Lächeln. Sie drückt Wolfgangs Hand, kurz und viel zu leicht, zückt die Schlüssel. Dann wollen wir mal.

Im sechsten Stock steigt sie vor ihm aus dem Aufzug, tritt in den Flur wie auf eine Bühne. Sieht sich versonnen um nach allen Seiten, als könnte sie schlichtweg nicht anders, als beim Betreten der Wohnung ins Schwärmen zu geraten. Sie muss Wolfgang von nichts mehr überzeugen. Spult dennoch alles noch einmal ab, zitiert aus dem Exposé: die Isolierverglasung der Fenster, das Wannenbad en suite. Sie zählt Vorzüge auf, dreht an Lichtschaltern und Knöpfen. Geht in die Hocke und streicht ehrfürchtig über das Parkett. Legt sich eine Hand wie eine Muschel hinters Ohr. Hören Sie? Nein richtig, Sie hören überhaupt nichts. Kein Wunder, die Jalousien schließen vollkommen lautlos.

Wolfgang fühlt sich an vergangene Flugreisen erinnert, an die Sicherheitseinweisung kurz vor dem Start. Die ritualisierten Handgriffe der Flugbegleiter, routinierte Bewegungen im Gang zwischen den Sitzreihen. Das Anzeigen der Notausgänge mit ausgestrecktem Arm. *Im unwahrscheinlichen Fall eines Druckverlusts fallen Sauerstoffmasken aus den Öffnungen über Ihren Köpfen.*

Die Maklerin beendet ihre Vorführung im Essbereich. Sie hält inne, legt eine Kunstpause ein, bevor sie etwas aus ihrer Tasche hervorholt, hervorzaubert. Kein Kaninchen. Einen silbernen Füller, den sie Wolfgang überreicht wie einen Blumenstrauß. Nachdem er die erforderlichen Papiere unterschrieben hat, begleitet Wolfgang die Maklerin hinaus. Steht mit ihr vor dem Aufzug und wartet, bis sie und ihr Lächeln darin verschwinden. Hinter den Türen, die sich schließen wie ein Vorhang, der fällt.

Dann ist er wieder allein. Steht in einem leeren, kühlen Flur, wie bereits am Vormittag in der Wohnung in Kreuzberg. Er hatte, die Hand an der Klinke, ein letztes Mal zurückgesehen. Dabei an einen Vermerk denken müssen, der an der Universität an den Türen der Seminarräume hängt: *Bitte verlassen Sie diesen Raum, wie Sie ihn vorgefunden haben.* Kurz zuvor hatte er die Matratze abgezogen, das Laken und die Schlüssel auf die Kommode gelegt. Dem Brasilianer eine Nachricht geschrieben auf einen Zettel, den er gleich wieder zerknüllte: *Welcome back.* Mit einem stumpfen Messer hatte er das Kerzenwachs vom Holz des Küchentischs gekratzt. Ich tilge alle Spuren, hatte er gedacht. Ich gehe, wie ich gekommen bin, lasse nichts zurück.

Im Hof saß Jonas vor dem Quergebäude und schob lustlos einen Spielzeugbagger über die Steinplatten. Als er Wolfgang sah, der sich durchs Hoftor zwängte, einen Müllbeutel in jeder Hand, sprang er auf. Wolfgang lächelte, als der Junge ihm das Tor aufhielt. Danke dir. Er warf die beiden Beutel in die Tonnen. Sein Blick wanderte an der Fassade des Hinterhauses hinauf, zielgerichtet zu den Fenstern im dritten Stock. Er musste sich ermahnen, sich daran erinnern: Sie ist nicht da, Wolfgang. Charlotte ist nicht zu Hause. Ihre Wohnung leer, ein hohles Gehäuse. In keinem Moment hätte es leichter für ihn sein können, zu gehen.

Am Samstag erst, vor wenigen Tagen, hatte er Charlottes Wohnung zum ersten Mal betreten. Sie kamen von Mayas Feier. Rannten durch den Regen, von der U-Bahn-Station aus den Hügel hinauf, bis zum Haus und das kurze Stück über den Hof. Sie hatten gelacht, waren beide außer Atem, ein wenig angetrunken vom Sekt vielleicht, nass bis auf die Haut. Plötzlich standen sie vor ihrer Wohnung. Als Wolfgang sich dessen bewusst wurde, erschrak er. Er hatte befürchtet, eine unsichtbare Grenze zu überschreiten. Dass dieser Schritt über ihre Türschwelle, in ihr Privatestes hinein, einer zu viel sein könnte. Charlotte schien seinen Schrecken weder zu bemerken noch zu teilen. Sie zog sich, an die Wand gelehnt, die Schuhe aus. Füllte den Wasserkessel und stellte ihn auf die Herdplatte. Kannst du ihn runternehmen, wenn es pfeift? Ich geh kurz duschen.

Sie verschwand im Bad. Ließ Wolfgang in der Küche zurück wie in der Kulisse einer Fernsehserie, die er über Monate fast obsessiv verfolgt hatte. Alles war da: die rostigen Töpfe über dem Spülbecken, die Lichterkette, die Kräuter. Eine vertrocknete Blume in einer Glasflasche auf dem Tisch. Eine Dahlie. Möglicherweise eine von jenen aus dem Strauß, den er Charlotte vor Wochen geschenkt hatte. Er sah auf die Blüte hinunter, auf die Flasche. Milchflasche, dachte er, Milchglasflasche. Drehte sich um und öffnete den Kühlschrank, in dem tatsächlich eine zweite Flasche stand. Eine identische, halb volle Flasche entrahmter Milch. Zwei Becher Joghurt. Er schloss die Kühlschranktür wieder, war verwirrt. Der Nachhall eines Worts: Laktoseintoleranz.

Im Bad setzte das Wasserrauschen aus und wieder ein. Wolfgang begriff, dass ihm nicht viel Zeit blieb. Er begann, sich umzusehen, nach Spuren zu suchen. Auf dem Küchentisch lag Charlottes Kalender. Eine aufgeschlagene Doppelseite, die er überflog: Termine in Stichpunkten, ausstehende Erledigungen. *Buvette*, konnte er entziffern und einige Seminartitel, auch der seines Kurses, gelb markiert. Und am Montag, jeden Montag, ein kryptisches Kürzel: *Dr. Sz.* Manchmal auch nur: *Sz.*

Es hatte gedonnert, und wie als Teil einer dramatischen Inszenierung erschien Charlotte im Türrahmen. Die Stille nach dem Donnerschlag, durchschnitten von einem Pfeifen. Sie nahm den Kessel vom Herd, goss heißes Wasser in zwei Tassen.

Ich darf nicht krank werden. Meine Schwester heiratet in drei Tagen.

Deine Schwester?

Sie verzog bedauernd das Gesicht. Deutete auf eine Fotografie an einem Reißnagel neben der Küchentür. Eine blonde Frau mit rundem Gesicht, einer Brille, Pony, leicht strähnigen Haaren. Auffallend große Schneidezähne, ein ausdrucksloser Blick.

Du wirkst nicht besonders begeistert von der Hochzeit.

Ach, ich weiß nicht. Sie will es unbedingt.

Wo heiratet deine Schwester denn, in Frankfurt?

In der Nähe.

Und du wirst hinfahren?

Ja, morgen. Morgen früh.

XLV.

Die gesteppte Tagesdecke, eine angenehme Kühle unter Charlottes Oberschenkeln und Handrücken. Sie ist allein im Haus. Ihre Eltern sind zum Mittagessen erneut ins Dorf, in den Gasthof gefahren. Die Mutter hat gemeint, so kurz vor der Hochzeit sei sie viel zu nervös, um selbst zu kochen. Charlotte hat sich nicht in der Lage gefühlt, mitzukommen. Kopfschmerzen, hat sie gesagt, und seitdem liegt sie hier. Auf dem Bett in ihrem Zimmer. Eine Abstellkammer, in der Dinge sich sammeln, für die es keine Verwendung mehr gibt, die wegzuwerfen man sich zugleich aber scheut. Objekte mit potenziellem Erinnerungswert: ihre alten Tagebücher, Jugendromane, Zeichenblöcke. Dicke Bildbände, Renoir, die Impressionisten. Kartons voller CDs, Brel und Piaf. Chansons, zu denen sie als junges Mädchen getanzt hat. Pliés geübt, in ihrem Zimmer und heimlich, vor den verspiegelten Türen des Kleiderschranks.

Am Vormittag hat sie in den Bildbänden geblättert. Es schließlich aufgegeben, den Staub von der Stereoanlage gewischt. Eine CD hineingeschoben, vorgeklickt zu einem der ihr vertrauten Titel. *Milord.* Sie hatte das Lied seit Jahren nicht gehört und konnte den Text dennoch mitsprechen.

Je vous connais, Milord
Vous n'm'avez jamais vue
Je ne suis qu'une fille du port
Qu'une ombre de la rue

Eine Weile hat sie der Melodie gelauscht, in Erwartung eines Gefühls, einer zarten Nostalgie zumindest. Doch nichts – nur ein stumpfes Wiedererkennen der Tonfolgen. Weder die Bilder noch die Musik haben sie mehr berührt. Etwas in ihr angerührt, zutage gefördert, zum Klingen gebracht oder in Schwingung versetzt.

Charlottes Gedanken treiben ab, ziehen weiter und landen früher oder später unweigerlich bei Wolfgang. Ihr kommt es vor, als wüchsen ihre Zweifel mit jedem Mal, da sie an ihn denkt. Zweifel an den vergangenen Wochen, den Nächten in seiner Wohnung, ihren stummen Gesprächen. Dem Reden über Literatur, über Kunst. Stets über das, was sie persönlich nicht betraf. Sie rekapituliert Sätze und Gesten. Spekuliert über mögliche Erwartungen und Empfindungen. Dabei scheitert sie allein schon daran, zu benennen, weshalb sie einander eigentlich sehen. Weil sie in seiner Nähe schlafen kann und er in ihrer schreiben. Charlotte schüttelt den Kopf, sie denkt: Mach dir doch nichts vor. Bis auf die ersten Nächte, in denen sie bei Wolfgang hatte schlafen können, ist sie in seiner Wohnung ebenso schlaflos gewesen wie in ihrer eigenen. Und trotzdem hat irgendetwas sie immer wieder zu ihm hingezogen. Etwas anderes – was? Vielleicht war diese gemeinsame Zeit auch nur ein Puffer. Verzögerung eines sich abzeichnenden Rückfalls. Eine willkommene Ablenkung vor Marie-Christins Hochzeit. Selbstvergewisserung, Zeitvertreib, Trost. Wie auch immer, denkt sie, ich mag ihn. Es ist das erste Mal, dass sie den Gedanken zulässt: Ich mag ihn. Ich hab ihn wirklich gern.

Liebe kann nicht heilen. Dieser Satz plötzlich, von irgendwoher. Und es stimmt, letzten Endes ist es sinnlos. Unmöglich, sich Wolfgang hinzugeben, sich ihm ganz zu öffnen. Wenn überhaupt, geht es nur in kleinen Dosen und bis vor die Grenze, hinter der er sie richtig kennenlernen, sie erkennen und sich – zwangsläufig – von ihr abwenden würde. Wie Amir damals: Ich würde dir so gerne helfen, Charlotte. Es tut mir leid, aber ich weiß einfach nicht, wie. Ich kann nicht mehr, ich hab nicht die Kraft. Charlotte ist sich sicher: Darauf liefe es hinaus.

XLVI.

Und währenddessen Wolfgang. Im spätsommerlichen, fast herbstlichen Berlin. Er steht im offenen Wohn- und Essbereich der neuen Wohnung, vor der Glasfront, die sich über die Längsseite des Raumes zieht. Hält ein leeres Weinglas, das er nicht abstellt in Ermangelung eines Fensterbretts. Am anderen Ende des symmetrischen Zusammenschnitts aus Rasenflächen schießt ein identischer Wohnkomplex in die Höhe. Loftartige Appartements, gestapelte Kuben. Wie Guckkästen, in denen Gestalten ihren abendlichen Verrichtungen nachgehen.

Da ist die ältere Frau, die von ihm aus gesehen schräg links in einem tiefen Ledersessel sitzt. Allem Anschein nach eines jener Möbelstücke, die für Modernität mit Bequemlichkeit zahlen. Sie liest. Blättert in einem Katalog, einer Illustrierten, einer Fachzeitschrift für Innenarchitektur. Nach einer Weile nimmt sie die Lesebrille ab, legt sie neben sich auf die verchromte Lehne. Dreht sich dann um und wirft einen ärgerlichen, beinahe feindseligen Blick durch die Scheibe. Schließt die Jalousien.

Wolfgang rührt sich nicht. Sein Blick wandert weiter zur Wohnung darüber. Ein Mann, den er um wenige Jahre älter schätzt als sich selbst, der sich geschäftig um eine frei stehende Kochinsel herumbewegt. Auch er scheint die Wohnung allein zu bewohnen; ein gut situierter Junggeselle, der offenbar gerade erst von der Arbeit nach Hause gekommen ist. Er trägt noch seine Anzughose, ein weißes, aufgeknöpftes Hemd, hat die Ärmel hochgekrempelt, die Krawatte gelockert. Dampf steigt auf aus mehreren Töpfen. Der Mann gießt schwungvoll Öl in eine Pfanne. Hält die hohle Hand unter einen Löffel, pustet, schmeckt ab.

Wolfgang fühlt sich entkräftet, er setzt sich aufs Sofa. Stellt das Weinglas auf den Couchtisch. Hebt es gleich wieder an. Wischt mit dem Handballen über den Wasserfleck auf der blank polierten Tischplatte. Die Stille in der Wohnung ist irritierend. Er vermisst das Geräusch von Glas; Altglas, das birst im Container im Hof. Gedämpfte Stimmen, Gespräche im Treppenhaus. Türen, die zugeschlagen, und Möbel, die verschoben werden.

Er zwingt sich, an etwas anderes zu denken. Klappt den Laptop auf und öffnet das Dokument seiner Doktorarbeit. Liest nicht wirklich darin, scrollt nur herunter bis zur letzten Seite, dem zuletzt getippten Satz. Minutenlang starrt er auf den blinkenden Cursor. Steht dann auf und schenkt sich ein zweites Glas Wein ein, aber auch das bringt nicht den erhofften erhellenden Gedanken. Wenn Charlotte hier wäre, denkt er, könnte ich arbeiten. Er versucht sich auszumalen, wie sie aus dem Aufzug steigen, das Wohnzimmer betreten, sich darin umsehen würde. Appelliert an seine Vorstellungskraft, doch die Bilder entwischen ihm, werden verdrängt von anderen.

Es wäre leicht, eine Liste zu schreiben. Eine Liste all der Rätsel, die Charlotte umgeben, der Mutmaßungen und unbeantworteten Fragen. Dass er oftmals gespürt hat, wie sie seine Nähe suchte, und dass sie dann wiederum so abweisend sein kann, so unnahbar, so kühl. Dass sie ihn anlügt. Ihm ihre Zeichnungen nicht zeigen will. Das Zeichnen anscheinend ganz aufgegeben hat. Dass sie sich mit einer Reihe von Männern trifft, sich fremde Namen gibt, behauptet, eine andere zu sein. Wolfgang denkt an den Mann in ihrer Küche, den Mann am Fluss. Und an diese Notiz, an dieses Kürzel in ihrem Kalender: *Sz. Dr. Sz.* Dass sie krank sein könnte. Eine Vermutung, vage Ahnung, die ihn schon seit Längerem begleitet. Er erinnert sich, wie Charlotte in einer Nacht das Shirt im Schlaf ein Stück nach oben gerutscht war. Wie er die Flecken an ihrem Bauch gesehen hat, Maserungen, ähnlich der Fellzeichnung am Hals einer Giraffe.

Sie scheint zudem eine gewisse Abneigung zu hegen gegen seine Herkunft, gegen Süddeutschland. Vor einigen Wochen hat er sie gefragt, ob sie Lust hätte, ihn im Oktober zu begleiten. Nach München, zur Abgabe der Dissertation. Er hatte es halb ironisch gefragt, halb ernst: Ich bin mir sicher, es würde dir gefallen. Es ist ganz malerisch, es gibt Berge und Seen.

Doch Charlotte hatte das Angebot ausgeschlagen, mit einer Vehemenz, die Wolfgang überraschte. Nein danke, wirklich nicht. Von Seen und Bergen hab ich erst mal genug.

XLVII.

Die Erinnerungen an den Tag der Hochzeit, die Trauung und alles Weitere sind diffus, fragmentarisch: das Läuten der Kirchenglocken, ohrenbetäubend. Die Gewissheit über das Anstehende, das längst nicht mehr zu verhindern ist, ein Vollzug. Sebastian mit roten Ohren und verschränkten Fingern vor dem Altar, ein Schuljunge vor der Prüfung. Die einsetzende Orgelmusik und dann, so greifbar plötzlich: Marie-Christin am Arm des Vaters. Der Brautschleier, der in ihrem Rücken über die Stuhllehne fällt. Der schwache Impuls, diesen Schleier zu zeichnen; den Moment zu bannen, den Augenblick davor. Das Jawort, der Kuss, ein zweifelhafter Segen. Das schiefe Herz, aus einem Bettlaken geschnitten, durch das Marie-Christin von Sebastian getragen wird, unter sichtbarer Anstrengung, mit zusammengebissenen Zähnen. Danach ist es geschafft: Hoch lebe das Brautpaar! Blütenblätter, erst verstreut und dann zertreten. Rot glänzende Luftballons, die über ihren Köpfen davonschweben in Richtung eines blauen, gänzlich ungerührten Himmels.

Zwei Gläser Sekt, ein Prickeln auf der Zunge. Das Ausharren an Stehtischen, während Bräutigam und Braut mit dem Fotografen verschwunden sind. Die Mutter legt das Telefon beiseite. Das sei die Besitzerin der Pension gewesen. Das Zimmer sei fertig, hergerichtet.

Das Zimmer?

Die Mutter nickt. Für die Hochzeitsnacht.

Ein unfreiwilliges Schaudern beim bloßen Gedanken und die Mutter, der Charlottes Gänsehaut nicht entgeht: Ich hab's dir heute Morgen gesagt, es wird kühler später. Es wäre besser gewesen, noch eine Jacke mitzunehmen.

Gedeckte Tische im Gewölbekeller. Platzkärtchen, Serviettenringe. Eine Messerklinge, die gegen ein Glas schlägt, bis auch das letzte Gespräch verstummt. Charlotte horcht auf. Sie muss jetzt aufpassen, wachsam sein, um den Vater im Zweifel vor dem Fallen zu bewahren. Ist sie die Einzige, die bemerkt, wie labil er ist? Welche Kraft, welche Überwindung ihn all das kostet, wie sehr er sich zusammenreißt. Der Vater erhebt sich. Er trägt sein Sakko wie einen Schutzanzug. Zieht ein gefaltetes Blatt aus der Innentasche hervor.

Diese Geschichte also, diese Anekdote. Der Vater bewegt sich damit auf sicherem Terrain. Es ist eine

Geschichte, die er schon hundert Mal erzählt hat, die er im Schlaf aufsagen könnte, in- und auswendig kennt. Er beginnt mit dem Kennenlernen des Brautpaars. Der Schwiegersohn und die älteste Tochter, die einander mit sechzehn im Schulchor begegnet sind. Sich wohl Blicke zugeworfen haben; erst kurze, scheue, dann immer längere Blicke über die Notenständer, den Kopf des Dirigenten hinweg. Drei Meter Luftlinie zwischen Bariton und erstem Sopran. Davon ausgehend leitet er über zur Geschichte einer weiteren ersten Begegnung. Langsam, Papa, denkt Charlotte. Satz für Satz. 1986, das stürmische Frühjahr, das Rezept, handgeschrieben. So weit, so gut. Auftritt der Mutter, die in die Praxis gestürmt sei, getobt und die Sprechstundenhilfe angeschrien habe.

Angeschrien, ruft die Mutter, sie beherrscht ihren Text. Das Beiseitelegen der Spritze, die Einladung auf ein Glas Wein. Der Vater hält inne. Sämtliche Augenpaare sind auf ihn gerichtet, alle schweigen, alle warten. Auf ein schlüssiges, rundes Ende, eine Pointe. Er sieht auf das Papier in seiner Hand. Noch könnte man es für eine Kunstpause halten, für ein notgedrungenes Innehalten, um sich zu sammeln, aufkommende Emotionen in Schach zu halten. Er sieht hoch, sieht sich Hilfe suchend um. Charlotte bewegt die Lippen, souffliert, so gut sie kann. Ihr Vater hält Blickkontakt, während er es ausspricht, mit erstaunlich fester Stimme: Und der Rest ist Geschichte.

Ein Klatschen, Aufatmen. Der Vater setzt sich wieder. Er hat es hinter sich gebracht, überstanden, es ist vorbei.

Farbige Lichtpunkte, die stumpf um sich selbst kreisen, in immer gleichen Bahnen über die Backsteinwände ziehen. Charlotte steht an der Tanzfläche, sieht den Tanzenden zu. Ihren Großtanten, die unbekümmert die breiten Hüften wiegen mit gespitzten Mündern, angelegten Armen.

Sebastians Vater nimmt sie erst wahr, als er sie anspricht. Marie-Christin hat erzählt, du arbeitest in einer Weinbar. Er lässt ihr keine Chance, zu reagieren. Spricht ungefragt einfach weiter, referiert. Über Anbaugebiete, Jahrgänge, Rebsorten. Ein Versuch vielleicht, Charlotte für sich einzunehmen, eine gemeinsame Ebene zwischen ihnen zu etablieren. Schließlich fällt sie ihm ins Wort: Wussten Sie übrigens, dass auf maghrebinischen Hochzeiten vor allem Süßes gegessen wird? Couscous, mit Rosinen und Pflaumen gekocht, der so süß sein soll wie die Zukunft des Brautpaars.

Dann wendet sie sich ab. Lässt Sebastians Vater stehen und eilt mit großen Schritten dem Ausgang entgegen. Getrieben vom nicht mehr zu ignorierenden Bedürfnis, allein zu sein, frische Luft zu atmen.

Vor dem Weingut ist es angenehm kühl. Charlotte läuft durch den Garten, das Tor. Erst dahinter, auf dem Sandweg vor den Hängen, bleibt sie stehen.

Schnurgerade Weinstöcke bis hinunter zum Fluss. Sie zieht das Telefon aus der Rocktasche, wählt Wolfgangs Nummer. Doch schon beim ersten Freizeichen legt sie wieder auf. Nicht, weil sie fürchtet, dass er den Anruf annimmt, sondern um sich selbst davon abzuhalten, etwas auszusprechen, das sie im Nachhinein bereuen würde: Wo bist du, es ist fürchterlich, kannst du kommen, ich vermisse dich.

Es dauert, bis es ihr gelingt, die Zigarette anzuzünden. Ihre Hände zittern, und erst nach einigen Zügen bemerkt sie den Mann. Eine gebückte Gestalt, die zu ihrer Linken vor den Reben steht. Etwas schießt zwischen den Weinstöcken hervor. Charlotte erschrickt, dann erkennt sie den Hund. Sie geht in die Hocke, streicht ihm über den Kopf, spürt seine Zunge, rau und nass, an ihrer Handfläche. Hinter dem Hund tritt der Vater aus dem Schatten.

Er musste mal raus, sagt er, als müsste er sich rechtfertigen, sich entschuldigen, weil er die Feier vorübergehend verlassen hat.

Charlotte sagt nichts dazu, richtet sich auf. Eine Weile stehen sie so beieinander, sehen beide schweigend den Hügel hinab. Auf die starren Lichter der Straßenlaternen und die bewegten der Boote, der Autos auf der Landstraße.

Möchtest du eine?

Sie hält dem Vater das Zigarettenpäckchen hin. Zieht den Arm wieder zurück, als er erwartungsgemäß den Kopf schüttelt. Aber kurz darauf sieht er noch mal herüber. Beobachtet sie verstohlen dabei, wie sie den Rauch tief einatmet, lange ausstößt.

Einen Zug würde ich vielleicht doch nehmen. Einen nur. Zur Feier des Tages.

Sie reicht ihm wortlos die Zigarette. Der Vater raucht sie auf. Drückt den Stummel mit der Spitze seines Schuhs auf dem Sandweg aus, mit übertriebener Sorgfalt.

Keine gute Idee, heute ein Feuer zu legen.

Charlotte wendet den Kopf, überrascht. War das eben ein halber Scherz, die Andeutung eines Lächelns in seinem Gesicht? Sie ist sich nicht sicher: ein flüchtiges vielleicht. Noch zögert sie, die Frage zu stellen, die sie seit ihrer Ankunft mit sich herumträgt. Wenn ich sie nicht jetzt stelle, denkt sie, dann nie.

Es ist wieder schlimmer geworden – oder?

Der Vater seufzt ergeben. Verfällt in ein Schweigen, das so lange andauert, dass Charlotte sich bereits damit abfindet, keine Antwort mehr zu erhalten.

Es hat da diesen Moment gegeben, sagt der Vater, dann doch. Er spricht im Tonfall eines Märchenerzählers, als sei das, was er eigentlich sagen wolle: Es war einmal. Es sei, sagt er, an einem Nachmittag passiert, an dem er wie gewöhnlich in der Praxis und gerade dabei gewesen sei, eine Krone einzusetzen. Am Morgen sei sie aus dem Labor gekommen.

Ein unversehrter, dem Backenzahn der Patientin millimetergetreu nachempfundener Aufsatz. Eine zahnprothetische Meisterleistung, ein Unikat. Dabei sei der Austausch gar nicht notwendig gewesen. Die Patientin habe sich lediglich daran gestört, dass die Färbung der alten Krone ihrer natürlichen Zahnfarbe nicht exakt entsprach. Und also habe er, ihrem ausdrücklichen Wunsch folgend, eine Neuanfertigung in Auftrag gegeben; die Herstellung einer Vollkeramikkrone in einem mit bloßem Auge kaum wahrnehmbar helleren Weiß. Er habe den Eingriff regulär vorbereitet, den Zahnstumpf der Frau erst betäubt und dann abgeschliffen, Zement angemischt, die Hülse eingesetzt. Und während er diese Handgriffe ausgeführt habe, dieselben wie schon etliche Male zuvor, habe er sich gefragt, was er da tue. Es klinge zunächst vielleicht harmlos, lapidar, doch habe es sich nicht um eine jener Fragen gehandelt, die nach einer Weile unbeantwortet weiterziehen, die früher oder später ganz von selbst wieder verschwinden. Wie einbetoniert habe sie im Raum gestanden, eingeschrieben in diesen Nachmittag, nicht zu ignorieren. Genau genommen sei es gar keine Frage gewesen, eine Feststellung eher, eine Anklage: Was zur Hölle tust du da. Und da, sagt der Vater, habe er erkannt, oder vielmehr: habe sich ihm die Tatsache aufgedrängt, dass ihm das alles – die Praxis, die Frau, ihr Backenzahn und die Krone – vollständig egal sei. Er habe noch weitergedacht, eine Ebene darüber: dass er dieser Arbeit seit nunmehr dreißig Jahren nachging. Dreißig Jahre, die er mit ähnlichen Nichtigkeiten vergeudet habe, und dass es so wohl auch weitergehen würde, einige Jahre noch, bis zur Rente, bis zum Schluss. Er habe, er könne es sich selbst nicht erklären, in diesem Moment auch an den Hund denken müssen, und dass er ihn, höchstwahrscheinlich jedenfalls, überleben würde. Der Gedanke daran, den Hund zu begraben, das Bild seines erschlafften Körpers in einer Grube, habe ihn auf eine Weise gelähmt, die es ihm unmöglich gemacht habe, mit seiner Arbeit fortzufahren. Und weil auch ein baldiges Ende dieser Erstarrung, einer vorerst inneren Starre, nicht absehbar gewesen sei, habe er die Instrumente beiseitegelegt und seine Assistentin davon in Kenntnis gesetzt, dass er fertig sei für heute, dass er Feierabend machen werde. Ob sie so freundlich sein könne, im Wartezimmer Bescheid zu geben. Alle weiteren Termine seien abgesagt. Und seitdem bin ich nicht mehr dort gewesen. In der Praxis.

Er verstummt. Charlotte weiß nichts zu sagen. Ihr fällt beim besten Willen nichts ein, was sie darauf erwidern könnte, aber ohnehin ist es ihr Vater, der als Erster wieder spricht.

Weißt du, als ich dich damals in die Klinik gebracht habe. Als ich dann wieder gefahren bin, das war – Das war wie eine Flucht. So, als sei ich der eigentliche Patient. Derjenige von uns, der hätte bleiben müssen. Der zumindest *auch* hätte dort bleiben müssen. Aber ich habe eben – Ich hätte nicht – Tja.

Er seufzt, verschränkt die Arme vor der Brust. Etwas deutlich Gequältes liegt in seinem Blick.

Du musst dir helfen lassen, Papa.

Lässt du dir denn helfen?

Es klingt nicht beleidigt, nicht wie eine Frage als Abwehr, als Gegenangriff, sondern ehrlich besorgt. Charlotte nickt. Sie denkt an Doktor Szabó. Ja, sagt sie. Ich lasse mir helfen. Du musst dir keine Sorgen machen, wirklich. Mir geht's gut.

XLVIII.

Im September fliegt Wolfgang zu Geisslers Tagung nach Zürich. Seine Vorfreude hält sich in Grenzen, aber zumindest gibt die Reise ihm Gelegenheit, Berlin eine Weile den Rücken zu kehren. Im Flugzeug sitzt er am Gang neben Thea, die, seit sie einander in der Wartehalle des Flughafens begegnet sind, noch kaum ein Wort gesagt hat. Stoisch in einem Buch liest.

Was liest du denn da?

Thea dreht den Einband des Buches so, dass Wolfgang den Titel erkennen kann. Rilke natürlich, *Sonette an Orpheus*. Das Spätwerk, sagt sie. Vermutlich nicht dein Geschmack.

Wie immer gibt es diesen Moment beim Start. Wenn die Maschine anrollt, beschleunigt bis zu einer Geschwindigkeit, bei der es ein für alle Mal nicht mehr möglich ist, zu stoppen. Die Schwelle, hinter der es, sobald sie einmal überschritten wurde, nur noch eine denkbare Richtung gibt: nach oben.

Und wenn man auch sein Leben so führen könnte, denkt Wolfgang. Radikal und kompromisslos vorwärtsgerichtet. Ohne ständig mit Vergangenem zu hadern, zu bereuen, zu hinterfragen. Ohne überhaupt zurückzusehen.

Am Abend essen sie im Speisesaal des Seminarzentrums. Gedünstete Forelle mit Reis und grünen Bohnen. Am Nebentisch sitzen Nonnen vor Tellern dünner Suppe, die sie zu löffeln beginnen nach einem ausgedehnten Tischgebet, mit gleichförmigen Bewegungen, vornübergebeugt und stumm. Eine von ihnen, eine besonders alte, streng wirkende Nonne hebt mehrmals den Blick. Wolfgang kann sich des Eindrucks nicht erwehren, dass sie gerade ihn fixiert, dass sie ihn mustert. Er meint, in ihrem Blick etwas zu lesen. Eine Schuldzuweisung, die er unangefochten auf sich nimmt, wenngleich er nicht sicher ist, was die Nonne ihm vorwirft. Die simple Tatsache, dass er Teil dieser Tischgemeinschaft ist, die Fisch isst an einem Montag, frevelhafterweise. Noch dazu mit sichtbar geteilter Aufmerksamkeit, in lautstarke, lebhafte Gespräche verstrickt, die quer über den Tisch geführt werden und sich ausschließlich um Weltliches drehen, um Akademisches: Gremienarbeit, Forschungsgelder, befristete Verträge.

Einige einleitende Reden und im Neonlicht des Konferenzraums geleerte Gläser Weißwein später kehrt Wolfgang mit Kopfschmerzen in sein Zimmer zurück. Sieht erst jetzt, dass Charlotte versucht hat, ihn anzurufen. Sie hat ihm eine Nachricht hinterlassen: Einatmen, Stille, noch ein Atmen und Schluss. Auf dem Bett liegend, mit Blick auf das Kruzifix über der Zimmertür, hört er sich immer wieder dieses Atmen an. Muss dabei an einen Satz denken, den Geissler zu ihm gesagt hat. Während des Vorstellungsgesprächs, ihrer ersten Begegnung. Der Professor hatte Wolfgangs Lebenslauf überflogen, die Titel seiner Abschlussarbeiten verlesen. Die Diplomarbeit zu Goethes *Wilhelm Meisters Lehrjahre*. Geissler hatte sich ausgiebig am Kinn gekratzt, einen Zeigefinger über die Lippen gelegt; vermutlich, um so eine Regung zu verbergen, ein Zucken seiner Mundwinkel, einen spöttischen Zug. Er hatte die Mappe geschlossen und von sich geschoben. Ein Germanist der alten Schule, was, hatte er gesagt, es klang eher wie eine Feststellung denn wie eine Frage. Kann sein, denkt Wolfgang, vielleicht bin ich das tatsächlich: ein Literaturwissenschaftler und auch ein Liebender der alten Schule. Ein Liebender. Dem Gedanken folgt kein greifbares Gefühl. Dafür eine Müdigkeit, die über ihm zusammenschlägt, ihn fortspült ins Dunkel eines traumlosen Schlafs.

XLIX.

Doktor Szabó hat ein Veilchen. Als er Charlotte öffnet, ist sein linkes Augenlid eindrücklich angeschwollen und violett verfärbt. Er ist angeschlagen, denkt sie, im wahrsten Sinn des Wortes. Im ersten Moment ist sie darüber so perplex, dass ihr die Worte fehlen für eine Begrüßung. Doktor Szabó scheint es ihr nicht übel zu nehmen. Er lächelt nachsichtig, hält Charlotte die Tür auf.

Auch die Praxis ist in einem katastrophalen Zustand. Das Regal leer geräumt, und die Bücher verteilen sich über den Teppich, die Fensterbänke, den Boden, den Tisch. Es sieht so aus, als hätte Doktor Szabó etwas gesucht, fieberhaft, in jedem erdenklichen Winkel des Raumes. Zugleich wirkt er schon nicht mehr so zerstreut. In sich ruhend, auf alarmierende Weise besänftigt. Als bestünde ein Zusammenhang, eine Art Wechselwirkung zwischen seinem Innenleben und dem Zustand der Praxis. Als werde er umso ausgeglichener, je tiefer seine Umgebung im Chaos versinkt. Er nimmt einen Bücherstapel von der Sitzfläche des Korbstuhls. Setzt sich, legt die Bücher vor sich auf den Tisch. Keine Fachliteratur, Romane. Miłosz und Kertész. Julia Kristeva. Eine zerfledderte Ausgabe des *Totenschiffs* von Traven. Er wartet, bis auch Charlotte sich gesetzt hat. Dann fragt er nach der Hochzeit.

Sie sagt: Ich war krank. Zuckt mit den Schultern, als gäbe es dazu nicht mehr zu sagen. Und doch wünscht sich ein Teil von ihr, ein kleiner zumindest, dass Doktor Szabó es nicht dabei belässt. Dass er ihr ansieht, wie dünnhäutig und verletzlich sie sich fühlt, das Ausmaß erkennt und noch einmal nachhakt. Fragt, wie man ein schmollendes Kind fragen würde: Charlotte. Und wo liegt denn nun *wirklich* das Problem?

Aber er gibt sich mit dieser Antwort zufrieden. Möglicherweise befürchtet er, dass er beim Thema Krankheit gezwungen wäre, auch die eigenen Blessuren zu kommentieren: Nun, wie Sie sehen, habe auch ich die vergangene Woche nicht gänzlich unbeschadet überstanden.

Charlotte weiß, dass sie von sich aus darauf zu sprechen kommen könnte. Auf das Zittern, die sich verdichtenden Schatten. Den Knoten, der mit jedem Tag heftiger pulsiert, in ihrer Brust mäandert und sich zusammenschnürt, ihr die Luft nimmt, den Schlaf, die Farben, das Licht. Doch sie spricht nichts von alldem aus, sie verschweigt das. Teilweise auch aus Rücksichtnahme. Aus dem Impuls, Doktor Szabó schonen zu müssen. Er hat unverkennbar selbst genug Probleme. Es scheint handfeste Komplikationen in seinem Leben zu geben, die es zu bewältigen, denen es sich ebenso zu stellen gilt.

Sie bemüht sich um einen klaren Gedanken. Doktor Szabó sitzt ihr gegenüber, er lächelt, hat die Handflächen auf den Knien abgelegt. Das Notizbuch ist nirgends zu sehen. Gut möglich, dass es in der Unordnung verloren gegangen ist. Oder aber er hält es für ehrlicher, von vornherein darauf zu verzichten, anstatt nur vorzugeben, dass er mitschreibt, notiert. Schließlich fällt ihr wieder ein, wovon sie ihm erzählen wollte: von der Geburtstagsfeier, von Maya. Davon, wie sie in der Kommode in Wolfgangs Wohnung den Strampelanzug entdeckt hat. Rosafarben, mit kleinen weißen Segelbooten bedruckt. Sie hatte geglaubt, auf etwas gestoßen zu sein. Sein Kind, hatte sie gedacht, eine verheimlichte Tochter. War fast enttäuscht, als Wolfgang ihr erklärte, dass der Anzug Teil eines Geschenks sei. Mein Patenkind wird ein Jahr alt diese Woche. Die Feier ist am Samstag. Möchtest du nicht mitkommen?

Charlotte hatte weinen müssen, als sie Maya im Arm hielt. Tränen der Freude, der Rührung, aber auch Tränen als Ausdruck einer vorgegriffenen Traurigkeit bei der Vorstellung, in ihrem eigenen Leben werde all das keine Rolle spielen.

Sie selbst werde nie mit ihrem Kind im Park sitzen, ihm niemals auch einen Geburtstagskuchen backen, geschweige denn ein Stück davon essen. Es war das erste Mal, dass sie so empfand. Dass sie die physische Unmöglichkeit, ein Kind zu bekommen, nicht mehr als Nebensächlichkeit betrachtete, etwas letztlich doch Hinnehmbares, sondern als erhebliche Beschränkung, einen schmerzlichen Verlust.

Bevor sie die Erkenntnis mit Doktor Szabó teilt, wandert ihr Blick zum Rand des Regals. Sucht dort wie üblich nach der Figur, dem Pferd aus Holz mit den glühenden Augen. Rote Punkte wie Rücklichter, die Orientierung bieten, auch in schwärzester Dunkelheit. Doktor Szabó bemerkt Charlottes bestürzten Blick und deutet ihn richtig. Ich hab es verschenkt, sagt er. Ist das schlimm? Sein Mundwinkel zuckt, das gesunde Auge blitzt heiter. Wenn ich mich nicht irre, ist es doch nicht das erste Pferd, das aus Ihrem Leben verschwindet.

Es dauert einen Augenblick, bis der Groschen fällt. Ihr kommt es vor, als seien Jahre vergangen, seit sie Doktor Szabó davon erzählt hat. Von dem Bild des bunten Pferdes, mit dem sie damals diesen Preis gewann und das seither tatsächlich nicht wiederaufgetaucht, das verschwunden geblieben ist bis zum heutigen Tag.

Aber mehr noch als das Verschwinden der Figur irritiert sie etwas anderes, das sie kurz darauf bemerkt. Als Doktor Szabó, weil sie nach wie vor schweigt, aufsteht und über mehrere Bücherstapel steigt. Sich vorkämpft zum Segment des Regals, in dem vor zwei Wochen noch die Notizbücher standen in ordentlichen, lückenlosen Reihen. Jetzt liegen sie nur noch vereinzelt auf den Brettern, umgekippt oder aufgeschlagen, die Seiten geknickt, nach oben gekehrt wie klaffende Wunden. Dazwischen die Tasse. Nicht Doktor Szabós Teetasse, die er in diesem Moment von einem Bücherstapel nimmt. Eine zweite Tasse, die offensichtlich ein anderer benutzt hat, eine andere vielmehr. Ein Lippenstiftabdruck am oberen Tassenrand, deutlich zu erkennen, kirschrot auf weiß.

Charlotte wird sich staunend darüber bewusst, dass sie sich nie gefragt hat, ob Doktor Szabó in einer Beziehung lebt, ob er eine Freundin hat, vielleicht erwachsene Kinder. Aus dieser Tasse könnte seine Ehefrau getrunken haben, ebenso gut eine andere Patientin, eine Geliebte. So oder so. Sie ist sich sicher, dass diese Frau kurz vor ihr selbst in der Praxis war. Dass sie für deren Zustand maßgeblich verantwortlich ist und dass auch sie es war, die Doktor Szabó das Veilchen verpasst hat.

Passend zu dem Chaos, das sie umgibt, erzählt Charlotte ohne erkennbaren Zusammenhang. Lückenhaft, konfus, dennoch halbwegs chronologisch. Der Ausdruck *sich um Kopf und Kragen reden* kommt ihr in den Sinn. Sie spricht schnell, springt von einer Erinnerung zur nächsten. Überschüttet Doktor Szabó mit einer Welle loser Details und hofft, dass eines darunter ist, auf das er reagiert. Eine Begebenheit, die so abwegig ist, so schockierend, dass sie es vermag, ihn aus seiner Reserve zu locken.

Sie erzählt, wie sie sich während der Skifreizeit in der achten Klasse das linke Handgelenk gebrochen hat. Vor dem Skilift anstand und ihre Hand, so fest sie konnte, gegen die Hausmauer schlug. Der Schmerz kam jäh, war größer als gedacht, und doch hätte Charlotte es wieder getan. War sie erleichtert, allein sein zu können. Mit eingegipstem Arm in der Pension bleiben zu dürfen.

Die stetig wachsende Liste der Ausreden, auf die sie mit den Jahren immer häufiger zurückgreift. Wann immer sie eine Geburtstagsfeier absagt, ein Grillfest, einen Barabend, einen Kinobesuch. Nicht weil sie grundsätzlich keine Lust darauf hätte, sondern weil sie sich unter keinen denkbaren Umständen in der Lage sieht, unter Menschen zu gehen. Lügen, von denen sie bereits als Grundschülerin Gebrauch macht. Wenn etwa eine Freundin bei ihr übernachtet und fragt, wo denn eigentlich ihr Vater sei. Warum er nicht mit ihnen zu Abend esse. Wahrscheinlich schläft er schon, er hat Frühschicht morgen, er muss um fünf Uhr dreißig aufstehen. Er ist erkältet, er muss arbeiten. Er hat keinen Appetit.

Die Weigerung, Amir nach einer Mahlzeit zu küssen. Diese Angst, sie könnte während des Kusses etwas verschlucken. Ein Reiskorn, ein Stück Blätterteig, den Splitter einer Nuss, der ihm noch zwischen den Zähnen steckte.

Wie sie begonnen hat, von Essen zu träumen. Von Nudeln in Sahnesoße und Buttercremetorten, all den köstlichen Dingen, die sie sich konsequent versagte. Nachts, wenn das nagende Gefühl in ihrem Magen sie nicht schlafen ließ, war Charlotte in die Küche geschlichen. Hatte Wasser aus dem Hahn getrunken, Eiswürfel gelutscht. Bis ihr Magen bis zum Anschlag mit Wasser gefüllt war, die Bauchdecke spannte und sie sich kurz – bis sie eingeschlafen war, wenn sie Glück hatte – einbilden konnte, ihr Hunger sei gestillt.

Das zwanghafte Kontrollieren bestimmter Körperteile: Ist eine Lücke sichtbar zwischen den Oberschenkeln? Lassen beide Oberarme sich mühelos umfassen, mit Daumen und Zeigefinger der jeweils anderen Hand? Das Herz, das flattert, wenn dieses Umfassen nicht gelingt. Panisches, grobes Zusammenschieben der Hautlappen, bis die Fingerspitzen einander, wenigstens gerade so, berühren. Die sichere, wenn auch rational nicht zu begründende Gewissheit, falsch zu sein, immer und überall zu viel. Das Paradox: verschwinden, um gesehen zu werden.

Selbstverstümmelung, hat die Psychologin in der Klinik es genannt. Sie hatte noch weitere Namen für Charlottes Kondition parat, ein ganzes Repertoire an Umschreibungen und Fachausdrücken: ein selbst induzierter, physischer Auszehrungsprozess. Übertriebene Askese. Suizid auf Raten.

Das eigenmächtige Absetzen der Medikamente. Kein schrittweises Ausschleichen, sanftes Reduzieren. Von heute auf morgen. Von dreißig Milligramm auf null.

Der Italiener, dem sie mit Johannes begegnet war, während einiger gemeinsam verbrachter Tage in Florenz. Er hatte vor einem Brückenpfeiler gesessen, Charlotte angesehen, die Hand mehrmals zum Mund geführt. Mangiare, hatte er gerufen, und natürlich hatte Johannes das nicht ignorieren können. War er stehen geblieben und hatte begonnen, auf den Mann einzureden. Ihm zu erklären versucht, dass sie ihm nichts zu essen kaufen könnten. Dass sie beide studierten, selbst nur wenig Geld hätten. Im Gegensatz zu ihr hatte er nicht verstanden, dass der Ausruf des Italieners keine Klage gewesen war, keine Bitte, sondern eine ärgerliche Aufforderung. Ein empörter, an Charlotte gerichteter Appell.

Sie beendet ihren atemlosen Redeschwall, indem sie von Marie-Christin erzählt. Davon, dass ihre Schwester und – sie stockt – ihr Mann die Flitterwochen in der Schweiz verbringen würden. In einem Wellnesshotel in den Tiroler Bergen mit Saunalandschaft, Kneippbecken und geführten Wanderungen zu den umliegenden Aussichtspunkten und Seen. Eine Pauschalreise. Charlotte schüttelt den Kopf. Wenn das nicht schockierend ist, denkt sie, was dann?

Danach ist es so weit: Sie verstummt. Ihre Depots an Bildern sind restlos erschöpft. Sie ist in der Gegenwart angekommen, sogar in der Zukunft. Die Stille in der Praxis ist absolut, greifbar. Nur ein leises Ticken ist zu hören. Das Ticken der Uhr auf dem Sekretär, die der einzige Gegenstand im Raum zu sein scheint, der sich noch am gewohnten, ihm angestammten Platz befindet. Doktor Szabó schweigt lange, dann räuspert er sich.

Ach ja, sagt er, bevor ich es vergesse: Ich werde auch verreisen, ich werde wegfahren, eine Weile.

Sie wartet, dass er dem noch etwas hinzufügt, etwas Klärendes, Tröstliches, doch er lässt es so stehen. Erwartet vielleicht gleichermaßen eine Reaktion. Schließlich gelingt es ihr, etwas hervorzupressen, ein Aha, ein Okay. Dann schweigt sie erneut. Sieht zu Doktor Szabó und folgt seinem Blick hin zum Sekretär, auf die Uhr. Fünf vor sechs. Mit jeder Sekunde, die verstreicht, scheint das Ticken der Zeiger lauter zu werden.

Charlotte, sagt er, freundlich, aber bestimmt. Es wird Zeit. Sie dürfen jetzt gehen.

Es wird Zeit. Wie der Verweis auf etwas Künftiges, Kommendes. So, als ginge Doktor Szabó davon aus, das Entscheidende werde sich später ereignen. Im Anschluss an diese Sitzung. Irgendwann später. Als sei von nun an alles wieder offen. Als stünden alle Uhren vorerst wieder auf null.

L.

Zurück in Berlin, verdichtet sich Wolfgangs beständiges Denken an Charlotte zu Träumen. Sätze, mit fremder Stimme gesprochen, verflochten mit abstrakten, zerschossenen Bildern. Gustavs Kopf, schwebend im luftleeren Raum. Sein Gesicht, das größer wird, unaufhaltsam näher rückt und mit ihm die Enttäuschung darin. Ein überdimensionaler Mund, der sich öffnet. Gustav, der ansetzt, etwas zu sagen, doch bevor es dazu kommt, wird er mitgerissen, eingesogen von einem Strudel grauweißer Schlieren. Szenenwechsel. Eine dunkelhaarige Prostituierte, die gekrümmt und rauchend auf einem Bordstein sitzt. Vor unverputztem Beton, offen stehenden Türen. Dem Eingang eines Bordells, einer Konzerthalle, eines Clubs. Sie hat Wolfgang den Rücken zugewandt, der nackt ist, entblößt vom tiefen Ausschnitt ihres Kleides. Weint bitterlich, die blassen Schultern beben. Er möchte sie ansprechen, ihr Hilfe anbieten, ein Taschentuch zumindest, da dreht sie sich um. Und obwohl ihr Gesicht stark entstellt ist, verzerrt, die Wimperntusche um die mandelförmigen Augen verlaufen, besteht kein Zweifel, erkennt er Thea sofort. Ein doppeltes Erkennen. Thea springt auf. Sie tobt, schreit stumme Anklagen, Flüche, Verwünschungen. Wirft ihre glühende Zigarette nach ihm, die er erst da, erst im Flug, als Zigarre erkennt. Die Zigarre trifft ihn mitten auf die Brust. Hinterlässt einen Fleck anstelle eines Brandmals, der sich rasch ausbreitet, zerfasert in leuchtenden Farben. Wolfgang ergibt sich, er kippt um wie ein Zinnsoldat. Liegt auf einer Blumenwiese, liegt in einem Sarg. Als er den Sargdeckel öffnet, sieht er neben dem Grabstein Maya sitzen. Vor ihr das Holzbrett. Die Tiere vom Bauernhof, über den Kiesweg verstreut. In einer der Figuren erkennt er sich selbst. Die Konturen seines Körpers, ausgestanzt im Holz. Eine Weile beobachtet er Maya bei ihren Bemühungen, ihn in das Brett einzusetzen. Es gelingt nicht. Die Figur passt in keines der Felder, weder in das des Esels noch in das des Hahns. Es hat keinen Zweck, es gibt keinen Platz für sie. Auch Maya scheint das schlussendlich zu begreifen. Sie beginnt zu weinen, lässt Wolfgang einfach fallen. Über ihr Schreien legt sich die Stimme des Doktorvaters: Und vergessen Sie mir ja – Er fällt tatsächlich. Versucht, sich festzuhalten, vergeblich, ein Greifen ins Nichts. Aufprall, Schwindel. Jähes Erschrecken. Wolfgang denkt: Charlotte. Setzt sich auf und ist hellwach. Lange noch vor den ersten Rufen der Vögel, einem grau und kalt hereinbrechenden Morgen.

LI.

Obwohl Charlotte nicht lange weg war, kommt ihr das nach ihrer Rückkehr alles anders vor. Läuft sie durch die Wohnung wie durch die einer Fremden: wessen Bücher, Zeichenblöcke, Teetassen, Schuhe? Feiner Staub auf Regalböden und Lampenschirmen. Petersilie und Majoran, vertrocknet im Topf. Im Spülbecken steht noch die Tasse, aus der sie vor ihrer Abreise getrunken hat. Der eingetrocknete Kaffeesatz am Tassenboden. Ein Orakel, in dem sie zu lesen, Formen und Symbole zu erkennen versucht. Eine verkümmerte Lilie, ein Spinnrad, ein Totenkopf.

Sie ist entschlossen, sich den Schatten nicht kampflos zu beugen. Zwingt sich, aufzustehen, rauszugehen, und meidet, wann immer sie in der Wohnung ist, jeden Blick aus dem Fenster. Als sie zuletzt hinaussah, hat sie gegenüber – in der Küche im dritten Stock des Vorderhauses, Wolfgangs Küche – den brasilianischen Nachbarn gesehen. Er hat mit freiem Oberkörper vor dem Herd gestanden, Salz und Nudeln in einen Topf geschüttet. Charlotte versucht, nicht daran zu denken. Sie lenkt sich ab, bekämpft Erstarrung mit Bewegung. Geht aus, geht feiern und findet tatsächlich eine gewisse Geborgenheit in der Hitze, der Lautstärke, zwischen den Körpern; einen temporären Schutzraum.

Als sie zum ersten Mal seit der Hochzeit wieder arbeitet, steht ein hagerer Blonder in der Küche der *Buvette*. Schneidet Champignons, pfeift dazu. Sobald er sie bemerkt, legt er das Messer beiseite. Wischt eine Hand an der Schürze ab und hält sie ihr hin. Nico, sagt er, freut mich. Ich bin der neue Koch.

In den Tagen danach bleibt sie zu Hause. Liegt auf der Chaiselongue und verfolgt den Fleck; einen runden Lichtpunkt, nicht größer als ein Centstück, der wandert, von den verdunkelten Fenstern über die Zimmerwände, das Bücherregal, weiter nach rechts. Dieser Fleck strukturiert nun ihre Tage, teilt ihre Zeit ein, sie lässt es geschehen. Wehrt sich nicht mehr, ergibt sich, bleibt liegen. Wie lange, fragt sie sich, wird das gut gehen? Wer wird mich so finden? Wenn überhaupt.

Als die Wohnungstür ins Schloss fällt, schlägt Charlotte die Augen auf. Braucht eine Weile, bis sie es schafft, sich aufzusetzen, die wenigen Schritte zu gehen, durch den Flur und in die Küche, wo sie den

Zettel findet, den Vera auf den Tisch gelegt hat: *Ich hab Kürbissuppe gekocht, steht auf dem Herd. Iss was davon – mir zuliebe. Und ruh dich aus. Bis später.*

Die Türen zum Balkon sind angelehnt. Charlotte verschränkt die Arme, bevor sie hinaustritt. Dämmerlicht. Schwinden des Tages. Noch immer ein aufgeregtes Zwitschern aus den Kronen der Akazien. Hitze, die aufsteigt, ein unstetes Flimmern über dem Asphalt, der Straße, dicht wie ein Netz. Getrübte Sicht, und dennoch meint sie, Vera zu erkennen. Ihren Hinterkopf, den gebeugten Rücken. Wie sie auf den Pedalen des Fahrrads balanciert, wartet, bis die Ampel vor ihr auf Grün springt. Wie sie auf die Kreuzung fährt, den Arm ausstreckt, einen Blick über die Schulter wirft, abbiegt nach rechts.

Als sie – wann eigentlich, gestern, vor Tagen? – vor der Chaiselongue stand, war Charlotte zusammengezuckt vor Schreck. Vera hatte den Zweitschlüssel hochgehalten. Entschuldige, aber wenn du nicht aufmachst. Ich wollte nicht unbedingt den Schlüsseldienst rufen.

Charlotte hatte sich aufzurichten versucht. Ihr war schwarz vor Augen geworden, sie hatte sich an die Stirn gefasst.

Warte. Veras Stimme, eindeutig besorgt. Leg dich wieder hin. Ich hol dir ein Glas Wasser.

Es hatte gedauert, bis in der Küche das Wasserrauschen einsetzte. Vermutlich hat Vera einen

Moment gebraucht, um den Anblick zu verarbeiten, sacken zu lassen. Die dreckigen Töpfe und ungespülten Tassen, verbogene Zigarettenstummel im Glas auf dem Tisch. Die letzten Zigaretten, aus Tabak gedreht, den Charlotte zusammengesucht hatte, herausgeschüttelt aus Rucksäcken und Jackentaschen. Asche über allem, das Päckchen mit den Filtern, der Obstkorb, braune Äpfel und fleckige Bananen.

Vera hatte die Vorhänge im Zimmer beiseitegeschoben, die Fenster geöffnet. Sich den Inhalt des Kleiderschranks besehen, dann damit begonnen, einzelne Kleidungsstücke herauszunehmen, zusammenzulegen und in eine Sporttasche zu packen. Charlotte sah nur zu. Sie weiß, sie hätte einschreiten, protestieren, sich Vera widersetzen können. Sie hätte sagen können: Was machst du da, Vera? Lass das. Du reagierst vollkommen über. Aber sie hatte es nicht gesagt. Hatte sich nicht zugetraut, Veras Entschiedenheit etwas entgegenzusetzen.

Das auch? Vera hielt das Skizzenbuch hoch. Schob es trotz Charlottes Kopfschütteln zwischen die Kleiderstapel und schloss den Reißverschluss der Tasche. So, hatte sie gesagt. Du ziehst erst mal zu mir. Bis es dir besser geht. Es ist ja Platz genug.

Vera kommt gegen halb zwei aus der *Buvette*. Auf der Schwelle zur Küche lässt sie ihren Rucksack fallen, tritt vor den Herd und hebt den Deckel des Topfes.

Wirft einen raschen, vermeintlich beiläufigen Blick hinein, als würde sie nicht nachsehen, ob er leerer geworden ist. Sie dreht das Gas auf und wieder ab. Isst im Stehen eine Schüssel lauwarmer Suppe, bevor sie sich zu Charlotte an den Tisch setzt. Vera reibt sich die rot geränderten Augen. Zündet eine Zigarette an. Gähnt.

War es anstrengend heute?

Vera nickt. Am Nachmittag habe es einen Stromausfall gegeben, die Kühlung in der Bar sei ausgefallen und laufe noch immer nur auf niedrigster Stufe. Alles Tiefgefrorene, die Muscheln, das Hackfleisch, aufgetaut und bald schon nicht mehr zu gebrauchen. Der neue Koch sei völlig überfordert, Philippe am Rande eines Nervenzusammenbruchs.

Und Andrej? Charlotte kann die Frage nicht zurückhalten.

Ach, Andrej. Vera schüttelt den Kopf. Wir haben telefoniert, vor ein paar Tagen. Er hat jetzt einen neuen Job, in einer Großküche. Er klang gelöst, optimistisch. Es scheint ihm gut zu gehen.

Längst hat Charlotte jedes Zeitgefühl verloren. Sie könnte nicht sagen, wie lange sie die Wohnung nicht verlassen hat, ist gleichgültig gegenüber den verrinnenden Stunden. Irgendwann besteht Vera auf einen Spaziergang. Du musst mal raus hier. Du brauchst frische Luft.

Charlotte zieht die Decke bis zum Kinn. Dreht

sich auf die Seite und deutet zum Fenster, in einen Himmel, der grau ist, wolkenverhangen. Lieber nicht. Es fängt bestimmt gleich an zu regnen.

Na und. Wir nehmen eben einen Schirm mit.

Also laufen sie eine Runde durch den Park. Charlotte hakt sich bei Vera unter. Bewegt sich vorsichtig und langsam, wie eine alte Frau. Jeder Anstieg des Weges kostet sie Kraft, erscheint ihr als kaum zu bewältigende Hürde. Jedes Geräusch ist ihr eines zu viel. Das Dröhnen eines Laubbläsers, der schrille Ruf eines Kindes.

Er war übrigens da, sagt Vera, nachdem sie sich auf eine Parkbank gesetzt haben. Vorgestern, in der *Buvette*. Ich war nicht sicher, ob ich dir davon erzählen soll.

Wer war da?

Na, dieser Dozent. Er meinte, er hätte dich über mehrere Wochen nicht erreichen können. Wollte wissen, wo du bist. Vera lächelt. Ich hab ihm natürlich nichts gesagt.

LII.

Wolfgang sieht Oliver schon in einem Straßengraben liegen, bewusstlos in seinem Volvo, die Stirn blutüberströmt. Sinnlos aufgeblasene Airbags, eine zerquetschte Motorhaube. Ein anderes Szenario, das Aurélia dazu verleitet haben könnte, ihn anzurufen, will ihm nicht einfallen. Er nimmt das Gespräch mit Herzklopfen an.

Ja?

Ein unsinniges Zittern in der Stimme. Er rechnet mit dem Schlimmsten, doch dann ist das, was Aurélia ihm zu sagen hat, im Grunde etwas Gutes. Die Nachricht, auf die er gewartet hat. Keine Entwarnung, im Gegenteil, aber immerhin ein Zeichen. Sie hält sich nicht lange mit Floskeln auf, kommt gleich zum Punkt. Beim Einkaufen habe sie Wolfgangs Freundin gesehen.

Charlotte?

Charlotte, si. Er wundere sich vermutlich, dass sie deswegen anrufe, doch sie habe es für wichtig gehalten, ihn zumindest zu informieren. Worüber denn, denkt Wolfgang, worüber zu informieren. Bevor er nachfragen kann, fährt Aurélia fort: Charlotte habe schlecht ausgesehen. So ganz anders als auf Mayas Feier. Irgendwie – verstört. Nicht ganz bei sich. Sie sei nachlässig gekleidet gewesen und eilig durch die Gänge des Supermarkts gelaufen. Habe immer wieder den Kopf gedreht, sich umgesehen, als werde sie verfolgt. Sie habe weder einen Korb gehabt noch einen Einkaufswagen, die Lebensmittel scheinbar wahllos aus den Regalen gezogen und zur Kasse getragen. Vielleicht, sagt Aurélia, könnte er sich demnächst mal bei ihr melden. Charlotte einmal anrufen oder bei ihr vorbeifahren, um sicherzugehen, dass sie wohlauf ist.

Als hätte ich das nicht längst versucht, denkt Wolfgang bitter, aber er spricht den Gedanken nicht aus. Verzichtet darauf, die Situation zu erklären. Das mach ich, danke dir, sagt er mit Nachdruck. Wirklich. Es ist gut, dass du angerufen hast.

Keine Ursache, entgegnet Aurélia, es klingt auswendig gelernt, eine Phrase aus einem Deutschlehrbuch. Sie belässt es dabei, legt nach knapper Verabschiedung auf.

Wolfgang verbirgt sich im Schatten der Akazien, während er darauf wartet, dass die Kellnerin auf die Straße tritt. Er verfolgt aufmerksam, wie sie die Haustür aufstößt, sich dem Laternenpfahl nähert, an den ihr Rad angeschlossen ist; wie sie aufsteigt und losfährt, über den Lenker gebeugt, das Fahrradschloss umgehängt wie eine Tasche. Vor wenigen Tagen hat er sie in der Weinbar angesprochen, nach Charlotte gefragt.

Sie ist krank, hatte die Kellnerin erwidert und später, auf seine wiederholte Frage hin, in einem da schon merklich gereizten Ton: Es tut mir leid. Ich darf Ihnen dazu nichts weiter sagen.

Wolfgang hatte das Gefühl, dass sie ihm etwas verschwieg, dass die Kellnerin genau wusste, wo Charlotte war. Am Tag zuvor, nach Aurélias Anruf, war er daher spätabends erneut in die *Buvette* gefahren, entschlossen, sich diesmal nicht so leicht geschlagen zu geben. Er hatte die Bar schon betreten wollen, als er sich umentschieden, die Strategie gewechselt hatte. Im Spätkauf auf der gegenüberliegenden Seite der Straße hatte er an einem Stehtisch gestanden, gewartet. Als er gerade die zweite Flasche Bier leerte, erloschen die Lichter hinter den Scheiben der Bar. Glücklicherweise nahm die Kellnerin in dieser Nacht nicht das Fahrrad, sondern lief die kurze Strecke zu ihrer Wohnung zu Fuß. Es war nicht schwer für Wolfgang, ihr zu folgen. Diese Erleichterung, als sie auf den Balkon trat, um über der Brüstung etwas auszuschütteln, ein Geschirrtuch, eine Schürze, und er in ihrem Rücken Charlotte erkannte, einen Ausschnitt ihres Kopfes nur, wenige Sekunden, die aber ausreichten, er war sich sicher.

Eine Weile drückt er sich noch vor den Klingelknöpfen herum. Unschlüssig, ob er tatsächlich klingeln soll, und was, wenn Charlotte öffnet, was dann sagen? Hier ist Wolfgang. Ich hab dich vermisst, dich gesucht und gefunden. Also dachte ich, ich schau einfach mal vorbei. Die Entscheidung wird ihm abgenommen, als eine Nachbarin das Haus verlässt. Sie lächelt, hält die Tür auf. Wollen Sie rein?

Wolfgang nickt, er nimmt die Treppe in den zweiten Stock. Vor der Wohnungstür zögert er abermals, entscheidet sich letztlich aber dagegen, zu klingeln. Er klopft. Wie Charlotte an seiner Tür vor nicht allzu langer Zeit. Er horcht. Alles, sein Atem, sein Herz, die Luft, die ihn umgibt, ist ein Flattern. Es dauert, bis er leise Schritte hört, die Tür sich öffnet, einen Spalt breit, immer weiter. Charlotte steht auf der Schwelle. Sieht ihn an. Er sieht zurück. Ein Gespräch, gebündelt in einem einzigen Blick.

In der Küche füllt sie zwei Gläser mit Wasser. Verharrt so mit ihm zugewandtem Rücken, auf den Rand des Spülbeckens gestützt. Er zieht einen Stuhl heran, setzt sich an den Tisch. Schließlich dreht Charlotte sich um. Tritt ebenfalls an den Tisch und sieht hinunter auf das, was in dessen Mitte liegt. Ein Buch mit schwarzem Einband, ihr Skizzenbuch, das Wolfgang erst da als solches erkennt. Bevor er etwas sagen kann, schiebt sie es ihm zu.

Guck's dir an, sagt sie, als ahne sie bereits, dass es noch einige offene Fragen gibt, die ihn umtreiben.

Als fürchte sie den Moment, in dem er sie ausspricht, oder als ginge sie davon aus, ein Blick in dieses Buch, auf ihre Zeichnungen, beantworte die meisten von ihnen. Wolfgang streicht flüchtig über den Einband. Dann schüttelt er den Kopf, greift Charlottes Hand. Ihre Finger so kühl, er umfasst sie.

Nein, sagt er, ich muss das nicht sehen. Ich muss das gar nicht wissen.

Er sieht zu ihr hoch, die wiederum hinuntersieht, auf ihre Hände auf der Tischplatte, die ineinander verschränkten Finger.

Aber ich will wissen, wo du bist, wie's dir geht. Das ist mir wichtig. Er holt Luft. Du bist mir wichtig. Du verschwindest nicht noch mal einfach so. Charlotte. Ja? Versprichst du mir das?

LIII.

Zunächst ist alles, was zu hören ist, ein Rauschen. Dann ein lang gezogenes Hupen und schließlich Philippe. Ob Charlotte ihn verstehen könne, das hier sei ein Notfall. Er sei im Auto, mit Vera auf dem Weg ins Krankenhaus. Sie habe eine Lichterkette aufhängen wollen und sei gestürzt, vom Tresen gerutscht. Ihr Knöchel sei stark angeschwollen, wahrscheinlich gebrochen. Und er selbst müsse zurück in die *Buvette*, so schnell wie möglich. Ob Charlotte stattdessen kommen könne. Jetzt. Ins Krankenhaus. Vera das Nötigste vorbeibringen: eine Zahnbürste, einen Schlafanzug. Sie würden sie mit Sicherheit über Nacht dabehalten.

Im Nachhinein könnte Charlotte nicht sagen, wie sie den Weg zum Krankenhaus zurückgelegt hat. Ist sie gelaufen, gerannt? Hat sie die U-Bahn genommen, ein Taxi? Ihre Erinnerung setzt erst ein, als sie im Foyer steht. Eine rothaarige Krankenschwester hinter einer Glasscheibe, die sich irgendetwas aufschreibt, tödlich ernst. Sie lächelt nicht, spricht nicht, aber nach einer Weile hebt sie doch zumindest den Blick. Hört zu. Nickt und deutet auf eine Klappe, in die hinein Charlotte die Tüte mit Veras Sachen legt.

Kann ich Frau Lorenz kurz sehen?

Die Schwester schüttelt den Kopf. Es sei schon zu spät, die Besuchszeit vorüber. Charlotte solle nach Hause fahren, morgen wiederkommen.

Also setzt sie sich auf eine der harten Bänke im Foyer, ratlos, wie sie die Stunden bis zum Morgen überbrücken soll. Undenkbar, in Veras leere Wohnung zurückzukehren. Sie lehnt den Kopf an den Kaffeeautomaten neben der Bank. Ein Brummen, sanftes Vibrieren an der Schläfe. Die digitalen Ziffern der Uhr über den Schiebetüren, dem Eingang zum Krankenhaus, zeigen zehn nach elf. Musik von oben, von irgendwoher, leise und blechern: *I can't get no ...* Der geschlossene Kiosk. Zierpalmen. Zugluft. Ein Arzt, der vorbeieilt in einem wehenden Kittel, den Blick auf ein Papier gerichtet, ein Rezept, einen Befund. *And I try – and I try – and I try – and I try ...*

Sie erschrickt, als Münzen in den Automaten fallen, dieser sich lautstark und ruckelnd in Gang setzt. Ein Mann, ein Patient. In einem weißen Bademantel, die goldene Applikation einer Krone auf der Brust. Er sieht sie nicht an, beachtet oder bemerkt sie nicht. Wartet, bis der Kaffee in einen Plastikbecher gelaufen ist. Nimmt ihn mit spitzen Fingern entgegen, pustet hinein, gähnt, entfernt sich wieder. Charlotte schließt die Augen. Bekommt trotzdem alles mit. Aufheulende Martinshörner, alle paar Minuten. Zu denken, dass, während sie hier sitzt und vor sich hindämmert, in unmittelbarer Nähe jede Sekunde zählt. Gestalten mit Mundschutz um einen Operationstisch herumstehen. Versehrte Körper vor sich, weiß, fast durchscheinend im Neonlicht. Seiltänzer über dem Graben zwischen Leben und Tod.

Jemand rüttelt sie an der Schulter, sie schlägt die Augen auf. Sieht in Philippes ungläubiges, besorgtes Gesicht. Charlotte? Charlotte, hallo? Er hält einen kleinen Strauß Blumen vor der Brust. Gelbe, orangene und strahlend weiße Blüten. Sie richtet sich auf. Ist so lange verwirrt, bis sie das Foyer wiedererkennt, das nun lichtdurchflutet ist. Frühstückstabletts auf silbernen Wagen. Menschen in Rollstühlen, Menschen mit Pralinenschachteln. Alltägliche, routinierte Geschäftigkeit.

Sie nehmen den Fahrstuhl in den dritten Stock. Neurologie. Unfallchirurgie. Vera hat ein Einzelzimmer am Ende des Gangs. Als sie eintreten, sitzt sie aufrecht im Bett. Ihr linker Knöchel ist geschient und liegt erhöht auf einem Kissen. Vera muss lachen über ihre betroffenen Gesichter.

Was guckt ihr denn so? Sie mussten nicht mal operieren.

Im Gegensatz zu Charlotte, die lächelt, scheint Philippe nicht gewillt, seine Ernsthaftigkeit abzulegen. Er füllt Wasser in eine Vase, stellt die Blumen auf den Nachttisch. Tritt ans Fenster und sieht schweigend auf den Parkplatz hinaus.

Das, sagt er, dreht sich wieder um und deutet theatralisch auf Vera, das Bett. Ist der Tropfen, der die Tonne zum Überquellen bringt – sagt man das so? In der Nacht habe er lange wach gelegen. Sich die Dinge durch den Kopf gehen lassen und letztendlich entschieden, die *Buvette* zu schließen. Vorübergehend. Eine Woche, zwei. Unmöglich, eine Bar zu betreiben, in der die Kühlung und die halbe Belegschaft ausgefallen seien. Er seufzt, sieht von Vera zu Charlotte. So oder so, sagt er, brauchen wir doch alle eine Pause. Eine richtige Auszeit. Vacances. Ob er ihnen eigentlich schon mal von dem Haus erzählt habe.

Welches Haus?

Na, mein Haus, entgegnet Philippe leichthin. In der Nähe von Sainte-Maxime, in der Provence. Seine Eltern hätten es in den späten Achtzigerjahren günstig gekauft und renoviert. Seit ihrem Tod gehöre es ihm und seinem Bruder. Die Natur in der Gegend sei wunderbar, es gebe Grotten, versteckte Buchten. Mittlerweile habe die Nebensaison bereits begonnen, doch man könne noch baden, es sei immer noch warm. Zurzeit ist niemand da, sagt er. Ihr könntet hinfahren.

Veras Gesicht hellt sich augenblicklich auf.

Ich weiß nicht, sagt Charlotte, sie weiß es wirklich nicht. Vera, du darfst doch gar nicht fahren mit deinem Knöchel. Auto fahren, mein ich.

Wir nehmen eben den Zug.

Non. Philippe schüttelt energisch den Kopf. Non, ihr müsst auf jeden Fall ein Auto haben. Das Haus liege abseits, in den Hügeln, im Hinterland. Ohne Auto kämen sie weder dorthin noch wieder weg. Er zieht die Augenbrauen zusammen, scheint etwas abzuwägen. Wenn ihr wollt, sagt er dann, könnt ihr mein Auto nehmen. Er selbst brauche es ja vorerst nicht, um in die *Buvette* zu fahren. Und die Kinder bringe er ohnehin mit dem Rad zur Schule.

Charlotte spürt, wie ihr Widerstand bröckelt, wie sie nachgibt. Doch dann fällt ihr, gerade noch rechtzeitig, Doktor Szabó ein.

Das geht trotzdem nicht. Wie soll ich die ganze Strecke allein fahren?

Und wenn Andrej mitkommt?

Andrej muss arbeiten. Und überhaupt – Sie zögert, sucht nach den richtigen Worten. Ich hab hier noch was zu erledigen. Ich kann jetzt nicht verreisen.

Vera versucht nicht, sie umzustimmen. Eine Stille legt sich zwischen sie, dickflüssig und zäh.

Bon, sagt Philippe schließlich, er zuckt mit den Schultern. Dann nicht. War ja nur eine Idee.

Dieser erste Montag im Oktober ist diesig und kühl. Es nieselt, und die Menschen, die Charlotte begegnen, gehen mit gesenktem Blick, gehobenen Schultern. Das Zwitschern der Vögel, das im Spätsommer noch aus den Büschen am Straßenrand drang, ist verstummt. Die letzten Mauersegler gen Süden gezogen. Auch der Kirschbaum vor der Praxis hat sich gewandelt, sich von den Attributen des Sommers befreit. Goldgelbe Blätter schwimmen auf den Pfützen, die Charlotte umrundet, als sie den Hof durchquert. Vor der Fassade des Hinterhauses ist ein Gerüst aufgestellt, irgendwo bohrt jemand, es riecht nach frischer Farbe. Die Stufen im Treppenhaus mit weißer Plane bedeckt. Sie beeilt sich, nimmt jeweils zwei Stufen auf einmal. Mit jeder Etage, die sie hinaufsteigt, scheint die Kälte im Gebäude zuzunehmen. Weil die Tür zum Hof hin offen stand, klingelt sie erst im Dachgeschoss. Bemerkt dabei, dass das Schild neben der Praxistür leer ist. Doktor Szabós Name nicht darauf vermerkt. Sie zittert. Legt den Schal über Nase und Mund, ballt die Hände in den Manteltaschen zu Fäusten. Als auch nach erneutem Klingeln niemand öffnet, drückt sie die Klinke probeweise herunter. Der Griff ist eiskalt. Die Tür unverschlossen. Charlotte tritt zögernd ein, sieht sich um. Der Garderobenständer ist aus dem Flur verschwunden. Alles ist verschwunden: die beiden Korbstühle, der Tisch. Der Sekretär, die Teppiche, das Regal und die Bücher. Und der Geruch. Dieser leicht muffige, tröstliche Geruch, den sie erst jetzt, in seiner Abwesenheit, richtig wahrnimmt und sofort schmerzlich vermisst. Ein Geruch, als vergrabe man das Gesicht tief in der Wolle eines getragenen Pullovers. Einen kurzen, schrecklichen Moment lang ist sie sicher, dass es Doktor Szabó nie gegeben hat. Meint sie, einem Phantasma erlegen zu sein. Einer verqueren Projektion, einem Trugbild.

Nach regungslosen Minuten im Flur zwingt sie sich, die Erstarrung aufzulösen. Bewegt ihre Beine, die taub sind vor Kälte. Die Schuhsohlen scheinen am Boden zu haften, festgefroren zu sein am glatten Parkett. In der Teeküche zieht sie sämtliche Schubladen auf. In der Hoffnung, darin etwas zu finden. Doktor Szabós Teetasse, eine Notiz, einen Kassenzettel. Irgendetwas, das er ihr dagelassen hat, als einen Schlusspunkt, einen stummen, letzten Gruß. Als sie schon kurz davor ist, aufzugeben, wirft sie einen Blick unter die Heizung. Da liegt tatsächlich etwas. Kaum zu erkennen. Charlotte streckt den Arm danach aus. Legt sich die Schale in die hohle Hand. Betrachtet sie eine Weile, dann schließt sie die Faust darum. Hält die Pistazie fest umschlossen, während sie sich aufrichtet, die Praxis verlässt; zurückeilt durch den eisigen Flur und das Treppenhaus, die fünf Stockwerke hinunter, hinaus.

Draußen regnet es in Strömen. Charlotte nimmt den Bus. Sie setzt sich in die hinterste Reihe, ans Fenster. Sieht die Tropfen zitternd ineinanderlaufen, sich sammeln am unteren Scheibenrand. Nach einigen Stationen öffnet sie den Rucksack. Holt ihr Skizzenbuch hervor, das sie eingesteckt hat in der Absicht, es Doktor Szabó zu zeigen – nun doch. Um ein absehbares Schweigen zu umgehen, zu überspielen, dass sie ihm eigentlich nichts mehr zu sagen hat. Sie wartet, bis die Kälte aus ihren Fingern gewichen ist. Beginnt dann zu zeichnen, Doktor Szabó. Eine flüchtige Skizze, dennoch präzise. Sie weiß: So deutlich wie in diesem Moment wird sie sein Gesicht kein zweites Mal vor sich sehen. Auch seine Züge werden verblassen, werden früher oder später verschwunden sein. Als sie fertig ist, das Buch wieder schließt, denkt sie: Doktor Szabó, nun also auch eine Erinnerung.

Sie zieht das Telefon aus der Manteltasche, wählt Wolfgangs Nummer. Gleich nach diesem Gespräch schreibt sie Vera eine Nachricht: *Ich hab es mir doch anders überlegt. Wir können los!*

LIV.

Als Charlotte ihn fragt, ob er mit nach Frankreich kommen wolle, zögert Wolfgang keine Sekunde.
Musst du nicht arbeiten? Hast du nicht zu tun?
Nein, ich arbeite nicht, zumindest nicht im Institut. Ich schreibe die Doktorarbeit fertig. In einer Woche ist die Abgabe.
Und du meinst, das geht trotzdem? Dass du jetzt noch wegfährst?
Klar. Wolfgang bemüht sich darum, es ganz locker klingen zu lassen, entspannt. Im Grunde fehlen nur noch Details, der Feinschliff. Und abgesehen davon – wir fahren nach Frankreich. Wo ließe sich eine Arbeit über Proust besser beenden als dort?

Charlotte und die Kellnerin sitzen schon im Wagen, als er am nächsten Tag eintrifft, um sie abzuholen. Charlotte auf der Rückbank, die Kellnerin vorn. Als er die Fahrertür öffnet, dreht sie den Kopf. Der Beifahrersitz ist bis zum Anschlag zurückgeschoben.

Vera. Sie lächelt, sieht sofort wieder weg. Er meint dennoch, in ihrem Blick etwas wahrgenommen zu haben; Misstrauen, eine Scheu, schüchterne Vorsicht. Wolfgang steigt ein, justiert die Spiegel. Wir haben leider kein Navigationsgerät, sagt Vera. Aber sobald wir auf der Autobahn sind, sollte die Richtung klar sein.

Richtung Süden. Maisfelder, Windräder. Ein sich wie im Zeitraffer verdunkelnder Himmel. Die lange Kette der Rücklichter vor ihnen, eine Schnur roter Perlen, sie sind eine davon. Charlotte hat die Stirn ans Fenster gelehnt, die Arme verschränkt, die Augen geschlossen. Scheint weder zu schlafen noch richtig wach zu sein.

Gegen Mitternacht erreichen sie die italienische Grenze. Machen halt an einer Raststätte, ein Imbiss wie jeder andere, kaputte Seifenspender und Spiegel aus zerkratztem Blech. Bitterer Kaffee, eine Krone aus Milchschaum, so blendend weiß, dass er wegsehen muss. Das Bergmassiv ein Scherenschnitt. Pinienwälder. Tunnel. Die Küstenstraße, zu ihrer Linken der Morgen, ein Schimmer über dem noch nächtlichen Meer. Stau vor der Mautstation, die sich hebende Schranke, und Charlotte, die, kaum fahren sie auf französischen Boden, wieder zu sich findet, die Augen aufschlägt, erwacht.

Das Haus liegt tatsächlich fernab von allem. Weit hinter dem letzten Dorf, das sie passieren; der letzten Villa, die am Straßenrand erscheint, flankiert von Reihen schweigender Zypressen. Sie folgen noch eine Weile dem Lauf der Serpentinen. Wolfgang vermutet längst, falsch abgebogen zu sein. Er hält Ausschau nach einer Möglichkeit zu wenden, als hinter der nächsten Wegbiegung das Tor auftaucht. Ein schmiedeeisernes Tor, dahinter das Haus, einstöckig und in einem Apricotton gestrichen. Geduckt steht es da, als verstecke es sich. Hellblaue, geschlossene Fensterläden. Er fährt auf den Schotterweg, parkt das Auto in der Einfahrt.

Der Schlüssel, hat Philippe gesagt, liegt im Blumenkasten. Unterm Küchenfenster. Veras Stimme, getränkt von Müdigkeit.

Auch er selbst spürt inzwischen eine deutliche Erschöpfung. Nimmt all das zwar wahr, aber nur gedämpft, abgefedert, wie durch einen Schleier hindurch. Eine Terrasse, ein Strohdach, ein Klapptisch, vier Stühle. Eine Korkeiche, daneben ein Stapel Brennholz, das Plateau. Ein steinernes Mäuerchen, hinter dem die Wiese beginnt. Beete und Büsche, knorrige Obstbäume. Die Hügel, sanft ineinanderfließende Gefälle. Die Stadt, der Hafen und dahinter noch, mit bloßem Auge fast nicht zu erkennen, als zentimeterhoher, türkisblauer Streifen vor den Bergen, das Wasser. Der schillernde Ozean. La mer.

Sie duschen nacheinander, legen sich alle noch mal hin. Er bezieht das kleinste Zimmer an der Rückseite des Hauses. Vera und Charlotte das neben der Küche, zwei schmale Betten, links und rechts an die Wand gerückt, dazwischen ein Fenster mit Blick auf die Terrasse, in den verwunschenen Garten hinein. Wolfgang schläft tief, als er wach wird, ist es Mittag. Er öffnet die Läden, sieht sich im Haus um. Der Kühlschrank ist leer bis auf eine Flasche Rosé im Seitenfach. Auf dem Bord über der Spüle stapeln sich Konserven, eine angebrochene Packung Reis, Gläser mit Oliven. Taschenbücher im Regal neben dem Sofa, ausschließlich französische Titel, Liebes- und Kriminalromane. Auch ein dicker, folierter Band, ein Herbarium. Sorgsam gepresste und akribisch mit Datum versehene Stängel und Blüten. Ginster, Zistrosen, Wacholder und Rosmarin. Konservierte Zeugnisse vergangener Sommer. Er legt das Buch auf den Küchentisch. Blättert bis zu der Seite, auf der, als hätte er nur darauf gewartet, von Wolfgang entdeckt zu werden, ein längerer Zweig klebt. Kurze Rispen, um die sich zartweiße Knospen gruppieren. *Le lilas japonais.* Japanischer Flieder.

Später setzen sie sich auf die Terrasse. Sehen der Dämmerung zu, die sich über die Landschaft legt, ihr Licht in die Täler streut in wechselnden Nuancen. Es ist noch immer warm. Charlotte scheint dennoch zu frieren. Sie hat sich eine Fleecedecke um die Beine gewickelt, schaut nicht, sie starrt, um ihre Augen tiefe Schatten. Vera stöhnt, als sie ihr Bein anhebt, um den verletzten Fuß auf der Sitzfläche eines Stuhls abzulegen. Entfernt ist der hohe Ruf eines Vogels zu hören. Sie lauschen darauf, schweigen alle drei. Als die Sonne hinter die Hügel gesunken ist, geht Wolfgang in die Küche, öffnet den Rosé. Sie stoßen an, wiederum schweigend, verständigen sich allein durch Blicke, ohne ein Wort. Der Wein lässt sich leicht trinken, ist eiskalt und süß, und er zeichnet den Abend weicher, variiert seinen Anstrich. Wolfgang ist dankbar. Wie absurd, denkt er, wie schön auch, hier zu sitzen, so unverhofft, zu dritt.

Als es Nacht wird, zieht er sich in sein Zimmer zurück. Stellt den Laptop auf das Tischchen vor dem Fenster, versucht zu schreiben, und ist nicht überrascht, als es gelingt. Die Worte fließen, als sei es nie anders gewesen. Erscheinen nun wieder wie von selbst, er muss nur zusehen. Schließlich setzt er den letzten Punkt. Klappt den Laptop zu. Ohne das Licht des Bildschirms ist es dunkel im Raum. Er rührt sich nicht. Wartet, bis halbwegs verklungen ist, was in diesem Augenblick in ihm aufsteigt. Wehmut. Eine erschöpfte Erleichterung. Zum ersten Mal stellt sich ein greifbares Gefühl ein. Die Gewissheit, das Ende erreicht zu haben. Es gibt nichts weiter für mich zu tun, denkt er. Besser kann ich es nicht. Ich bin fertig.

Vera hat sich gewünscht, ans Meer zu fahren. Sie brechen früh auf, parken das Auto oberhalb der Bucht. Der Morgen ist windig, der Strand noch menschenleer. Wolfgang stützt Vera, trägt sie beinahe über den schmalen Streifen Sand bis zum Wasser, wo sie ihr Hosenbein hochkrempelt, die Arme ausbreitet. Er rechnet damit, dass sie etwas rufen, gegen die tosende Brandung anschreien wird, stattdessen aber bleibt Vera so stehen. Lässt sich vom Wind das Haar aus dem Gesicht wehen, von den Wellen den gesunden Knöchel umspülen.

Auf dem Rückweg halten sie an einer Tankstelle. Laufen von dort zu Fuß ins Stadtzentrum. Am Hafen ist ein Markt aufgebaut, wenige Stände, an denen alles Mögliche verkauft wird: Kunsthandwerk, provenzalischer Honig. Gewürze, Tapenade, bunte Taschen aus Bast. Hinter dem letzten Stand, an der niedrigen Mauer, die Strand und Promenade voneinander trennt, lehnen Leinwände. Ölgemälde, auch einige Aquarelle. Lavendelfelder, ein eingestürzter Glockenturm. Ein Bauernhaus. Eine vollmondbeschienene Bucht. Die Malerin sitzt auf einem Schemel daneben. Mit gespreizten Beinen, geradem Rücken. Ihr Blick wandert von ihrer Mischpalette hin zu dem Café, einem Bistrot auf der anderen Seite der Straße. Auf der Leinwand ist bereits die rote Markise zu sehen, einer der aufgespannten Sonnenschirme und die Karte. Die Speisekarte, die vor dem Eingang ausliegt, auf einem Sockel wie auf einem Rednerpult. Wolfgang nickt der Malerin anerkennend zu, wobei er sicher ist, dass sie es nicht mitbekommt. Sie wirkt versunken, ganz und gar hingegeben, scheint nichts von dem wahrzunehmen, was um sie her geschieht. Er sieht sich um. Vera ist vorausgegangen, sitzt auf der Mauer und raucht. Charlotte steht neben ihm, vor den Aquarellen. Wolfgang will sie an der Schulter berühren, unterlässt es dann aber, etwas hält ihn zurück. Etwas in Charlottes Blick. Eine sichtbare Ergriffenheit. Wie damals, denkt er, im Museum, bei Vermeer.

Am Abend durchstreift er den dämmrigen Garten auf der Suche nach einer Stelle mit Empfang. Zwischen zwei Apfelbäumen scheint die Verbindung stabil zu sein. Während er wartet, dem Freizeichen lauscht, spürt er ein sanftes Ziehen in der Brust. Eine Melancholie beim Blick in die Kronen der Bäume. Auf das stille, ferne, sich selbst genügende Meer.

Das war unser letztes Telefonat, sagt der Doktorvater kurz darauf. Der letzte reguläre Gesprächstermin vor Ihrer Abgabe. Vier Jahre – wundersam, wie die Zeit vergeht, nicht?

Wolfgang räuspert sich vorsorglich, bevor er antwortet. Er fürchtet, seine Stimme könnte zittern. Dabei knüpft er, so dachte er bis dahin zumindest, an die Promotion doch keinerlei Sentimentalitäten. Dafür aber wohl an die Jahre, die er mit ihr verbracht, in denen er über den Texten gebrütet hat. Als er seinen Namen hört, dreht er sich um. Vera steht unter dem Strohdach vor dem Haus. Hebt eine Krücke, winkt. Komm, wir wollen los. Er nickt. Hält sich das Telefon trotzdem weiter ans Ohr. Kann dem Doktorvater unmöglich die Freude verwehren, ihn ein letztes Mal zu erinnern, was er ja nicht vergessen soll.

LV.

Ihr seid wirklich da! Andrej stockt. Hustet, bevor er weiterspricht, seine Stimme überschlägt sich. Vorhin, nach der Arbeit, sei er in die *Buvette* gefahren. Er habe Philippe sprechen wollen, doch der sei nicht dort gewesen. Die Bar zu, verriegelt, geschlossene Rollläden und im Menükasten ein Zettel: *Fermé*. Er habe versucht, anzurufen, sie zu erreichen, vergeblich. Später habe Philippe ihm erzählt, wo sie seien, ihm die Festnetznummer des Hauses gegeben. Das könnt ihr doch nicht machen! Wegfahren, einfach so. Ohne wenigstens Bescheid zu sagen. Aber wie auch immer, ich komm jedenfalls auch. Ich komm zu euch, hörst du? Ich fahr heute noch los.

Charlotte hört Veras freudigen Aufschrei, begreift sofort. Sie steht vom Terrassentisch auf. Geht ohne Eile über die sonnenwarmen Steine und sieht hinunter zum Tor, wo Vera Andrej um den Hals gefallen ist. Als hätte sie nicht damit gerechnet, ihn in diesem Leben noch mal wiederzusehen. Als sei Andrej ein Verschollener. In diesem Moment hebt er den Blick, sieht den Hügel hinauf zu Charlotte, ein sprechender Blick.

Wie bist du überhaupt hergekommen?

Mit dem Zug.

Aber du hättest doch was sagen können. Wir hätten dich abgeholt, vom Bahnhof.

Nicht nötig, sagt Andrej, es klingt hochmütig, stolz. Ein sehr freundlicher älterer Herr hat mich mitgenommen.

An der Schwelle zur Terrasse lässt er den Rucksack in den Kies fallen, wendet sich Charlotte zu. Sie umarmen einander. Die Haut in Andrejs Nacken ist feucht, von seinen Haaren geht ein deutlicher Geruch nach Schweiß aus. Mit einem Mal versteift er sich, spannt die Brustmuskeln an, als gelte es, sich auf einen Kampf vorzubereiten. Erst als es ihr gelingt, sich aus der Umarmung zu lösen, bemerkt sie Wolfgang, der hinter ihr aus dem Haus getreten ist. Er schüttelt Andrej die Hand, verschwindet gleich wieder. Er käme nachher dazu, gerade sei er dabei, seinen Koffer zu packen, er reise morgen wieder ab. Seine Irritation ist Andrej anzusehen. Doch er stellt keine Fragen, da nicht und auch nicht später, als sie zu viert um den Küchentisch sitzen.

Andrej hat gekocht, Tagliatelle mit einem Pesto aus Pinienkernen und Kräutern aus dem Garten. Während des Essens erzählt er von seiner Arbeit in der Großküche. Der Patissier sei kürzlich erkrankt, seitdem sei er für die Süßspeisen verantwortlich. Süßspeisen. Er verdreht die Augen. Kaiserschmarrn mit Apfelmus aus Fruchtsaftkonzentrat. Marillenknödel, in billiger Vanillesoße ertränkt. Andrej schiebt den leeren Teller von sich. Sieht zu Wolfgang, der bislang kaum ein Wort gesagt hat. Wann musst du morgen eigentlich los?

Kurz vor sechs. Wolfgang seufzt, er richtet sich auf. Wär wahrscheinlich keine schlechte Idee, heute ausnahmsweise mal früh schlafen zu gehen. Sein Blick trifft Charlottes, sie teilen ein Lächeln.

Longtemps, je me suis couché de bonne heure.

In den Nächten im Haus ist die Stille ein Abgrund. Charlotte kann nicht länger liegen, sie schleicht aus dem Zimmer, am Sofa, dem schlafenden Andrej vorbei. Er liegt auf dem Rücken mit leicht geöffnetem Mund, die Knöchel seiner linken Hand berühren die Fliesen. Du weißt schon, dass du nicht mehr auf dem Sofa schlafen müsstest, hat Vera am Abend zu ihm gesagt. Dass das zweite Zimmer frei ist. Andrej hat entschieden den Kopf geschüttelt. Weiß ich, danke. Ich schlaf trotzdem lieber hier.

Charlotte tritt vor das Bücherregal, wie schon einmal an diesem Tag, nach Wolfgangs Abreise. Er hatte sie fest umarmt. Wir sehen uns in Berlin. Sie hatte genickt, gelächelt. Viel Erfolg. Gute Reise!

Mittags waren Vera und Andrej in die Stadt

gefahren. Sie selbst war allein im Haus geblieben, und es hatte nicht lange gedauert, bis der Knoten sich regte, bis er wieder zu pulsieren begann. Eine Weile war sie ziellos durch die Räume gestrichen. Hatte den Blick über die Reihen des Regals gleiten lassen. Der breiteste Buchrücken, der des Herbariums, mit dem Wolfgang an einem Nachmittag im Garten gesessen hatte. Sie schlug den Band auf, blätterte darin. Seite um Seite, Gräser und Farne, einer wie der andere, es hatte keinen Zweck. Etwas zerrte an ihr, zog sich zusammen und löste sich. Fünf Minuten noch, dann war es vorbei.

Als sie das Herbarium zurückstellen wollte, war da ein Widerstand. Ein anderes Buch wohl, hatte sie gedacht, das umgefallen war an der Rückwand des Regals. Sie hatte den Arm ausgestreckt, kühles Holz ertastet. Ein zunächst unkenntliches Objekt, das sie aus dem Dunkel hervorzog. Ein Kästchen.

Nun hält sie es erneut in der Hand. Hebt den Deckel und betrachtet die aufgereihten Tuben. Aquarellfarben. Einige noch vollständig gefüllt, andere fast leer, der Tubenfalz geknickt. Kurz stellt sie sich ein Bild vor, das so komponiert ist; in dem Verhältnis der Farben, das ihr Verbrauch suggeriert. Ein Motiv, das eine große Menge Zinnoberrot erfordert, ein klein wenig Zitronengelb, eine Messerspitze Schwarz. Eine Klatschmohnwiese, sonnenbeschienen, zwei kreisende Falken als dunkle Halbmonde am Horizont.

Im Hinterzimmer ist es kühler als im Rest des Hauses. Charlotte holt ihre Strickjacke, ein Feuerzeug. Die Pinsel und den Zeichenblock, die mit dem Kasten im Regal lagen, Teelichter, einen Bleistift, ein großes Wasserglas. Sie schließt die Tür, dreht den Schlüssel im Schloss. Es scheint ihr so, als ob das Zimmer noch Wolfgangs Geruch hätte, als ob er auf eine gewisse Art anwesend, noch immer da sei. Sie erinnert sich, was er in Berlin zu ihr gesagt hat: *Ich kann viel besser arbeiten, wenn du bei mir bist, Charlotte.*

Wer weiß, denkt sie, vielleicht funktioniert es ja auch umgekehrt. Sie öffnet die Fensterläden, entzündet die Kerzen, setzt sich auf den niedrigen Hocker an den Tisch. Verzichtet darauf, eine Skizze anzufertigen. Sie überspringt das, widmet sich sofort den Farben. Drückt sie aus den Tuben auf die Tischplatte, einen Terrakottaton neben ein lichtes Ocker. Dann schlägt sie den Block auf, befeuchtet den Pinsel. Ihr Zögern ist kurz, ein Automatismus. Im Grunde, denkt sie, habe ich doch nichts zu verlieren.

Andrej muss an die Zimmertür geklopft, nach ihr gerufen haben. Sie hat davon nichts mitbekommen. Erst als in ihrem Rücken etwas scheppernd zu Boden fällt, schreckt sie hoch. Braucht einen Moment, um sich zu orientieren, und erschrickt gleich ein zweites Mal, beim Anblick der Gestalt. Andrej, der ums

Haus gelaufen ist, nun am Fenster steht und ins Zimmer sieht. Was wird er sehen? Charlotte, die mit zerzaustem Haar am Tisch sitzt. Papiere, darüber verteilt und darunter, der Steinfußboden ist nahezu lückenlos bedeckt. Es dauert, bis Charlotte begreift. War tatsächlich sie es, die all das gemalt, die all diese Blätter mit Farbe versehen hat? Sie ertastet etwas Feuchtes an ihrer Wange, dem Nasenrücken, ist sicher, dass sie blutet. Doch auch das ist nur Farbe, ein leuchtendes Preußischblau, das sie in der Nacht auf die Tischplatte gegeben und in das sie das Gesicht gelegt haben muss, später. Als sie in sich zusammenfiel vor Müdigkeit, vor Erschöpfung. Ihre Finger zittern, sie fühlt sich kraftlos, hohl. Aber nicht ausgehöhlt, nicht leer. Leicht vielmehr, frei. Als hätte sie ihr Innerstes nach außen gekehrt; an das Papier abgegeben, was sich mit Worten kaum fassen lässt. Was sie zuvor stets verdrängt hat, betäubt oder ertragen.

Sie hat Andrej versprochen, ihn auf den Markt zu begleiten.

Wie soll ich ohne dich verhandeln, hat er gesagt, probiert es dann allerdings doch erst mal selbst. Mit Händen und Füßen, ausschweifenden Gesten. Loup de mer. Er betont jede Silbe. Der Fischverkäufer schüttelt den Kopf.

Désolé. Je comprends pas.

Andrej stampft mit dem Fuß auf wie ein kleiner Junge. Er flucht, sieht sich Hilfe suchend nach Charlotte um. Als sie den Namen des Fisches ausspricht, zwinkert der Verkäufer ihr zu. Er hat schon verstanden. Filetiert den Fisch und wickelt ihn in Papier. Einen Wolfsbarsch.

Andrejs Ärger ist rasch verflogen, wird überlagert von euphorischer Geschäftigkeit. Jetzt brauchen wir nur noch den Lachs, sagt er. Und Safranfäden, eine Fenchelknolle. Seine Augen glänzen beim Blick auf den Zettel, die Zutatenliste der Bouillabaisse. Du hast ja keine Ahnung, wie mir das gefehlt hat. Wie schrecklich es war, wochenlang nicht zu kochen. Nur Rahmsoße einzudicken, Gemüse aufzutauen. Etwas zu servieren, das so wenig definierbar ist, dass man es durchnummerieren muss: Menü eins bis vier. Vollkost, leichte Vollkost, Schonkost, Vitalmenü.

Als sie die vollen Tüten zum Auto tragen, räumen die ersten Händler ihre Ware zusammen, werden Planen über Auslagen geworfen, einer deutet in den Himmel.

Dass es hier mal regnen würde, sagt Andrej. Sie fahren trotzdem los, doch schon nach wenigen Kilometern ist der Straßenverlauf kaum mehr zu erkennen. Andrej biegt in eine Parkbucht, schaltet Scheibenwischer und Motor aus. Um sie her ein einziges Rauschen. Er sagt: Das hört heute nicht mehr auf. Aber der Regen wird zumindest schwächer, lässt so weit nach, dass sie weiterfahren können. Der Kies knirscht, als Andrej das Auto in die Einfahrt lenkt.

Plötzlich zieht er die Handbremse, unerwartet heftig. Scheiße! Er reißt die Autotür auf. Charlotte flüchtet unter das Vordach des Hauses. Vera steht schon dort, eine Hand vor den Mund geschlagen. Sie sehen beide zu Andrej, der quer über die Wiese läuft, sich dabei immer wieder hinunterbeugt, zu retten versucht, was nicht mehr zu retten ist.

Frühmorgens, noch bevor sie aufgebrochen waren, hatte Charlotte malend im Garten gesessen. Als Andrej nach ihr rief, hatte sie den Farbkasten geschlossen. Die Aquarelle der vorangegangenen Tage zusammengeschoben und mit einem Stein beschwert. Der Stein ist weg. Die Papiere hat der Wind davongetragen, sie hängen in den Sträuchern, den Ästen des Zitronenbaums. Andrej hält einige der Blätter vor die Brust gepresst, lässt sie fallen auf der Schwelle zum Haus. Dann rennt er noch einmal los, um das Skizzenbuch zu holen, das mitten auf der Wiese liegt zwischen hohen Gräsern, die Seiten aufgefächert und teilweise zerrissen, die Kohlekreide verschmiert, die Motive längst unkenntlich.

Fast scheint es so, als wären Andrej und Vera betroffener über die Zerstörung ihrer Bilder als sie selbst. Es tut mir so leid, sagt Vera. Ich hätte das Buch reinholen, ins Haus holen sollen, als es begonnen hat zu regnen. Ich hab nicht daran gedacht.

Hab ich ja selbst nicht. Charlotte zuckt mit den Schultern, doch Veras betrübtes Gesicht verrät, dass sie ihr diese Unbekümmertheit nicht abnimmt. Andrej will es nach wie vor nicht aufgeben, eine Zeichnung zu finden, die den Regen überlebt hat. Er hat das Skizzenbuch auf den Küchenblock gelegt. Trocknet die Seiten mit einem Föhn und mit Papiertüchern. Schließlich kommt er triumphierend ins Wohnzimmer, legt ein stark gewelltes Blatt auf den Tisch. Ein männliches Gesicht. Buschige Brauen, feine Falten um Augen und Mund. Charlotte muss schmunzeln. Ausgerechnet, denkt sie. Die einzige Zeichnung, die den Sturm heil überstanden hat; die einzige, die bleibt.

Wer ist das denn?

Charlotte überlegt. Sieht hinunter in Doktor Szabós Gesicht. Jemand, den ich mal kannte, sagt sie. Der mal sehr wichtig für mich war. Ein Vertrauter. Ein Freund.

LVI.

Wolfgang sagt: Ich hab ihn nicht vergessen.

Der Doktorvater steht in der offenen Tür. Sieht ihm irritiert entgegen, dann auf den Zweig in seiner Hand. Wolfgang kommt sich nun doch albern vor. Bereut es, den Zweig bei sich getragen zu haben, den ganzen Weg von Frankreich nach München, zwischen die Deckel zweier Bücher gepresst. Er ist erleichtert, als der Doktorvater lacht. Leise, dennoch dröhnend. Freudig überrascht. Flieder, sagt er. Im Oktober. Tatsächlich.

Der Professor hatte vorgeschlagen, sich bei ihm zu treffen. Wolfgang war das nicht problematisch erschienen, im Gegenteil, er hatte es für angemessen gehalten: eine sinnvolle, praktikable Lösung in Anbetracht seines nach wie vor labilen Zustands. Nun allerdings spürt er ein Unbehagen, obwohl auf den ersten Blick alles ist wie erwartet: die Doppelhaushälfte, gepflegt, ruhig gelegen. Der Audi des Doktorvaters unter dem Dach eines Carports, die

Garage dahinter, von Efeu überwuchert. Nichts, was aus dem Rahmen fallen würde, was auf irgendeine Weise beunruhigend wäre. Aber Wolfgang hatte nicht mit der Stille gerechnet. Damit, den Professor allein anzutreffen. In seiner Vorstellung gab es stets eine Frau an seiner Seite. Eine rotwangige Ehefrau, zupackend und herzlich, die, da er das Haus betritt, vor dem Backofen steht, mit einem geblümten Geschirrtuch vor der Klappe herumwedelt. Ein Blech hervorzieht, einen dampfenden Apfelkuchen. Daraufhin in den Flur eilt, um Wolfgang zu begrüßen.

Anstatt nach Kuchen riecht es im Flur nach dem Wollstoff der Mäntel an der Garderobe rechts der Tür. Darunter Schuhe, Filzpantoffeln und abgetragene Tennisschuhe, roter Sand an den Sohlen, Schnürschuhe aus Leder. Der Doktorvater ist bereits vorausgegangen. Wolfgang hängt seine Jacke auf, beeilt sich, ihm zu folgen. Streift die Gegenstände auf dem Sideboard nur mit einem Blick: ein Schlüsselbund, die Broschüre eines kardiologischen Zentrums. Reclamhefte, Kleingeld, Tabletten.

Im Wohnzimmer sitzt der Professor in einem grauen Ohrensessel unter dem Glasdach des Wintergartens. Vor ihm auf dem Couchtisch, wie für ein Stillleben drapiert: ein gehäkelter Tischläufer, eine Kerze und ein Schälchen. Handtellergroße Haferkekse, aufgefächert in einem Halbkreis. Wolfgang setzt sich auf die Couch. Es will ihm nicht gelingen, den Blick von der brennenden Kerze abzuwenden. Die Tatsache, dass der Doktorvater sie entzündet haben muss, vor seiner Ankunft oder gerade eben erst, irritiert ihn, ohne dass er das wirklich begründen könnte. Weil der Professor schweigt, öffnet er seine Tasche, legt die gebundene Dissertation auf den Tisch. Die Stille im Raum verdichtet sich, drückt Wolfgang auf die Schläfen.

Tja, erlöst der Doktorvater ihn endlich. Es ist schon etwas Seltsames mit der Erinnerung, nicht wahr? Wissen Sie, sagt er, als junger Mann – ich muss etwa in Ihrem Alter gewesen sein – habe ich einmal eine Woche in den Bergen verbracht. Auf einer Almhütte, völlig allein. Ich hatte so gut wie nichts bei mir, nur zwei Pullover, ein Taschenmesser. Und Bücher, selbstverständlich, auch einige Bände der *Recherche*.

In einem der anderen Gärten springt ein Rasenmäher an. Der Doktorvater lauscht darauf, bevor er fortfährt.

Hätten Sie mich vor zwanzig Jahren nach dieser Reise gefragt, hätte ich Ihnen genau so davon berichtet. In diesen, zumindest in ähnlichen Worten. Ich wäre überzeugt gewesen, dass die Dinge sich so zugetragen haben. Mit jedem Jahr jedoch, das seither vergangen sei, hätten sich seine Zweifel gemehrt. Habe sich in ihm die Gewissheit verfestigt, sich die Geschichte ausgedacht zu haben. Nicht nur diese

Geschichte. Ist das so, fragt der Doktorvater, er fragt das offenbar sich selbst. Dass die Erinnerungen, die auf real Erlebtem basieren, sich im Alter von jenen trennen, die man imaginiert hat? Und spielt das eine Rolle? Macht es letztlich einen Unterschied, ob etwas tatsächlich geschehen, ob es wahr ist? Oder eben nicht.

Er lässt jede dieser Fragen unbeantwortet. Stützt die Hände auf den Oberschenkeln ab und steht auf, mit einem Ächzen, das zu kurz ist, als dass Wolfgang sicher sagen könnte, ob es dem Professor oder dem in die Jahre gekommenen Ohrensessel entwichen ist.

Was wollen Sie trinken, Wolfgang. Wasser oder Whisky?

Er hält das zunächst für einen Scherz. Ist noch damit beschäftigt, abzuwägen, ob er antworten oder aufstehen soll, um das Füllen der Wassergläser zu übernehmen, als er ein Geräusch hört. Zwei Geräusche, die aufeinander folgen: ein Klicken, ein Ploppen. Eine gusseiserne Lampe im Regal, die der Doktorvater angeknipst hat. Er hat Wolfgang den Rücken zugewandt. Dreht sich nun um, ein Glas in jeder Hand. Als er sich ihm erneut gegenübersetzt, ist es Wolfgang, als sähe er in einen Spiegel. Als säße ihm eine um Jahrzehnte gealterte Version seiner selbst gegenüber.

Der Professor versenkt den Blick in seinem Glas, schwenkt die goldgelbe Flüssigkeit darin. Dann stellt er es auf den Couchtisch. Nimmt sich, anstatt zu trinken, einen der Haferkekse aus der Schale. Betrachtet ihn von beiden Seiten, bevor er hineinbeißt. Erst nachdem er den Keks aufgegessen hat, sieht er Wolfgang wieder an.

Wissen Sie das überhaupt, dass ich Ihren Großvater gekannt habe?

Etwas schießt Wolfgang die Beine hinauf, eine Hitze, die ausstrahlt bis hoch in die Brust, ein Schmerz, ein Erschrecken. Er schüttelt den Kopf.

Doch, doch. Der Doktorvater nickt bekräftigend. Wir waren auf demselben Gymnasium, Gustav und ich.

Er beugt sich vor, tastet nach etwas auf der Ablage unterhalb der Tischplatte. Ein Foto.

Und wir haben Fußball gespielt zusammen, eine Saison oder zwei. Ich kann mich nicht mehr genau erinnern. Ich war auch eigentlich zu jung, um in der Mannschaft Ihres Großvaters zu spielen. Aber sie brauchten dringend einen Torwart, und ich war – ich hoffe, ich klinge nicht unbescheiden –, aber ich war nicht ganz schlecht, auf dieser Position zumindest. Sogar äußerst talentiert. Also durfte ich mitspielen.

Er lächelt, hält das Foto am gestreckten Arm. Wolfgang hat keine Wahl, er greift danach. Ein Bild in Sepia. Etwa ein Dutzend männlicher Jugendlicher, vielleicht gerade volljährig, stehend und hockend, die Arme um die Schultern der Nebenmänner gelegt. Der Torwart liegt vor den anderen Spielern, auf der Seite, den Kopf auf den Ellenbogen gestützt.

Ihr Großvater steht in der hinteren Reihe. Die Nummer siebzehn, der Zweite von links.

Wolfgang nickt, dabei wäre der Hinweis nicht nötig gewesen. Hätte er Gustav auch so auf den ersten Blick erkannt, unverkennbar: die markante Nase, das hervorstehende Kinn. Er denkt, dass der Doktorvater das geplant haben muss. Dass er dieses Foto wohl schon bereitgelegt hatte in der Absicht, es Wolfgang zu zeigen. Dass auch alles Vorangegangene, auch diese Geschichte mit der Berghütte, nur eine Vorbereitung war. Er denkt, dass er dafür nicht hergekommen, dass der Grund ihres Treffens ein anderer ist. Doch er unterlässt es, den Professor darauf hinzuweisen. Er hat das Gefühl, dass noch etwas folgen wird und dass es ein Fehler wäre, ihn jetzt zu unterbrechen.

Der Doktorvater räuspert sich. Zu der Zeit, sagt er, als dieses Foto entstand, war der Krieg gerade vorbei. Wir sind in unsere alte Wohnung gezogen, zu dritt, meine Mutter, meine Großmutter und ich. In eines der Häuser, die – man muss sagen, wie durch ein Wunder – in den Jahren zuvor verschont geblieben sind. Wir hatten großes Glück. Aber das begreift man ja bekanntlich immer erst viel später, im Nachhinein, im Rückblick.

Seine Miene verklärt sich, er scheint nur noch zu sich selbst zu sprechen.

Ich war sechzehn Jahre alt. Und verliebt, in meine Nachbarin. An den Nachmittagen habe ich am Fenster gesessen, ihr zugesehen. Wie sie neben ihrer Mutter in der Küche gestanden, Steckrüben geputzt und Kartoffeln geschält hat. Es ist wirklich erstaunlich, wie exakt, wie detailreich ich all das noch immer vor mir sehe: ihre geflochtenen Zöpfe, diesen Blick aus dem Fenster. Zwischen den Häusern gab es einen Garten, daran erinnere ich mich auch. In manchen Sommern haben die Rosenbüsche so üppig geblüht, einen so intensiven Duft verströmt, dass man die Fenster schließen musste. Es war nicht auszuhalten. Es gab Tulpen und Hyazinthen in diesem Garten. Königskerzen, Magnolien und Lupinen. Die Fliedersträucher unter ihrem Fenster wuchsen hoch.

Wolfgang wird hellhörig. Er räuspert sich geräuschvoll in der Hoffnung, einen Gedankengang zu unterbrechen, von dem er nicht sicher ist, ob er ihm weiterhin folgen möchte. Aber er ist auch gefangen. Nicht in der Lage, etwas anderes zu tun, als zu sitzen, weiter zuzuhören. In diesem Moment zieht der Professor scharf die Luft ein, so als habe er sich über etwas erschrocken oder als verschlage ihm etwas, dessen er sich erinnert, den Atem. Im Mai, sagt er, fährt flüsternd fort: im wunderschönen Monat Mai.

Er steht abermals auf, tritt vor das Regal. Legt eine CD in das Laufwerk der Stereoanlage. Wolfgang fürchtet schon, Schumann zu hören, stattdessen erklingt Klaviermusik. Ein Stück, das er nach wenigen Takten erkennt: Beethovens *Sonate*

Pathétique, der erste Satz. Der Doktorvater dimmt die Lautstärke. Steigt an der Stelle seiner Erzählung wieder ein, an der er geendet hat: Nach dem Auszug ihres ältesten Bruders ist sie umgezogen. Innerhalb des Dorfes, in die ehemalige Försterei. Meine Faszination für sie war ungebrochen, wenngleich ich nie den Mut hatte, ihr meine Gefühle zu gestehen. In diesem Frühjahr jedoch hatte ich beschlossen, ihr einen Maibaum zu schenken. Nicht einen solchen Pfahl, wie er hierzulande auf jedem Dorfplatz steht. Einen kleineren Baum, einen sogenannten Maien, eine junge Birke, mit Kreppband geschmückt. Gustav hat mir seine Hilfe angeboten. Das verstehe sich von selbst, hat er gemeint, unter Mannschaftskollegen. Also sind wir losgezogen, in der Nacht. Vor ihrem Balkon habe ich mich auf Gustavs Schultern gestellt. Ich habe versucht, den Baum über die Brüstung zu hieven, aber ich war wohl zu klein, zu ungeschickt, zu schwach.

Bis auf das fahle Licht der gusseisernen Lampe und der Kerze auf dem Tisch ist es dunkel im Raum. Die Flamme flackert, zeichnet Schatten ins Gesicht des alten Mannes. Seiner gedrungenen Gestalt im Sessel haftet mit einem Mal etwas Gespenstisches an.

Am Ende ist Gustav an meiner Stelle auf den Balkon geklettert. Er hat sich einfach die Regenrinne hinaufgezogen, mühelos, mit wenigen kräftigen Zügen. Aber wir waren zu laut. Margarete ist wach geworden. Die Arme muss sich zu Tode erschrocken haben, als sie Gustav vor dem Fenster stehen sah. Ich konnte ihre Stimmen von unten hören. Dann war es still. Ich wusste nicht, was ich tun sollte. Ob ich Alarm schlagen sollte, wegrennen, mich stellen. Ich habe gewartet, doch Gustav ist nicht wiederaufgetaucht.

Der Doktorvater wirkt aufgewühlt, er atmet schwer.

Am Wochenende ist Margarete zum Sportplatz gekommen, als Zuschauerin, zu einem unserer Spiele. Seine Stimme rutscht eine Tonlage tiefer. Allerdings wohl nicht, um meine Paraden zu bestaunen.

Wolfgang sitzt kerzengerade auf der Couch, während die Bedeutung der Sätze sich ihm nur langsam erschließt, Räume sich öffnen für Spekulationen. War es von Anfang an darum gegangen? Nicht um das Erinnern im Proust'schen Sinne, auf einer Metaebene, sondern um die Erinnerungen des Doktorvaters. Der Gedanke erfüllt ihn mit bitterer Heiterkeit. Er sieht erneut auf das Foto, lacht auf, kurz und trocken. Der Professor deutet sein Lachen falsch.

Ja, ulkig, nicht wahr, wie wir dort stehen. In unserem jugendlichen Überschwang, den zu großen Trikots.

Er lehnt sich im Sessel weit zurück. Hält einen Augenblick inne, bevor er weiterspricht. Ihre Wege hätten sich danach lange nicht gekreuzt. In den darauffolgenden Jahren habe er weder Gustav noch Margarete mehr gesehen. Er habe aus der Zeitung von ihrer Verlobung erfahren. Zur Hochzeit sei er nicht eingeladen worden, was aber in Ordnung gewesen sei, er habe das verstanden. Doch sehr viel später, Jahrzehnte nach dieser Nacht im Mai, sei er Gustav noch einmal begegnet. Ein letztes Mal, an einem Sonntag, am See.

Sie waren auch da, Wolfgang. Sie waren noch sehr jung. Vier, fünf Jahre alt. Sie standen hinter Ihrem Großvater, bis zu den Knien im Wasser. Gustav und ich haben uns kurz unterhalten. Ich habe ihn gefragt, wie es ihm ergangen sei, wie es Margarete gehe, dem Zigarrenladen. Aber egal, welche Frage ich gestellt habe, er hat immer nur von Ihnen gesprochen. Er hat Ihren Namen genannt, ich habe ihn mir gemerkt. Und etwas an der Art, wie er Sie ansah ...

Der Blick des Professors ist durchdringend, prüfend, als gleiche er das Bild des Jungen aus seiner Erinnerung mit dem erwachsenen Mann ab, der ihm gegenübersitzt.

Zu meinem nächsten runden Geburtstag jedenfalls hat Gustav mir das hier geschickt.

Eine Pappschachtel, die der Doktorvater, wie schon das Foto, unter der Tischplatte hervorzieht. Sechs in Folie eingeschlagene Zigarren. Ich bedauere das sehr, sagt er. Dass es keine Gelegenheit mehr gab, mich für dieses Geschenk persönlich zu bedanken. Aber ich habe die Zigarren aufbewahrt, all die Jahre. Ich habe immer auf den passenden Moment gewartet, um sie anzubrechen, auf einen besonderen Anlass.

Er wirkt auf Wolfgang jetzt älter denn je, kindlich zugleich in seiner Unsicherheit, seinem Zögern.

Ich weiß ja nicht, ob Sie – Ich dachte, vielleicht könnten wir –

Eine sichtbare Erleichterung, als Wolfgang nickt. Sie zünden die Zigarren mit Streichhölzern an, jeder seine eigene. Rauchen schweigend. Nach einer Weile dreht der Professor sich um. Drückt auf einen Lichtschalter neben der Terrassentür, woraufhin im Garten mehrere Strahler angehen, einen Teich beleuchten und den Stamm eines Pflaumenbaums. Wolfgang kann ein Husten nicht unterdrücken. Es ist Jahre her, dass er zuletzt geraucht hat, seine Lungen rebellieren, er greift nach dem Glas. Dem Whiskyglas, in dem zu seinem Erstaunen lediglich ein letzter Schluck verblieben ist. Rauch steigt auf und sammelt sich unter dem Dach des Wintergartens. Wolfgang erfüllt das zunehmend mit Sorge. Er sucht die Zimmerdecke nach einem Rauchmelder ab. Bemerkt darüber erst gar nicht, dass der Doktorvater sich der Dissertation zugewandt hat. Er hat sich die Arbeit in den Schoß gelegt, liest jedoch nicht darin. Steckt nur den Fliederzweig zwischen die Seiten und schließt das Buch wieder. Drückt die Zigarre in seinem Whiskyglas aus.

Epilog

Würde man sie und ihre Geschichten nicht kennen, könnte man meinen, das hier sei ein Happy End. Eines, wie es typisch ist für eine bestimmte Art von Film. Die letzte Einstellung, in der die Kamera in langsamer Fahrt einen Garten durchquert, durch Schnee, lautlos fallende Flocken. Sich einem Fenster nähert, das hell erleuchtet ist, die Scheibe nahezu vollständig von Eisblumen überzogen. Nur in der Mitte ist eine freie Stelle verblieben, kreisrund wie der Sucher eines Fernrohrs, durch den es möglich ist, ins Innere des Hauses zu sehen. Auf Menschen, die sich um einen Weihnachtsbaum gruppieren. Ein blond gelockter Junge, der seine Lokomotive über den Teppich schiebt mit aufgeblasenen Backen. Ein Mädchen in einem Kleid mit Matrosenkragen, rehbraune Augen und eine Schleife im Haar, größer noch als die des Geschenks auf seinem Schoß. Einer, der einen Pullover entfaltet. Ein anderer, der Rotwein nachgießt und Punsch. Lichter am Baum und in den Kerzenständern, auf dem Kaminsims, im Lüster über dem Tisch. Eine alte Frau, die Lippen gerötet vom Wein, die das Geschehen aus der Distanz verfolgt; melancholisch und nachsichtig mit dem Übermut der Jungen, in sich gekehrt, in gemessenem Stolz.

Die Kamera stoppt, sobald die Scheibe erreicht ist. Eine gläserne Grenze, hinter der die Geborgenheit beginnt. Und als hätte sie akzeptiert, dass ihr der Zutritt verwehrt bleibt, zoomt die Kamera hinaus, sieht man die Straße nun von oben. Die weite Ebene der Dächer und dampfenden Schornsteine. Das erleuchtete Fenster, eines von vielen. Ein Sternenhimmel, darüber der Abspann.

Charlotte hingegen bleibt in der Szene, sie ist ein Teil von ihr. Es stimmt: Als Passant, als Außenstehende könnte man denken, alles sei gut. Eine harmonische Eintracht, in der sie hier sitzen, in der *Buvette*, an den zusammengeschobenen Tischen. Sechs Personen: Andrej und sie selbst, Nico, Vera, Edith und Philippe. Doch im Gegensatz zur Kamera, die nur das Sichtbare einfängt, einen Ausschnitt, weiß Charlotte, dass der erste Eindruck täuscht. Hört sie, was gesprochen wird. Sieht die Details. Das Klebeband, das sich beidseitig über die Fensterfront zieht und nur provisorisch die Risse überdeckt, Einschläge im Glas, durch die die Kälte in die Bar dringt. Philippe, der beim Entkorken des Rotweins bemerkt, dieser zähle gewiss nicht zu seinen besten Weinen, doch die tränken nun andere, das sei die Lage. Der Einbruch in die *Buvette* liegt einen Monat zurück. Neben der Kasse haben die Täter auch einige Flaschen der teuersten Weine mitgenommen. Charlotte erfüllt es mit Genugtuung, sich ihren Ärger vorzustellen, die Enttäuschung, Ernüchterung in ihren Gesichtern beim Öffnen des Münzfachs. Eine gähnende Leere.

Im Anschluss an den Hauptgang, *Confit de canard*, serviert Andrej das Dessert. Runde Schokoladenküchlein, auf Schiefertellern angerichtet, mit Puderzucker bestäubt. Sie konzentriert sich zunächst auf die Preiselbeeren, ein Stängel als Dekoration auf jedem der Teller. Acht winzige, saure, knallrote Beeren, die sie in den Mund steckt, am Gaumen zerdrückt. Sie atmet tief, wappnet sich innerlich. Greift nach der Dessertgabel wie ein Ritter nach dem Schwert. Und dann ist es Andrej, der sie berührt. Der ihr unter dem Tisch mit seinem Turnschuh ans Schienbein tippt. Lächelt, ihr einen Blick schenkt, der sagt: Entspann dich. Niemand zwingt dich. Du musst nicht.

Nach der Feier in der *Buvette* fährt Vera weiter zu Freunden. Charlotte hat keine Lust, sie zu begleiten, möchte aber ebenso wenig schon nach Hause fahren. Also macht sie einen Umweg. Läuft noch eine

Runde, in einem großen Bogen durch die fast menschenleeren Straßen. Die Kälte lässt sie wach werden und stellt alles schärfer: Lichterketten in den Fenstern, vereiste Laternenpfähle. Ein Mann mit Hut, der seinen Atem vor sich hertreibt, in weißen, sich rasch verflüchtigenden Wolken. Ein Vibrieren in der Manteltasche. Wolfgang, der aus München anruft. Er habe nicht viel Zeit, sie wollten gleich los, in die Kirche, auf den Friedhof, irgendwer wartet.

Hat Oliver dir geschrieben?

Charlotte bejaht.

Ah, sehr gut. Dann weißt du ja Bescheid.

Den Rest des Weges über muss sie an die Karte denken, auf die Wolfgang wohl angespielt hat, und die mittlerweile an der Pinnwand in der Küche hängt. Oliver, Aurélia und Maya vor einem opulent geschmückten Christbaum. Alle drei mit einer Nikolausmütze auf dem Kopf. Mayas Mütze ist zu groß, rutscht ihr über die Augen. Oliver lacht, er hält Aurélias rechte Hand, die linke hat sie sich selbst auf den Bauch gelegt. Auf der Rückseite der Karte wenige Zeilen, frohes Fest, gute Wünsche. *Liebe Grüße von uns vieren.*

Daneben hat Vera eine Skizze gepinnt, die Charlotte gezeichnet hat: Vera am Tresen mit offenem Haar, die Beine um die Streben eines Barhockers geschlungen. Und ein Foto von ihnen beiden zusammen. In Veras ehemaligem Arbeitszimmer vor der frisch gestrichenen Wand. Hellgrün, nur um ein paar Nuancen heller als der Bezug der Chaiselongue, auf der sie sitzen. Farbrolle und Pinsel in der Hand, aus alten Zeitungen gefaltete Papierhüte auf den Köpfen.

Charlotte ist durchgefroren, als sie die Wohnung erreicht. Sie lässt Wasser in die Wanne laufen, zieht sich währenddessen aus. Stützt sich auf den Wannenrand und lässt sich in Zeitlupe ins Wasser gleiten, taut allmählich auf. Sie überlegt, wann sie das letzte Mal gebadet hat, in Paris vermutlich, und wie anders das war. Sie erinnert das Schlagen ihres Steißbeins gegen den Wannenboden, die Unmöglichkeit, in der Wanne eine bequeme Position zu finden. Mit der Handkante schiebt sie den Schaum beiseite. Sieht auf ihre Beine hinab, ihre Oberschenkel, die einander berühren. Erst als Vera an die Tür des Badezimmers klopft, bemerkt Charlotte, dass sie zurück ist.

Darf ich reinkommen? Vera steht schon mitten im Raum. Sie setzt sich auf den Duschvorleger, lehnt den Rücken an den Wannenrand. Wenn diese Wanne nicht so winzig wäre, würde ich mich zu dir legen.

Du kannst gleich rein. Mir wird sowieso kalt. Charlotte wringt ihren Zopf aus, steht auf. Würdest du mir mal das Handtuch geben, bitte?

Sie will die Arme verschränken, da hält Vera sie zurück. Greift nach ihrem Handgelenk und hebt ihren Arm an, sodass Charlotte sich automatisch zur Seite dreht. Sie begreift das erst nicht, versteht Veras Blick nicht, der ihr seltsam intensiv erscheint, sichtbar gerührt. Vera streckt die Hand aus, sie berührt mit der Fingerspitze Charlottes Rippe, den Sperling.

Sie flüstert: Er fliegt ja wieder.

Nachweise

Marcel Proust: *Auf der Suche nach der verlorenen Zeit.* Aus dem Französischen von Eva Rechel-Mertens; revidiert von Luzius Keller. Frankfurt am Main 1994–2002

Sylvia Plath: *Die Glasglocke.* Frankfurt am Main 2005

Die Songzeilen auf S. 234 sind dem Chanson *Milord* (1959) von Édith Piaf entnommen.